고수

김수경 장편소설

고수

㈜자음과모음

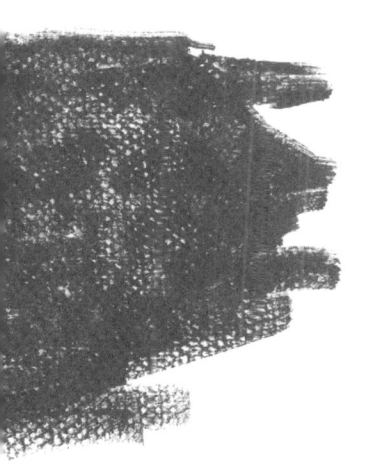

차례	· 고수	7
·	작가의 말	264
·	추천사	269

01

　세상에는 남의 말이라면 쉽게 내뱉고 옮기면서도, 그 타인이 자기가 경험은커녕 상상조차 해보지 못한 일을 겪었다고 이야기하면 근세 인상을 찌푸리며 좀처럼 믿으려 하지 않는 사람들이 있다. 당나귀처럼 완고한 사람들. 위험이 다가오면 새끼 꿩처럼 수풀에 고개를 처박고 얼른 지나가기만 바랄 사람들. 도넛 박스만큼 작고 각진 세상에서 떨어지는 설탕가루나 받아먹으며 살아갈 사람들. 그러면서도 그들은 방금 자기가 들은 이야기가 그럴싸하기만 하면 눈알을 드룩거리며 벌써 다른 누군가에게 그 이야기를 전달할 생각부터 한다. 진정으로 믿지는 않으면서도 말이다. 뭐, 나쁘지 않다. 그래서 세상에는 수많은 이야기가 입에서 입으로 전해지고, 그 이야기들이 사람들로 하여금 자기가 경험할 수 있는 좁은 세계의 테두리를 훌쩍 넘어서는 삶을 살아갈 수 있게 해주니까.

내가 그해 겨울 지리산에서 겪은 이야기를 몇몇 사람에게 이야기했을 때도 사람들의 반응이 바로 그러했다.

"에이, 지금 나 놀리는 거지? 우리나라에 그렇게 깊은 산이 어디 있어? 눈 때문에 길이 끊겨서 겨우내 도망쳐 나올 수가 없었다고?"

"말도 안 돼! 사냥총도 없이 멧돼지를 잡아먹었다고?"

겨울 산의 야생 생활도 그들에게는 한 번도 상상해보지 못한 판타지 같은 이야기였겠지만, 무엇보다도 가장 믿을 수 없어 한 것은 내가 산에서 만났다고 이야기한 할멈의 존재였다.

"하하하! 뻥도 좀 작작 쳐라. 세상에 그런 할멈이 어디 있냐? 반달곰을 맨손으로 때려잡은 괴력의 소유자라고? 차라리 귀신을 만났다고 하지 그래?"

그들을 나무랄 수는 없다. 당나귀처럼 고집 세고, 새끼 꿩처럼 수풀에 고개를 처박고, 도넛 박스에서 나오려 하지 않은 건 다름 아닌 나였다. 서울 길거리에서 살던 내가 어느 날 갑자기 뜻하지 않게 지리산에 들어가게 된 일부터 산속에서 할멈을 만나 겨우내 그 할멈의 천막집에서 빠져나올 수 없던 일까지, 나는 내가 바로 그 일들을 겪은 장본인이면서도 한동안 그 사실을 믿을 수가 없었다. 그리고 내 이야기를 들은 사람들이 그랬던 것처럼, 나도 그 할멈의 존재 자체를 믿을 수가 없었다. 아니 어떻게 그토록 흉측하고 괴상하며 곰 같은 괴력을 지닌 할멈이 있을 수가 있단 말인

가. 게다가 그 할멈이 겪었다고 하는 이야기들은 또 얼마나 현실 같지가 않던지. 나야말로 이렇게 소리치고 싶었다.

"세상에! 이건 말도 안 되는 이야기야!"

하지만 세상엔 말도 안 되는 일들이 수두룩이 일어난다. 당연하다. 말은 세상이 있고 나서 나중에야 생긴 것이니까. 자동차나 컴퓨터처럼 인간이 편리를 위해서 만든 것이니까. 어떻게 이 세상이 말로 다 표현될 수 있겠는가. 눈보라가 휘몰아치는 날의 지리산 풍경조차도 말로는 제대로 나타낼 수가 없다. 그 순간 그곳에서, 두 눈 똑바로 뜨고 온몸의 감각을 활짝 연 채로, 입은 딱 벌렸지만 할 말은 잃은 채로, 어마어마한 눈보라의 기상천외한 움직임을 그저 놀라움 속에 바라보는 수밖에. 그 광활하고 신비롭게 압도당하는 느낌을 대체 어찌 말로 전하겠는가.

말이란 그런 것이다. 이야기란 그런 것이다. 하려고 보면 조금 어긋난 것 같고, 담으려고 하면 자꾸만 미끄러지는. 해놓고 보면 거품 같고, 전하려고 하면 물방울처럼 달아나버리는. 허나 어쩔 수가 없다. 인간은 말을 할 수밖에. 우리의 삶은 수많은 이야기로 이루어져 있으니.

그래서 나도 지금부터 한번 이야기해보려 한다. 내가 그 겨울 지리산에서 겪은 이야기를 말이다. 믿기지 않는 구석이 있다 해도 어쩔 도리가 없다. 말이 되든지 안 되든지 나의 날들은 바로 이 이야기들로 이루어져 있다.

02

 전날까지만 해도 나는 서울 거리에 있었다. 늘 그러듯이 주유소 알바를 마치고 난 뒤에 어슬렁어슬렁 걸어서 마로니에 공원으로 갔다. 나는 웬만하면 버스나 지하철을 타지 않았다. 걸어서 다니는 걸 좋아했다. 그래서 될 수 있으면 걸어서 다닐 수 있는 범위 밖으로는 벗어나려 하지 않았다. 아마 집을 나온 뒤로 그때까지 내가 돌아다닌 곳은 고작 대학로에서 반경 4킬로미터 이내였을 것이다. 알바도 그 안에서만 구했고, 노는 곳도 늘 마로니에 공원과 그 주변이었다. 마로니에 공원은 내가 집을 나와 처음으로 노숙을 했던 곳이었다. 말하자면 나에게는 제2의 고향 같은 곳이었다.
 그렇다. 난 소위 말하는 가출 청소년이었다. 나도 안다. 사람들이 '가출 청소년'이라는 말을 들으면 곧바로 어떤 것들을 연상하는지. 하지만 본드나 오토바이 질주를 떠올리기 전에 먼저 노숙을 한번 상상해보라.

노숙. 말만 해도 속에서 신물이 올라오는 것 같다. 이가 절로 딱딱 부딪히는 그 추위와 언제 어디서 어떤 놈이 달려들지 몰라 사방을 경계하며 불안에 떠는 그 기분. 며칠쯤 길거리에서 구르다 보면 도저히 풀릴 것 같지 않은 피곤함에 찌들고, 온몸이 속속들이 더러워져서 아무리 씻어도 다시는 깨끗해지지 않을 것만 같은 생각이 든다. 밤이나 낮이나 하루 종일 어디든 쭈그려 누워서 잘 생각만 하게 된다.

그러나 다행히도 그즈음 난 더 이상 노숙을 하지 않았다. 알바를 해서 돈을 벌었고, 그 돈으로 버젓이 드러누워 잘 수 있는 방을 구했다. 길거리 생활도 2년이 다 되어가던 때였다.

그날 밤 나는 늦은 저녁을 때우려고 마로니에 공원 입구에 있는 편의점에서 김밥과 라면을 샀다. 열린 문틈으로 광장 저편에서 춤꾼들이 퍽퍽 스르르 땅 위를 구르는 소리가 들려왔다. 익숙한 소리였다. 소리를 들으며 마음속으로 리듬을 헤아리던 나는 어느새 손에 든 나무젓가락으로 편의점 선반을 툭툭 두드리고 있었다. 계산을 하던 점원이 고개를 들었다. 나는 라면과 김밥을 들고 밖으로 나왔다. 천천히 벤치 하나를 골라 앉았다.

라면이 익을 동안 가만히 눈을 감고 앉아서 소리를 들었다. 먼저 바람 소리가 들렸다. 늦가을인 데 비해 살갗에 닿는 바람이 그리 차갑진 않았지만, 소리만 듣고 있자니 꽤 스산했다. 가을바람답게 바람 소리는 속 안이 텅 빈 것처럼 횡횡 허공을 갈랐다. 바람 소리에 실려온 듯 문득 여자아이들의 높은 웃음소리가 들렸다. 웃음소리는 탁탁 끊어졌다. 즐거워서 웃는다기보다는 어색함을 없애려고 억지로 웃는 것 같은 소리였다. 하룻밤 잘 곳을 마련하기 위해 낯선 남자들과 탐색전을 벌이는 모양이었다. 그리고 틈새로 춤꾼들이 온몸을 굴려가며 내는 소리가 들려왔다.

마로니에 공원은 비보이들의 연습장이자 공연장이었다. 언제든 이곳에 오면 온몸으로 춤을 추는 춤꾼들을 만날 수 있었다. 그래서 나는 이곳이 좋았다. 춤꾼들이 춤을 추면 나는 리듬을 두드린다. 눈을 감고 귀를 기울이면 리듬이 내 몸을 타고 달렸다. 핏속을 달리고, 근육과 인대를 타고 달렸다. 살이 저릿저릿할 만큼 리듬이 진동했다. 그러면 나는 나무젓가락이든 손바닥이든 닥치는 대로 가지고 두드렸다. 허벅지도 두드리고, 벤치도 두드리고, 땅바닥도 가로수도 콘크리트 벽도 두드렸다. 리듬은 내 몸을 타고 증폭되어 내가 두드리는 물체를 지나 사방으로 날아갔다.

"역시 고수 넌 대단하구나. 왼손과 오른손이 서로 다른 리듬을 두드리는데 어떻게 그렇게 빠를 수가 있지?"

등 뒤에서 목소리가 들려왔다. 눈을 뜨지 않아도 대번에 누군지 알 수 있었다.

"아, 히로구나? 벌써 연습 끝난 거야?"

뒤를 돌아봤다. 히로가 느린 걸음으로 벤치를 빙 돌아 내 옆에 앉았다.

"아니, 난 오늘 연습에서 빠졌어. 혼자 할 일이 좀 있어서. 어때, 요새는 별일 없지?"

"응. 별일 없어."

히로, 가로니에의 영웅. 싸움에서 한 번도 져본 적이 없다는 뛰어난 파이터이자 허공을 휙휙 날아다니는 춤꾼. 히로는 마로니에에서 가장 큰 비보이 그룹을 이끄는 리더였다.

히로가 나를 보고 웃음을 지었다. 그 애는 묘하게도 도무지 불패의 파이터라고는 여겨지지 않는 부드럽고 아름다운 얼굴을 가지고 있었다. 그 얼굴이 나를 빤히 보며 다시 입을 열었다.

"참, 내가 너한테 부탁할 게 좀 있는데."

"부탁? 나한테?"

신기한 일이었다. 대체 히로가 나에게 부탁할 일이 뭐가 있을까? 히로는 나보다 싸움도 잘하고, 친구도 많고, 아마 돈도 더 많을 게 틀림없었다. 여자애들한테 인기도 많았다. 히로는 그야말로 아쉬울 것 하나 없어 보이는 녀석이었다.

"아무래도 너한테 부탁하는 게 가장 적당할 것 같아서. 근데 좀 멀리까지 가야 하는 일이야. 괜찮겠어? 알바를 며칠 빼먹어야 할 텐데."

히로는 나더러 지방 어딘가에 내려가서 자기 대신 친구를 좀 만나달라고 했다. 친구에게 전해줄 물건이 있는데 자기는 내일 중요한 비보이 연습이 있어서 빠질 수가 없다고 했다.

"알았어. 내가 가서 전해줄게."

　나는 흔쾌히 대답했다. 듣고 보니 별것 아닌 일이었다. 지방까지 갔다 오려면 알바를 빼먹어야 할 테지만, 뭐 상관없었다. 어차피 주유소 알바는 오래 할 만한 일은 아니었다. 다만 여간해선 대학로 주변을 벗어나지 않는 내가 이름도 처음 들어보는 낯선 지방에 간다고 생각하니, 어쩐지 티셔츠 속에 거미라도 들어간 것처럼 괜히 등줄기가 스멀거렸다. 하지만 히로의 부탁을 거절할 수는 없었다.

　다음 날 아침엔 날씨가 갑자기 꽤 쌀쌀해져 있었다. 숨을 내쉴 때마다 입에서 하얀 김이 새어나왔다. 나는 옷을 있는 대로 껴입고 배낭에 간단한 것들을 챙겨 넣었다. 마로니에 공원에 나가 보니 히로가 주머니에 손을 푹 찔러 넣고 서서 나를 기다리고 있었다. 히로는 내게 쪽지 한 장과 상자 하나를 건넸다. 쪽지엔 약도가 그려져 있었고, 상자는 택배 박스처럼 단단히 봉해져 있었다.

"거기까진 아마 네 시간쯤 걸릴 거야. 지리산 근처라고 하더라. 버스터미널까지 데려다주진 않아도 되겠지?"

　히로가 말했다.

"당연하지. 근데 거기 너도 가본 적 없는 곳이야?"

나는 약도를 흘낏 들여다보며 물었다.

"항상 그 친구가 서울로 왔지, 내가 간 적은 없어."

"아아, 그래. 갔다 올게."

"부탁한다."

나는 상자를 바낭에 넣고 지하철역 쪽으로 걸어갔다. 지하철역 계단으로 내려서다 문득 뒤를 돌아보았을 때, 히로는 이맛살을 잔뜩 찌푸린 채로 그 자리에 그대로 서 있었다. 왜 그랬을까. 흐린 가을의 햇살은 인상을 찡그릴 만큼 눈부시지는 않았다.

정오쯤에 고속버스에 올라탔다. 터미널을 출발한 버스는 빽빽한 아파트 단지를 지나고, 어쩐지 창백해 보이는 한강을 건너고, 한강을 따라 난 길을 얼마간 달리더니, 이내 고속도로에 진입해 일정한 속도로 단조로운 도로 위를 달리기 시작했다.

고속버스는 자기만의 독특한 리듬을 가지고 있었다. 엔진 소리는 다른 소리들을 말끔히 잡아먹을 만큼 먹먹한 소리였는데, 자세히 들어보면 옆에 스쳐 지나는 것들에 따라 소리가 미세하게 달라졌다. 웅웅웅웅, 단조로운 소리를 내다가 갑자기 와아앙 하고 큰 소리를 내기도 하고, 또다시 웅웅 하다가 어느 순간 차르르륵 바람 새는 것 같은 소리를 냈다. 처음 들어보는 리듬이었다. 시내버스와는 달랐다.

생각해보니 여태껏 서울을 떠나본 적이 없는 것 같았다. 아니, 지방에 내려가는 일은 이번이 처음이었다. 우리 가족은 여행을 떠난 적이 한 번도 없었다. 친척집을 방문하는 일도, 여름휴가를 떠나는 일도 없었다. 내가 기억하는 한에서는 그랬다.

'엄마 때문이었겠지. 아버지가 엄마를 집 밖으로 데리고 나갈 리가 없지.'

아버지 표현에 따르면, 정신이 온전치 못한 엄마. 내가 보기엔, 정신이 삐뚤어진 아버지. 우리 가족이 여행 따위를 갈 리가 없었다. 이런, 생각이 어느 틈엔가 아버지와 엄마에게로 뻗어가고 있었다. 좋지 않았다. 나는 생각을 멈추기 위해 귀를 활짝 열었다.

뒤에 앉은 아주머니가 내가 앉은 의자 등받이를 발로 툭툭 찼다. 헛기침도 해댔다. 아마도 내가 나도 모르는 새 좌석 팔걸이를 두드려대고 있었나 보다. 먹먹한 엔진 소리의 리듬을 재현해보고 있었겠지. 나는 잠자코 주머니에 두 손을 집어넣었다. 이제는 눈도 감고 귀도 닫고 손도 꼼짝 못하게 해야 했다. 그렇게 잠시 나무토막처럼 앉아 있으려니, 마치 버스 안에 산소가 모자라기라도 하는 것처럼 새삼 숨이 가빠왔다.

드르르륵!

뺨을 세차게 진동시키는 소리가 났다. 소리는 누군가 내 귀에 드릴을 꽂아 넣기라도 하는 것처럼 갑작스레 쏟아졌다. 아플 만치 비트가 느껴졌다. 나는 화들짝 놀라 눈을 떴다. 그새 잠이 들었던 모양이다. 하품을 하며 창밖을 보니 버스가 막 톨게이트를 빠져나가고 있었다. 벌써 서너 시간이 훌쩍 지나가버린 것이었다.

휙휙 스쳐 지나가는 나무들과 멀리 펼쳐진 들판을 멍하니 바라보는데, 문득 가슴이 두근거렸다. 그럴 이유 같은 건 하나도 없는데도 아드레날린이 치솟고 있었다.

  버스는 곧 읍내 버스터미널에 도착했지만, 내가 내릴 곳은 아니었다. 운전기사에게 물으니 30분쯤 더 가야 한다고 했다. 그 30분 내내 나는 왼쪽 가슴이 펄떡펄떡 뛰는 소리를 들었다. 의아한 일이었다. 차창 밖을 바라보는 내 시야에 들어오는 것은 산야, 가을이 늦어 나무와 들판의 색이 모두 흙색에 가깝게 바뀌어가는 시골 풍경뿐이었다. 그리고 그 위로 쏟아지는 찬란한 오후 태양빛. 대체 무엇이 내 가슴을 뛰게 하는 것일까? 영문도 모른 채로 나는 그저 쿵쿵쿵 심장이 뛰는 리듬만 가만가만 헤아리고 있었다.

03

 농협 마트, 우체국, 면사무소, 다방, 밥집, 치킨과 맥주를 파는 집, 중국집, 철물점. 대강 이런 것들이 하나씩 늘어서 있는 작은 거리에다 버스는 날 내려놓고 떠났다. 거리는 한산했다. 한산하다 못해 이곳이 진짜 사람 사는 곳이 맞나 싶은 의문이 들 정도였다. 작은 수레를 끌고서 몹시 느린 걸음으로 걸어가는 노인 한 사람 외에는 그 거리에서 움직이는 것을 찾아보기 힘들었다. 노인도 어찌나 천천히 움직이던지 흘끗 보았을 땐 그 자리에 멈춰서 있는 줄로만 알았다. 거리는 마치 촬영이 끝나 버려진 세트장 같았다.
 나는 히로가 그려준 약도를 들여다보았다. 약도는 면사무소를 끼고 돌아 골목으로 들어서 20미터쯤 가면 양조장이 있다고 말하고 있었다. 양조장 앞이 바로 약속 장소였다. 사실 그곳은 약도 따위 필요도 없을 만큼 작은 동네였다. 그냥 몇 분만 슬슬 돌아다니면 그 거리에 있는 것들을 모두 꿰고도 남을 것 같았다. 아무튼 나는 약도가 알려주는 대로 면사무소 골목으로 들어갔다.

양조장, 서울에서는 거의 들어본 적도 써본 적도 없는 말이었지만 그 의미는 알고 있었다. 술을 만드는 곳이겠지. 어떻게 생긴 곳일지는 짐작도 할 수 없었는데, 양조장은 그냥 작은 구멍가게 같아 보였다. 뒤쪽 어딘가에 커다란 술독들이 잔뜩 늘어서 있는지는 모르겠지만. 나는 양조장 문턱을 약간 비껴 연석 위에 걸터앉았다.

마치 세상이 딱 정지해버리기라도 한 것 같았다. 사방에 아무런 움직임이 느껴지지 않았다. 습관대로 귀를 활짝 열어보았지만 느껴지는 리듬이 거의 없었다. 맑고 새파란 하늘에서 황금빛 햇살이 한가득 쏟아져 내리고 있을 뿐이었다. 아무도 나타나지 않았다. 서너 번 하품을 한 뒤로는 자꾸 시계만 들여다보았다. 약속 시간은 벌써 한 시간이나 지나 있었다. 히로 친구는 오지 않았다.

해는 순식간에 넘어갔다. 산이 높아서인지 어둠이 재빨리 찾아왔다. 쌀쌀한 날씨에 한참을 꼼짝 않고 길바닥에 앉아 있었더니 몸이 슬슬 얼어붙기 시작했다. 그래도 해가 있을 때는 버틸 만했는데 해가 넘어가버리자 가만히 앉아 있기엔 너무 추웠다. 나는 몸을 일으켜 세워 천천히 스트레칭을 했다. 목을 돌리다 보니 사방으로 마을을 에워싸고 있는 산들이 보였다. 저 산들이 지리산인가. 거대한 벽처럼 길게 뻗어 있는 검은 능선이 자못 웅장했다. 땅거미가 거뭇거뭇 내려앉았다. 그러고 보니 난 만나기로 한 히로 친구의 이름도 연락처도 알지 못했다. 물론 얼굴도 몰랐다. 약속 장소에 나타나지 않으리라고는 생각조차 해보지 않았기 때문에, 만나지 못할 경우에 어떻게 할 건지에 대해서는 아무런 대책이 없었다. 히로에게 몇 번 전화를 해보았지만 받지 않았다. 발이 얼어서 발가락에 감각이 무뎌졌다. 그냥 다시 서울로 올라가는 버스를 타야 하는 걸까.

그때 불쑥 바람이 불어왔다. 공기를 뒤흔드는 바람의 움직임이 느껴졌다. 바람 냄새가 났다. 온몸이 후드득 떨렸다. 바람이 몸속으로 스며들면서 핏속을 따라 내달리는 리듬이 느껴졌다. 나의 본능은 이제 곧 싸움이 시작될 거라고 말하고 있었다. 그리고 피할 도리 없이 내가 그 싸움에 말려들 거라는 것도. 온몸의 근육이 팽팽하게 긴장하기 시작했다.

그러더니 마침 등장하기로 예정된 게임 캐릭터들처럼 그들이 나타났다. 그들은 양조장 골목 구석에서 길고양이들처럼 소리도 없이 나타났다. 딱 봐도 시골 양아치들이었다. 허벅지에 달라붙게 바짝 줄인 교복을 입은 녀석도 있고, 헐렁한 힙합 바지를 입은 녀석도 있었다. 처음에는 한 서너 명인가 싶었는데 곧 열 명쯤으로 늘어났다. 나는 천천히 주변을 둘러보았다. 피가 들끓었다. 심장에서 온몸으로 빠른 비트가 퍼져 나갔다.

 싸움은 아무런 이유도 핑계도 없이 곧바로 시작되었다. 그들은 한마디 말조차 던지지 않고 곧장 내게 달려들었다. 처음부터 내가 표적이었던 게 틀림없었다. 자기들 거리에 수상쩍은 녀석이 나타났다고 누가 귀띔이라도 한 걸까. 그들은 한꺼번에 덤벼들어 마구잡이로 주먹을 날리고 발길질을 해댔다. 숫자가 십여 명이나 되는데도 순서도 없고 역할도 따로 없었다. 이런 싸움이 제일 정신없는 법이다. 다음 주먹이 어디서 날아올지 도무지 예측할 수가 없는 것이다. 처음 몇 대는 대충 피하면서 그냥 얻어맞았다. 맷집이라면 자신 있었다. 수십 대 정도는 기꺼이 얻어맞아줄 수 있었다. 그러면서 나는 그들의 공격 패턴을 파악하려고 온 신경을 움직임에 집중했다. 귀를 활짝 열어 리듬을 들으려 했다. 뼈와 뼈가 맞부딪치는 소리, 그 둔탁한 파열음. 나에겐 너무나 익숙한 소리였지만, 패턴을 파악해보려는 내 노력은 아무 소용이 없었다. 그들의 공격에는 우아한 리듬이 존재하지 않았다. 그들이 뻗는 주먹과 발길질은 말 그대로 마구잡이였다. 다행하게도 그들이 칼이나 각목 같은 무기를 꺼내들지는 않았다.

 좋아, 그렇다면 맞아주는 것은 이 정도로 하고.

"이야아!"

 나는 날개를 펼치듯 두 팔을 활짝 벌리며 있는 대로 고함을 내질렀다. 온몸의 근육을 힘껏 내뻗었다. 이리저리 내게 들러붙어 있던 녀석들이 한순간 멈칫하며 뒤로 물러섰다. 틈이 생겼다. 내 생각대로였다. 예상치 못한 나의 괴상한 행동에 녀석들이 순간 방심한 것이다. 난 그 틈을 비집고 나가려 했다. 그런데 나도 예상하지 못한 게 한 가지 있었다.

"인마 이거 뭐하는 기고?"

"미친 거 아이가?"

이런, 사투리라니. 싸움 중에 듣는 사투리가 너무 뜻밖이어서 나는 그만 피식 웃고 말았다. 웃는 바람에 힘이 새어버렸다. 틈을 놓쳤다.

"이 자슥 이거 흠씬 더 맞아야겠네!"

녀석들이 다시 달려들었다. 이번엔 나도 팔꿈치를 들어 필사적으로 막았다. 이렇게 되면 맷집만 가지고 버틸 수 있는 상황이 아니었다. 상대는 열 명이 넘었다. 이대로 계속 두들겨 맞다가는 몸이 남아나질 않을 터였다. 나는 두 다리에 힘을 주어 버티며 사방에서 날아드는 주먹을 피하려 애를 썼다. 그 사이사이 주먹을 꽂을 틈을 노려보았지만, 상대가 너무 많았다. 나 혼자서 저들을 이겨낼 방법이 없었다. 아무래도 이건 개싸움이었다. 그렇다면 내게 남은 선택은 단 하나뿐이었다. 잽싸게 튀기.

좀처럼 틈이 보이질 않았다. 그러나 틈이 보이지 않으면 틈을 만들어내기라도 해야 했다. 나는 두 눈을 치켜떴다. 둘러싼 녀석들 가운데 발길질이 제일 허술해 보이는 놈을 골랐다. 마음속으로 천천히 하나, 둘, 셋, 숫자를 셌다. 그러고는 순간적으로 숨을 멈추고 몸의 무게중심을 살짝 옮긴 다음, 오른다리를 휙 날렸다. 골라놓은 녀석의 하반신을 빗자루로 쓸 듯이 훑고 지나갔다. 중심을 잃어버린 녀석은 허리가 푹 꺾이더니 비현실적인 모양새로 쓰러졌다. 맥주집 앞에 세워놓은 기다란 사람 모양 풍선이 바람에 꺾여 넘어가는 것처럼.

순간, 마치 누군가가 정지 버튼을 누르기라도 한 듯이 녀석들이 일제히 동작을 멈췄다. 틈이 생겼다. 이번에는 그 틈을 놓치지 않았다. 나는 쓰러져 있는 녀석을 훌쩍 뛰어넘어 잽싸게 튀었다. 뒤도 돌아보지 않고 무조건 뛰었다.

"저 새끼, 튄다!"

"얼른 쫓아라! 절대로 놓치면 안 된대이!"

어지러운 발소리들이 내 등 뒤로 바짝 따라붙었다. 그때부터였을까? 뭔가 좀 이상하다고 느낀 것이?

저들이 왜 나를 필사적으로 쫓아오는 걸까? 자기네 거리에 웬 낯선 놈이 나타나서 얼쩡거리니까 좀 손봐주려는 것 아니었나? 적당히 패주고 쫓아버렸으니 된 거 아닌가? 어째서 절대로 놓치면 안 된다면서 기를 쓰고 뒤쫓아오는 거지?

아니다. 그때만 해도 나는 이런 의문들을 머릿속에 떠올리지 않았다. 도망치기만도 바빴을뿐더러, 달리 의심할 까닭이 없었다. 그들은 나와 아무 상관도 없는 사람들이었다. 그들이 날 알고 있을 리가 없었다. 서울이라면 혹시 모를까, 그곳은 내가 난생처음 가본 곳이었고 난 그곳에서 아무 한 일이 없었다. 그들의 성질을 거스르거나 원한을 살 만한 일을 할 시간조차도 없었다. 내가 그 거리에 도착한 지 채 두 시간도 되지 않았다.

뛰고 또 뛰었다. 길은 금세 가팔라졌다. 방앗간을 지나고 나니 나지막한 집들이 여기저기 제멋대로 서 있는 꼬불꼬불한 시골길이 이어졌다. 모퉁이가 나오면 얼른 길을 틀었다. 이리저리 어지럽게 방향을 틀고 또 틀며 달렸다. 미로 같은 골목길에서 제발 그놈들이 나를 놓치기를 바랐다. 하지만 그곳은 그들의 영역이었다. 그들은 길을 잃지 않았다. 시골집 담벼락 사이로 빈 공간이 열릴 때마다 어김없이 녀석들의 고함 소리가 들려왔다.

"저기 있다!"

"산으로 간대이!"

그러면 나는 또 재빠르게 방향을 바꾸어 뛰었다. 길은 이제 거의 비탈이었다. 숨이 점점 가빠왔다. 길이 휘어지는 곳마다 한두 채씩 서 있던 시골집들마저 사라지고 숲길이 나타났다. 오르막길을 쉬지 않고 뛰어오르려니 두 다리가 마구 후들거렸다. 무릎이 자꾸만 픽픽 꺾였다. 그냥 이대로 땅바닥에 주저앉아버리고 싶었다. 숨이 턱에까지 차올랐다. 그나마 다행인 것은 사방이 차츰 어두워지고 있다는 것이었다. 숲으로 들어서자 나무들 사이에 몸을 숨기기도 좋았다. 나는 길도 없는 숲 속을 마구 헤치며 달렸다. 나뭇가지들이 내 몸에 부딪혀 우둑우둑 부러졌다. 바람이 쇄아쇄아 울며 나두들 사이를 물결처럼 흘러갔다.

얼마나 그렇게 산을 뛰어올랐을까. 문득 사방이 조용하다는 느낌이 들었다. 나는 멈춰서 거친 숨을 고르며 주위를 살폈다. 녀석들이 보이지 않았다. 드디어 녀석들을 떨쳐낸 모양이었다. 그제야 나는 두 팔을 늘어뜨리고 그 자리에 털썩 주저앉았다.

"휴우, 살았네. 아아, 그 진드기 같은 놈들!"

다리 근육이 저절로 부르르 떨렸다. 나는 근육이 진정될 때까지 가만히 앉아 있기로 했다. 이렇게 열심히 뛰어본 게 대체 얼마만인가. 게다가 이런 가파른 산길을 뛰어본 일은 기억에도 없다. 앉아 쉬는데도 허벅지와 종아리가 미친 듯이 후들거렸다.

숲 속은 어두컴컴하고 적막했다. 건들바람이 불어오자 땀이 식으며 몸이 후드득 떨렸다. 어둠 속에 앉아 가만가만 눈을 깜박거렸다. 지금 나는 어딘지도 모르는 산속에 들어와 있었다. 이 어둠 속에 과연 내가 산을 내려가는 길을 찾을 수 있을지 자신이 없었다. 설령 내려가는 길을 찾았대도 산 아래에는 나를 쫓던 녀석들이 기다리고 있을 게 틀림없었다.

'이제 어떻게 해야 하지?'

그때 상자가 생각났다. 히로가 친구에게 전해달라고 한 그 상자 말이다. 얼른 주위를 둘러보았지만 그 상자가 아직까지 내 손에 남아 있을 턱이 없었다. 양아치들한테 얻어맞고 도망치는 사이 배낭은 이미 내 손을 떠난 지 오래였다.

"젠장!"

히로의 부탁을 들어주지 못하게 되었다. 하지만 이제는 상자가 문제가 아니었다. 배낭을 잃어버렸다는 것은 다름 아니라 내 소지품도 지갑도 모두 잃어버렸다는 뜻이었다. 서울로 돌아갈 방법이 막막했다. 사면초가였다. 눈앞이 캄캄했다.

04

 사람이 두려움에 사로잡히는 데 꼭 이유가 필요한 건 아니다. 물론 찾아보면 핑계는 얼마든지 댈 수 있을 것이다. 어둠 속에 불쑥 나타나는 허연 옷자락이나 소리 없이 다가드는 그림자 같은 것들, 정적을 깨는 바스락 소리나 발목을 붙잡는 나무뿌리 따위. 하지만 그런 것들이 두려움의 진짜 이유는 아니다. 두려움은 다른 곳에서 온다. 저 깊은 곳, 우리가 채 기억의 표면으로 떠올리지도 못하는 오래된 저 깊숙한 곳에서.
 검은 우물 같은 그곳에서부터 모호하고 불확실한 모습을 빌려 나타난다. 그러나 일단 두려움에 사로잡히면 그 두려움이 무엇 때문이었는지는 그리 중요하지 않다. 이유야 어찌 됐든 두려움은 나를 좁디좁은 테두리 안에 가두어 옴짝달싹 못하게 한다. 두려움은 사람을 옭아매는 족쇄다.

손에 쥘 만한 막대기 하나를 찾으려고 어두운 숲 속을 조심스레 걷다가, 나는 낙엽을 밟는 내 발소리에 간이 떨어질 만큼 놀랐다. 놀라서 뒷걸음질 치다가 나무뿌리에 발이 걸리고는 소스라치며 비명까지 지르고 말았다. 그쯤 되자 나는 더 이상 걸음을 내디딜 수도, 그 자리에 주저앉을 수도 없었다. 두려움에 온통 나 자신을 빼앗긴 채 숨을 헐떡거리며 서 있을 뿐이었다. 두려움은 마치 형체는 없고 물컹거리는 존재감만 있는 생물인 양 나를 휘감았다.

어디선가 짐승 소리가 들려왔다. 숲이 사락거렸다. 여기저기서 밤새가 울었다. 어둠은 단지 빛이 없는 상태가 아니었다. 어둠은 촘촘하게 내 목을 졸라오는 묵직하고 텁텁한 그물이었다. 나는 어둠 속에 아무렇게나 방치되어 있었다. 가만히 있다가는 온 숲이 나에게 달려들 것만 같았다. 나는 두 팔을 허공에 대고 마구 휘둘렀다. 제자리에서 뱅글뱅글 돌며 머리를 휘저었다. 그러다 또다시 나무뿌리에 발이 걸려 그만 흙바닥에 고꾸라지고 말았다.

"으아아아!"

나는 손에 잡히는 대로 마구 흙을 집어던지며 미친 사람처럼 소리를 질렀다. 고요한 숲에 내 비명 소리가 파도처럼 울려 퍼졌다. 심장이 둥둥 울렸다. 등줄기에 식은땀이 주르륵 흘렀다. 온몸이 벌벌 떨렸다. 선뜩한 한기가 몸속으로 파고들었다.

"불, 불을 피워야 해."

불쑥 그런 생각이 들었다. 불을 피우면 짐승이 가까이 다가오지 못할 것이다. 추위도 가실 것이다. 또 불을 피우면 이 끔찍한 어둠도 물러갈 것이다. 불이 얼마나 소중한 존재인지 새삼 가슴이 저리도록 느껴졌다. 먼 옛날에도 인간은 불을 사용하면서 비로소 원시적인 공포에서 벗어났다. 나에게도 불이 있으면 두렵지 않을 것이다.

나는 허둥대며 주변을 둘러보았다. 손으로 더듬더듬 흙바닥을 살폈다. 부러진 나뭇가지와 겹겹이 쌓인 낙엽들이 손끝에 닿았다. 손가락을 갈퀴 삼아 낙엽을 그러모으고 잔가지들을 주워 모았다. 그것들을 잔뜩 쌓아놓고 주머니를 뒤졌다. 다행히 바지 주머니에 라이터가 하나 들어 있었다.

딸각. 라이터를 켜자마자 노란 불꽃이 어둠을 한 뼘 몰아냈다. 마음이 놓였다. 잔가지에 불을 붙였다. 밤이슬 때문인지 처음엔 연기만 나고 불이 잘 붙지 않았다. 습기가 살짝 가시자 이내 불꽃이 타올랐다. 잔가지를 낙엽 무더기에 던져 넣었다. 사방이 순식간에 대낮같이 환해졌다. 따뜻한 온기가 훅 쏟아졌다. 나는 불 옆에 쪼그려 앉아 가만히 불을 바라보았다. 날름거리는 붉은 불꽃은 홀리듯 아름답고 마음 든든했다. 불꽃은 무척 강해 보였다. 너무 다행스러워서 눈물이 다 날 지경이었다.

"누가 아까부터 이쪽에서 부산을 떠나 했더니, 네놈이었구나! 마른 산에 웬 불을 놓은 거야? 온 산을 다 태워먹을 작정이야?"

귀 언저리에 난데없이 사람 목소리가 쏟아졌다. 나는 소스라치게 놀라 온몸을 후드득 떨며 몸을 틀었다. 뒤를 돌아보려던 것이었지만, 몸을 틀다가 순간 균형을 잃어버려 그만 나동그라지고 말았다. 하마터면 불 위로 쓰러질 뻔했다.

"하하하! 너 지금 뭐하냐? 불 위에 뒹굴어서 불을 끄려는 거야?"

아주 기이한 목소리였다. 우렁우렁 울림이 큰 목소리인데, 한편 잘 구운 숯처럼 버석버석하게 느껴지기도 했다. 말투도 이상했다. 사투리인 것 같기는 한데 어디 사투리인지는 알 수가 없었다. 아무튼 어색하고 귀에 설었다. 마치 우리말을 잘 못하는 외국인이 말하는 것 같았다.

나는 천천히 몸을 일으키며 목소리의 주인공 쪽으로 고개를 돌렸다. 머리가 허연 노인이 내 앞에 우뚝 서 있었다. 처음엔 할아버지인가 했는데 가만히 보니 할머니였다. 노파치고는 허리가 꼿꼿하고 기골이 장대했다. 그나저나 대체 이 할멈은 어떻게 인기척 하나 없이 불쑥 나타난 거지?

"누, 누구세요?"

간신히 이렇게 물었다. 목소리가 떨려 나왔다.

"얼굴에 그 피는 뭐야? 멧돼지랑 박치기라도 했냐?"

할멈의 행색은 이상하기 짝이 없었다. 허연 머리는 산발이나 다름없었고, 몸에는 짐승 가죽을 얼기설기 기워 만든 것 같은 옷을 걸치고 있었다. 얼굴은, 음, 뭐라고 해야 하나, 솔직히 말하자면, 흉측했다. 쭉 찢어진 눈매에 코는 뭉텅했고, 도드라진 광대뼈 위에는 긁히고 파인 상처들이 잔뜩 나 있었다. 깊은 주름이 자글자글한 그 얼굴은 사람이라기보다는 이야기책에 나오는 도깨비나 괴물의 형상에 더 가까웠다.

바짝 긴장해서 아무 말도 못하고 서 있는데, 할멈이 갑자기 몸을 움직였다. 내가 애써 피워놓은 모닥불 위로 덥석 올라가더니 발로 터벅터벅 밟아 불을 껐다. 어이가 없었지만 나는 얼어붙기라도 한 듯 꼼짝도 못한 채 그 모습을 바라보고만 있었다.

"쯧쯧. 이래 마른 가을밤에 낙엽을 모아 불을 붙이다니, 넌 대체 생각이 있는 놈이냐?"

불이 사그라지며 사방이 다시 어둠에 잠겼다. 모닥불이 주던 온기도 따라 사라져버렸다. 할멈은 이제 검은 형체로만 보였다. 몸이 부들부들 떨렸다. 이제 무슨 일이 벌어질까 불안해하며 기다리는데, 뜻밖에도 할멈이 불쑥 등을 돌리더니 성큼성큼 걸음을 옮겼다.

'그냥 가버리는 거야? 저 할멈 뭐야? 산불 감시원인가?'

나는 멍하니 그 뒷모습을 바라보았다. 어쩐지 허전한 마음이 밀물처럼 밀려들었다.

할멈의 행색이 워낙 괴물 같아 두렵긴 하지만 그래도 사람이었는데. 다시 이 캄캄한 산속에 홀로 남겨지는 건가.

"뭐해? 안 쫓아오고!"

저만치서 할멈이 갑자기 휙 뒤돌아서더니 냅다 소리를 질렀다.
"네?"
"거기서 오들오들 떨며 산짐승들하고 밤을 보낼 참이야? 아니면 눈 벌개갖고 너 잡으러 돌아다니는 놈들을 앉아서 기다리려고?"
"네에?"

나는 그만 입이 딱 벌어졌다. 그놈들이 아직까지 날 찾으러 돌아다닌단 말인가? 이 깜깜한 밤에? 아니, 그런데 이 할멈은 내가 쫓기고 있다는 걸 어떻게 안 거지?

문득 이 괴상한 할멈의 정체가 궁금해졌다.

"저 아래쪽에 횃불이 여러 개 왔다 갔다 해."

할멈이 팔을 쭉 뻗어 산 아래쪽을 가리켰다. 무심코 할멈이 가리키는 쪽을 보았지만, 나무들 사이로 보이는 건 짙은 어둠뿐 내 눈에는 횃불도 사람도 보이지 않았다.

"아, 얼른 오라니까!"

할멈은 다시 등을 돌려 산길을 훅훅 헤치며 걷기 시작했다. 걸음이 무척이나 빨랐다. 얼마 지나지 않아 어둠 속으로 할멈의 모습이 사라져버렸다. 이대로 할멈을 놓칠까 두려웠다.

"잠깐만요!"

나도 모르게 소리를 내지르며 할멈의 뒤를 따라 숲 속으로 발을 내디뎠다.

할멈은 몹시 빠른 걸음으로 산을 올랐다. 집이 산꼭대기에 있는 것인지, 계속 가파른 산길을 오르기만 했다. 나는 겨우겨우 할멈을 뒤따라가고 있었다. 아까부터 뛰어다니느라 지친 다리가 후들거리는 것도 문제였지만, 그보다는 눈앞이 보이지 않는 게 더 문제였다. 캄캄한 어둠 속에서 나는 자꾸만 허방을 딛고 비틀거렸다.

저 괴상한 할멈을 따라가는 게 잘하는 짓일까? 그냥 아까 거기 남아서 다시 불을 피우고 어떻게든 하룻밤을 버텨보았어야 하는 거 아닐까? 산불이 나지 않게 조심해서 불을 피우면 되었을 테지. 돌 같은 걸 쌓아서 화덕을 만들면 되지 않았을까? 하지만 그러는 사이에 산짐승이라도 나타나면? 아마 낭패겠지. 그런데 요즘에도 산짐승이 있긴 한가? 모두 멸종되지 않았을까? 짐승은 둘째 치고, 그놈들이 아직까지 날 찾으러 돌아다닌다고 했는데. 대체 왜 그놈들이 나를 그렇게 필사적으로 찾는 거지?

할멈을 뒤따라가는 동안 내 머릿속에는 수많은 질문들이 어수선하게 들끓었다. 그러나 그 어느 질문에도 답을 찾을 수가 없었다. 머릿속이 그저 시끄럽게 웅성거릴 뿐, 제대로 생각을 하는 것도 아니었다. 모두 다 영문을 알 수 없는 일들뿐이었다. 나는 고개를 흔들어 털었다. 지금은 생각을 해봤자 아무 소용 없다. 그냥 몸을 움직여야 할 때였다.

"아, 왜 이리 쩔쩔매나? 좀 얼른얼른 못 쫓아와? 젊디젊은 놈이 말이야, 허벅다리에 힘도 하나 없어갖고는. 쯧쯧."

할멈의 혀 차는 소리가 고요한 숲을 쩟쩟 울렸다. 나를 무시하는 소리니 듣기 좋을 리야 없었지만 그렇다고 반박할 주제는 못 되었다. 할멈이 어두운 숲을 칼로 베어 먹듯이 썩썩 헤치며 나아가는 데 비해, 나는 이제 거의 네 발로 기다시피 하며 간신히 따라가고 있었다.

"조금만 쉬었다 가요."

나는 숨을 헉헉대며 말했다. 쌀쌀한 밤인데도 얼굴이 확확 달아올랐다.

"이제 다 왔어. 요 너머야."

할멈은 문득 멈춰서 두 손을 툭툭 털더니, 어깨에 메고 있던 망태에서 기다란 나무토막 두 개를 꺼냈다. 그러더니 그걸 맞부딪혀서 딱딱 소리를 냈다.

딱따다따라라라 딱딱딱

딱따다따라라라 딱딱딱

마치 캐스터네츠를 연주하는 것처럼 리듬감 있는 소리였다.

"그건 뭐예요?"

리듬에 귀를 기울이며 물었다.

"혹시 곰이 우리 집에 다니러 왔나 해서 소리를 내주는 거야. 집주인이 왔다. 비켜라! 뭐 그런 얘기를 하는 거지."

할멈이 말했다.

"고, 곰요? 곰이 집에 있다고요?"

"있을지 없을지는 모르지. 가봐야 알지."

할멈의 천연스러운 대답에 나는 기겁을 했다. 두 눈을 크게 뜨고 주위를 두리번거렸다.

"왜, 겁나냐? 걱정할 것 없어. 사람 앞에서는 곰도 아무것도 아니야. 우리 할아버지는 만날 불곰하고 씨름하고 놀았는걸, 뭐. 일전에 한번은 나도 맨손으로 반달곰을 잡은 적이 있지."

"반달곰을 맨손으로 잡았다고요?"

나는 하도 어이가 없어서 할멈을 가만 보았다. 말도 안 되는 소리를 하는 걸 보니 이 할멈이 아무래도 미친 할멈인가 보다. 노망난 늙은 여우가 아닐까? 이 할멈을 따라온 게 잘한 짓인지 새삼 의문이 들었다.

할멈은 내 시선을 본체만체하고 다시 나무토막을 두드려 딱딱 소리를 내며 마지막 언덕바지를 올랐다.

"어이쿠, 저 봐라. 집주인 왔다고 고라니 한 마리가 열른 내빼지 않나?"

언덕에 올라선 할멈이 껄껄 웃으며 말했다.

아닌 게 아니라 뭔가 시커먼 것이 푸르르 달리는 움직임이 보였다. 곰이 아니라 고라니라니 천만다행이었다.

"어서 오너라."

할멈은 컴컴한 나무숲 사이로 성큼성큼 걸어 들어갔다. 뒤따라가려는데, 갑자기 눈앞에서 할멈이 온데간데없이 사라져버렸다.

"어?"

나는 주먹으로 두 눈을 쓱쓱 비비고 다시 보았다. 그래도 할멈은 보이지 않았다. 집 같은 것은 더더욱 어디에도 보이지 않았다. 아무리 눈을 크게 떠도 보이는 거라곤 여태껏 보아온 검은 나무 숲뿐이었다. 아무런 흔적도 움직임도 없었다. 할멈은 그대로 어두운 숲 속으로 빨려들어 가버린 것 같았다. 가슴이 둥둥 뛰었다. 꼼짝없이 늙은 여우한테 홀린 기분이었다. 그러나 내게는 다른 선택이 없었다. 밤의 숲에 혼자 남는 것이 무서워 지금껏 할멈을 따라왔으니, 그저 끝까지 따라가 보는 수밖에 없었다. 나는 천천히 할멈이 사라진 쪽으로 걸어갔다.

05

"북조선 의붓아비는 아주 용감무쌍했지. 참 잘 싸웠어. 아마 반달곰 서너 마리가 한꺼번에 달려들어도 끄떡없었을걸. 암, 틀림없지. 그 떡 벌어진 어깨 보면 곰은 저리 가라였지. 그런 아비가 없네, 없어."

어디선가 이런 소리가 중얼중얼 들려왔다. 나는 영락없이 꿈을 꾸고 있다고만 생각했다. 그러면서도 어째서 내 꿈에 북조선이니 반달곰이니 하는 이상한 단어들이 등장하는 걸까 하고 의아해했다.

"저것들은 다 허깨비여. 이놈도 허깨비고. 대관절 뭣에다 쓰겄고 키만 멀뚱하니 큰지."

또 이런 소리가 들렸다. 아무래도 이건 내 꿈에 나오는 말들이 아니지 싶었다. 나는 억지로 무거운 눈꺼풀을 들어올렸다.

눈곱이 더께가 졌는지 눈을 다 뜬 것 같은데도 시야에 들어오는 게 별로 없었다. 어쩌면 눈이 퉁퉁 부었는지도 모를 일이었다. 눈두덩이 더할 수 없이 무겁게 느껴졌다. 아무튼 그 좁은 시야에 들어온 건 허름한 오두막으로 비쳐 들어오는 눈부신 햇살이었다. 햇살은 어디선가 줄줄이 밀려들어와 방 안에 길쭉한 무늬를 그려 넣고 있었다. 사람은 보이지 않았다. 그런데도 소리는 또 들려왔다.

"대체 무슨 짓을 한 거야? 사람이라도 죽인 게야?"

나는 이제 상체를 일으켜 세우고 방 안을 두리번거렸다. 벽이 말을 하는 건 아닐 테니 어쨌든 사람이 보여야 할 게 아닌가? 한참을 둘레둘레 돌아본 끝에 나는 겨우 목소리의 주인공을 찾아냈다. 그 주인공은 다름 아닌 간밤에 만난 괴상한 할멈이었다. 할멈은 오두막 천장에 뚫린 동그란 구멍으로 발을 늘어뜨려 대롱거리고 있었다. 허리 위쪽은 오두막 밖으로 빠져나가 있어서 내 눈에는 보이지 않았다.

오두막은 아주 교묘하게 숲 속 나무들 사이에 숨겨져 있었다. 어젯밤 할멈은 숲 속으로 빨려 들어간 게 아니었다. 나무숲 사이에 숨겨진 오두막으로 걸어 들어간 것뿐이었다. 할멈의 집은 통나무로 얼기설기 엮은 작은 집이었다. 벽은 제각각 굵기가 다른 통나무를 줄줄이 세워 쌓고, 지붕에는 나무껍질과 나뭇잎들을 아무렇게나 얹어놓은 오두막이었다. 오두막을 둘러싸고 나무들이 빽빽이 서 있었다. 출입문 바로 앞에까지 나뭇가지들이 마구 뒤

엉켜 있었다. 그러니까 집은 나무들이 서 있는 틈바구니에 슬쩍 끼워져 있는 모양새였다. 아무래도 일부러 은신처로 지은 집 같았다. 밤이 아니라 낮이었어도 오두막을 찾아내기는 힘들 것 같았다.

"아주 온 산이 다 널 찾고 있네. 너 겉보기보다 굉장한 놈인 거냐?"

할멈이 또 천장 구멍 위에서 중얼거렸다.

"네? 저보고 하시는 말씀이에요?"

나는 고개를 쳐들고 물었다.

"그럼 너 말고 여기 또 누가 있어?"

그러더니 할멈은 물개가 물속으로 미끄러져 들어가듯이 스르륵 미끈하게 방 안으로 떨어져 내려왔다. 노인의 몸짓이라고는 믿기지 않을 만큼 매끄러운 동작이었다.

나는 침상에서 일어나 앉았다. 맨흙바닥이 그대로 드러나 있는 오두막의 한쪽 구석에는 나무판자를 엮어 만든 나지막한 침상이 있었다. 어젯밤 할멈은 나에게 그 침상을 내주고 맨흙바닥에서 누더기 같은 이불을 깔고 잤다. 침상을 빼앗기가 미안해서 내가 극구 만류했지만, 할멈은 "난 원래 화덕 옆에 쪼그리고 자는 걸 좋아한다니까"라며 바닥에서 자겠다고 고집했다. 침상 맞은편에는 장작불을 피우는 화덕이 있었다. 화덕에 불을 피워 방 안도 덥히고 음식도 해먹는 모양이었다. 천장의 동그란 구멍은 연기가 빠져나가도록 뚫어놓은 것이었다.

"저 허깨비들이 왜 휘휘 몰려다니면서 널 찾는 거야?"

할멈은 내 앞에 와 서더니 똑바로 내 눈을 들여다보며 물었다.

"허깨비들이오?"

"아, 어제 그 횃불 들고 돌아다니던 놈들."

잠이 확 달아났다. 어제 일이 하나하나 생각나기 시작했다.

"저도 몰라요."

"모르면서 쫓겨 다녀?"

대답할 말이 없었다. 나는 잠자코 할멈을 바라보았다.

"뭐, 모름 관둬라. 아무튼 쫓기는 건 기분 나쁜 일이야. 북조선 의붓아비같이 용감한 사내도 어쩔 수 없이 쫓길 때가 있었지. 퉤!"

할멈은 말끝에 침을 탁 뱉었다.

또 북조선이라는 말이 나왔다. 북한도 아니고 북조선이라니, 이 할멈 간첩 아냐? 그러고 보니 이런 깊은 산중에 은신처 같은 집을 지어놓고 혼자 사는 게 수상하기는 했다. 그런데 이렇게 늙은 간첩도 있을까?

할멈이 불쑥 몸을 돌려 오두막 바깥으로 나갔다. 나가면서도 중얼중얼 잘 알아들을 수 없는 말들을 늘어놓았다.

나는 몸을 쭉 펴며 기지개를 켰다. 온몸이 비명을 지르는 것처럼 우두둑거렸다. 어제 몰매를 맞은 곳들이 아우성을 쳤다. 하지만 이 정도쯤은 아무것도 아니다. 한두 번 얻어맞은 것도 아니다. 뼈가 부러진 곳이 없으니 그걸로 됐다. 그보다는 그놈들이 아직까지 나를 찾아다니고 있다는 할멈의 말이 마음에 걸렸다. 정말이지 이유를 알 수 없었다. 시골 양아치들이 나에게 이럴 까닭이 없었다. 흔한 영역 다툼이라면 자기네 영역에 들어온 낯선 놈을 쫓아버렸으면 그만이다. 게다가 그들은 내 배낭까지 차지하지 않았는가. 계속 나를 찾아다닌다는 건 말이 안 돼었다. 혹시 나를 누군가 다른 사람으로 오해하고 뒤쫓는 걸까?

가만히 앉아 생각한다고 답이 나오는 것도 아니어서, 나는 할멈을 뒤따라 오두막 바깥으로 나가 보았다. 치렁치렁 늘어진 나뭇가지들을 헤치고 몇 걸음 걸어 나가자 나무들 사이로 햇빛이 비쳐들어 눈을 찔렀다. 벌써 한낮인 모양이었다. 할멈은 어디로 갔는지 보이지 않았다. 나는 어젯밤에 죽을 둥 살 둥 넘어왔던 언덕바지까지 천천히 걸어갔다.

숲이 술렁슬렁 움직였다. 먼 데서 사람 소리가 웅성웅성 들려왔다. 할멈 말대로 그들은 온 산을 뒤지고 있었다. 나는 본능적으로 나무 뒤로 몸을 숨겼다.

"젠장! 대체 어떻게 된 거지?"

이게 다 무슨 일인지, 이제부터 어떻게 해야 할지 도무지 알 수가 없었다. 하지만 내 발로 걸어 내려가서 저놈들에게 고스란히 잡혀줄 수는 없었다. 내가 잘못한 일도 없고 그들이 날 쫓는 이유도 모르지만, 그들을 만나봤자 얻어터질 일밖에 없으리라는 건 불 보듯 뻔했다. 지금 산을 내려간다는 건 좋은 생각 같지 않았다. 그렇다고 무작정 산에 머문다는 것도 대책 없기는 마찬가지였다. 어젯밤엔 할멈이 친절을 베풀어 날 오두막에 재워주었지만, 오늘도 그러리라는 보장은 없었다. 게다가 배낭을 잃어버리는 바람에 나에게는 돈 한 푼 없었다. 참으로 난감한 상황이었다.

나는 터덜터덜 할멈의 오두막으로 돌아왔다. 별수 없었다. 산을 내려갈 수 없다면 오두막에 하루 더 신세를 지는 수밖에 없었다. 아직까지는 할멈이 나가라고 하지 않았으니까 좀 버텨봐도 되겠지, 하는 심정이었다. 도시 같으면 길거리에서도 얼마든지 잘 수 있다. 길거리 생활이라면 이골이 났다. 하지만 산은 달랐다. 산은 내겐 너무나 낯선 장소였다. 짐승들이 돌아다니는 컴컴한 산속에서 밤을 보내고 싶지는 않았다.

오두막에 들어서니 다시금 할멈의 정체가 궁금해졌다. 별달리 할 일도 없어서 나는 오두막 안을 천천히 둘러보기 시작했다. 방 안은 어젯밤에 본 대로 아주 단출했다. 침상 하나와 화덕, 그리고 의자로 쓰이는 것 같은 통나무 그루터기 두 개가 전부였다. 화덕 옆에는 새까만 냄비 하나와 그릇 몇 개가 굴러다녔다.

그런데 한 가지, 어젯밤에 보지 못한 것이 눈에 들어왔다. 통나무 벽에 삐뚜름히 걸려 있는 낡은 액자였다. 가까이 다가가 액자 안에 든 사진을 들여다보았다. 여러 사람이 기념 촬영이라도 하듯 모여 찍은 사진이었다. 한가운데에는 할멈으로 보이는 사람이 서 있었다. 지금보다 좀 젊을 때인 것 같긴 했지만 역시나 괴상한 생김새가 눈에 확 띄었다. 사진 속에서 할멈은 손에 무언가를 들고 있었다. 네모나고 작은 물건이었다.

나는 사진에 바짝 눈을 들이댔다.

"감……사……파?"

간신히 사진 속 물건에 적힌 깨알 같은 글자를 읽었을 때였다.

딱!

뒤통수에 불이 붙었다. 눈앞이 노래지고 별이 번쩍거렸다. 누군가 내 뒤통수를 세게 후려친 것이었다.

06

"뭘 기웃대? 뭐가 궁금해?"

할멈이었다.

"아아! 아파라. 으아, 힘 엄청 세네……."

그제야 비명이 터져 나왔다.

"힘세고말고. 이 몸이 반달곰도 때려잡은 몸이라니까. 뭐, 나도 반달곰을 때려잡고 싶진 않았지만, 곰이 마을로 내려가 사람들을 해친다니 어쩌겠어. 하는 수 없이 내가 해치워줬지. 그 사진이 바로 반달곰을 잡고 나서 마을 사람들과 함께 찍은 사진이야. 그때가 아마 십오 년 전이던가? 처음으로 마을 사람들과 한데 어울렸지. 사람들이 맛있는 음식도 많이 해줬어."

할멈이 히죽거렸다. 새까만 이가 드러나 더 괴물 같아 보였다.

"그게 정말이에요?"

아무리 기골이 장대하기로소니 할멈이 반달곰을 때려잡다니, 아무래도 믿을 수가 없었다.

할멈이 갑자기 눈을 부릅뜨더니 한 손을 번쩍 들어올렸다. 나는 반사적으로 팔꿈치를 들어올렸다. 재빠른 방어는 싸움의 기본이다. 상대의 첫 공격을 막아내지 못하면 선수를 빼앗겨 돌이킬 수 없게 되고 만다. 평소에 나는 반사신경이 꽤 빠른 편이라 자부했다. 그런데,

퍽!

옆구리에서 불이 일었다. 눈앞이 또다시 노래졌다. 할멈의 주먹이 어느 틈이 내 옆구리로 파고들어 펀치를 날리고 사라졌다. 엄청나게 빠른 속도였다.

"어떠냐? 이제 내 말이 믿어지냐? 새하얗게 늙은 호호할멈이라고 무시했다간 큰코다친다. 너 같은 허깨비 녀석이 우습게 볼 만큼 만만한 할멈 아니다."

할멈은 몹시도 기분이 좋은 양, 입을 크게 벌리고 헤죽헤죽 웃었다. 나는 허리를 비스듬히 꺾은 채로 숨을 헐떡대고 있었다.

"맞은 게 억울하면 너도 한번 쳐봐."

이제 할멈은 나를 도발하기까지 했다. 하지만 말도 안 되는 소리였다. 한 대 얻어맞았다고 해서 어떻게 노인을 치겠는가. 얻어맞은 데가 노인이 때렸다고는 믿어지지 않을 만큼 몹시 아프긴

했지만 말이다.

"저 그렇게 막돼먹은 놈은 아니에요."

"오호, 젊은 놈이 호호할멈을 칠 수는 없다, 이거냐? 걱정 말고 덤벼라. 어디 한번 팔을 쭉 뻗어보려무나. 닿기나 할지는 모르겠다만. 잘됐네. 안 그래도 요즘 통 힘쓸 데가 없어서 몸이 근질근질했는데, 한판 시원하게 붙어보자고."

이 할멈이 도대체 제정신인지가 의심스러워졌다. 왜 내게 싸움을 거는 거지? 안 그래도 영문을 알 수 없는 싸움을 피해 산으로 도망 온 나에게 할멈까지 싸움을 걸다니. 기가 막혔다.

딱!

예고도 없이 할멈의 발길질이 왼쪽 정강이로 날아들었다. 비명이 절로 터져 나올 만한 강타였다. 참으로 환장할 노릇이었다. 나는 정강이를 부여잡고 깽깽이 뛰고 싶은 마음을 간신히 참으며, 두 다리로 버티고 서는 데 온 신경을 다 썼다.

"아니, 대체 왜 이러세요?"

그러나 할멈은 대답이 없었다. 대신 몸을 움직였다.

불이 난 정강이의 아픔이 가시기도 전에 어깨로 주먹이 날아들었다. 다리를 절룩거리며 뒷걸음질 치려는데 어느새 배에 강타가 날아들어 눈앞이 새하얗게 변했다. 허리를 푹 접고 간신히 숨을 돌리려는 차에 머리통에 또 타격이 날아왔다. 정말이지 숨 쉴 틈 없는 공격이었다. 바람 냄새를 맡을 새도, 바람 소리를 들을 겨를도 없었다. 여태껏 이런 적은 한 번도 없었다.

이제는 이 할멈이 보통 할멈이 아니라는 걸 인정할 수밖에 없었다. 할멈의 주먹은 웬만한 젊은 남자들보다도 훨씬 더 세고 빨랐다. 이 괴상한 할멈은 말 그대로 '파이터'였다. 어디서 어떤 훈련을 쌓은 건지는 알 수 없지만, 틀림없이 오랫동안 단련한 솜씨였다. 그래서 나는 할멈과 맞붙어 싸워도 된다는 결론을 내렸다. 젊은이가 노인을 치는 게 아니다. 이건 '배틀'이다.

나는 한 걸음 물러서서 호흡을 가다듬었다. 두 주먹을 꽉 쥐고 할멈을 노려보았다.

"이제 겨우 팔을 한번 뻗어볼 마음이 생긴 거냐? 괭이같이 귀여운 놈! 하하하!"

할멈은 여유만만하게 웃고 있었다. 자세를 바로하지도, 방어를 위해 팔을 들어 올리지도 않았다. 마치 방심하고 있는 것처럼 보였다. 할멈에게서는 바람 소리도, 긴장된 리듬도 들려오지 않았다. 이상한 일이었다.

나는 어금니를 꽉 물고 달려들었다. 힘을 있는 대로 그러모아 펀치를 날렸다. 이내 퍽! 하는 소리가 울렸다. 뼈와 뼈가 물컹한 살 너머로 맞부딪치는 뜨거운 느낌이 몰려들었다.

"허억!"

그러나 긴 숨을 토해내며 비명을 내지른 것은 할멈이 아니라 바로 나였다. 뼈와 뼈를 맞부딪치게 한 펀치를 먹인 것은 내가 아니라 할멈이었다. 갈비뼈가 부러지기라도 한 것처럼 몹시 아파왔다. 무릎이 절로 푹 꺾였다. 눈물이 쏙 빠져나왔다.

　대체 어떻게 된 거냐고? 그 부끄러운 찰나를 굳이 확대해보자면 이와 같았다. 야심만만하게 날아간 내 주먹은 허공을 가르며 갈 곳을 잃었다. 때리기는커녕 스쳐보지도 못했다. 방심하며 웃고 있는 것만 같던 할멈은 눈에 보이지도 않을 만큼 재빠르게 몸을 움직여 자세를 바꿨다. 그렇게 내 공격을 살짝 피하는 동시에 돌 같은 주먹을 내 옆구리에 먹였다. 아무튼 이 모든 일이 찰나에 일어나고 사라졌다.

　"언제까지 그러고 있을 참이야? 얼른 일어나지 않고!"

　눈물 고인 눈을 간신히 치켜뜨고 바라보니, 할멈은 몹시 신이 난 어린아이처럼 벙글벙글 웃고 있었다. 도저히 참을 수가 없었다. 이제는 마구잡이 공격이라도 퍼부어보아야 할 일이었다. 박치기도, 발길질도 마다하지 않겠다! 나는 남은 힘을 모두 짜내어 벌떡 일어났다.

　그러나 그 뒤로도 내 주먹과 머리통과 발끝은 도통 할멈의 몸에 가닿지를 못했다. 반면에 할멈의 주먹과 발끝은 쉴 새 없이 내 몸에 퍼부어졌다. 어째서 할멈의 동작은 바람보다 더 빠른 거지? 아무리 정신을 바짝 차리고 귀를 기울여보아도 날아오는 펀치와 발길질의 리듬을 읽어낼 수가 없었다. 싸움의 리듬을 읽어내는 귀, 남들은 듣지 못하는 리듬을 듣는 나의 귀는 내가 가진 단 하나뿐인 특기다. 그 특기마저 무색해져버리자, 나는 그만 바람풍선 같은 샌드백으로 전락하고 말았다.

"아이고, 덥다. 땀난다. 고만 하자."

할멈이 갑자기 바닥에 털썩 주저앉았다. 하지만 사실 그다지 힘든 기색은 아니었다. 할멈의 얼굴에는 히죽히죽 즐거운 웃음이 머물러 있었다.

나로 말할 것 같으면, 아까부터 바닥에 그대로 널브러지고 싶은 걸 간신히 참으며 할멈의 펀치며 발길질을 받아내고 있는 참이었다. 온몸의 뼈가 다 삭아버린 기분이었다. 하도 많이 맞아서 정신이 멍해진 것도 같았다. 이제 통증은 거의 느끼지 못했다. 다만 도저히 싸움 상대가 되지 않는다고 느끼면서부터 모든 의욕이 사라져버려 내 자신이 사람처럼 여겨지지가 않았다.

"왜 그러고 섰어? 앉아. 힘들면 저기 가 눕든지."

할멈이 침상을 가리키며 말했다.

나는 멍하니 할멈을 보다가 속이 빈 부대 자루처럼 주르륵 흙바닥에 쓰러졌다. 머리가 핑 돌았다. 세상이 나를 둘러싸고 윙윙 도는 것 같았다. 머리도 몸도 작동하기를 검춘 기계처럼 버석버석했다.

"한판 시원하게 뛰었더니 배가 고프네. 밥해줄 테니 기다려라."

할멈이 자리를 툭툭 털고 일어서며 말했다.

그 말을 듣자마자 갑자기 맹렬한 허기가 느껴졌다. 그러고 보니 어제부터 먹은 것이 거의 없었다. 일단 배가 고프다는 걸 깨닫자 얻어맞아서 생긴 통증은 아무것도 아니었다. 위장이 격렬하게 요동치며 어서 먹을 것 좀 집어넣으라고 난리였다. 텅 빈 줄만 알았던 머릿속이 밥 생각으로 가득 찼다. 벌써부터 침이 꼴깍 넘어갔다. 이제껏 느껴본 적 없는, 무서우리만치 강한 배고픔이었다.

"아 참, 물부터 마셔라. 목이 바짝바짝 타지?"

할멈이 나무 물통에서 물을 한 바가지 가득 떠 주었다.

"그런데 너, 이름이 뭐냐?"

나는 바가지에 얼굴을 처박고 벌컥벌컥 물을 들이켰다. 물 한 바가지가 다 넘어갔다. 그제야 목구멍에서 말이 흘러나왔다.

"고수요."

"고수? 하는 것 보니 싸움의 고수는 아닐 테고, 고수풀 말이냐?"

할멈이 화덕 앞에서 그릇들을 덜그럭거리며 되물었다.

실컷 물을 마시고 나자 벌써 배가 부른 것 같았다. 온몸이 나른해졌다. 그대로 까무룩 잠이 들 것만 같은 기분이었다.

"고수풀? 그게 뭔데요? 암튼 전 풀 같은 거 아니고, 북 치는 고수예요."

"북 치는 고수? 아아, 그거 괜찮네! 너 북 잘 치냐?"

"그럭저럭요."

"잘됐구나. 나도 북소리 좋아한다. 캄차카에서도 남자들이 둥둥 북을 치면서 춤을 추고 그랬지."

할멈이 국자를 손에 든 채로 멍하니 먼 데를 쳐다봤다. 이 세상에 없는 곳을 바라보는 것 같은 눈길이었다.

"캄차카요?"

"캄차카, 모르냐? 내 고향이다. 눈과 불의 나라지. 참 아름다운 곳이야.'

할멈이 발음하는 '캄차카'는 아주 독특했다. 그냥 캄차카가 아니었다. 입안에 잔뜩 바람을 품고 있다가 한꺼번에 훅, 이 사이로 내뱉듯이, 혹은 시커멓게 탄 감자를 어쩌지 못해 입안에 넣고 있다가 그만 툭 뱉어내듯이 발음하는 '캄차카'였다.

캄차카. 처음 들어보는 나라였다. 눈과 불의 나라라고? 무슨 판타지 소설에나 나올 법한 말이었다. 이상한 나라에서 온 할멈이었군. 어쩐지 좀 이상하게 생겼다 했지. 아니, 잠깐! 아까는 아버지가 북조선 사람이라고 하지 않았나? 뒤죽박죽이잖아? 아무튼 못 믿을 할멈이었다. 정신이 오락가락하는 할멈이 틀림없었다.

오락가락하는 건 사실 나였다. 난 꿈속인지 현실인지 도를 곳을 둥둥 떠다니고 있었다.

"넌 어디서 왔냐?"

소리치듯 묻는 할멈의 목소리에 나는 화드득 다시 현실로 돌아왔다.

"네? 아, 서울이요."

"부모님은 다 계시고?"

"집 나왔어요."

"그럼 혼자 사나?"

"네."

"학생이야?"

"아뇨. 일해요."

"북 치는 일?"

"아뇨. 북은 그냥 치는 거예요. 심심할 때, 리듬이 들릴 때, 아무 때나 쳐요. 아, 그리고 꼭 북만 치는 것도 아니에요. 난 아무거나 다 두드려요. 허벅지도 두드리고, 무릎도 치고, 벽도 두드리고, 냄비 뚜껑이든 유리잔이든 아무거나 쳐요."

할멈이 묻는 대로 줄줄 대답을 하던 나는 문득 정신이 번쩍 났다.

"근데 왜 자꾸 캐묻고 그래요?"

저절로 감기려는 두 눈을 힘주어 뜨며 목소리를 높였다.

"뭐야? 내가 언제 캐물었다고 그래? 제 입으로 줄줄 이야기해 놓고서. 아이고, 나도 밥 하랴 이야기 들으랴, 아주 바빠 죽겠어."

할멈은 되레 소리를 꽥 질렀다.

기가 막혔다. 꼬치꼬치 캐물어놓고 잡아떼기는. 대꾸하기도 귀찮아서 눈을 꾹 감아버렸다. 눈을 감자마자 밑에서 누군가가 나를 쑤욱 잡아당기는 것처럼 순식간에 잠속으로 빨려 들어갔다. 다시는 깨고 싶지 않을 만큼 달콤하고 깊은 잠이었다. 꿈도, 꿈 아닌 것도 없었다.

그때였다. 내 깊고 두터운 잠의 벽을 넘어 이런 소리가 들려왔다.

"아, 밥 먹고 자! 자다가 힘 빠진다."

아아 젠장, 마귀할멈 같으니라고.

07

　나에게 '고수'라는 이름을 붙여준 사람은 내 아버지가 아니라 히로였다. 거리의 아이들은 서로를 거리의 이름으로 불렀다. 물론 '히로'도 진짜 이름이 아니다. 누군가 또 다른 아이가 붙여준 이름일 거다. 집을 나온 순간부터 우리는 아버지가 부여한 이름을 버렸다. 새 이름은 되는 대로 지어 붙였다. 처음엔 그저 눈에 띄는 특징을 가지고 별명을 만들어 부르다가 그 별명이 그대로 이름이 되기도 하고 새로 이름을 붙이기도 했다. 처음에 나는 '허수아비'라고 불렸다. 키만 컸지 체구가 단단하지 못해 허수아비처럼 보였기 때문이란다. 이제 나는 '고수'로 통한다. '싸움의 고수'라는 뜻이면 얼마나 좋으련만, 그건 아니다. '북 치는 사람'이란 뜻의 고수다. 내가 손에 닿는 것이면 아무거나 다 두드려대는 걸 보고 춤꾼인 히로가 그런 이름을 붙여줬다.

고수, 마음에 들었다. 사실인즉 나에게는 남다른 리듬감이 있었다. 담벼락이든 고철 덩어리든 내 손에만 닿으면 묘하게 리듬이 생겨나곤 했다. 드럼과 리듬은 나에게는 생명줄과도 같은 것이었다. 두드리다 보면 다른 것들은 모두 잊어버릴 수 있었다.

열여섯 살 가을, 내 키가 갑자기 훌쩍 자랐다. 그전까지는 늘 반에서 가장 작은 편이었는데 그 한 해 동안 콩나물처럼 키가 쑥쑥 자라더니, 여름방학이 지나고 보니 반에서 가장 큰 축에 속해 있었다. 키가 자라자 자신감도 따라서 자라는 것 같았다. 마치 내가 어른이 다 된 듯한 기분이었다. 이제는 아버지도 나를 마음대로 건드리지 못할 거라는 생각이 들었다. 그때서야, 아버지를 능가할 수 있을 거라는 기분이 들기 시작할 때서야, 나는 집을 뛰쳐나왔다.

집을 나올 결심은 진작부터 하고 있었기에 내게는 오랫동안 모아온 돈이 있었다. 하지만 그 밖에는 준비해둔 게 거의 없었다. 그때만 해도 난 어린아이에 불과했다. 그러면서도 그저 불쑥 자라난 자신감으로 우쭐해서는 집만 나오면 모든 게 잘될 거라고 생각했다. 이제 나도 어른들만큼 키가 크니까 어른들처럼 혼자 잘 살아갈 수 있을 거라 생각했다. 그건 착각이었다. 세상은 집 나온 청소년을 달갑게 받아줄 만큼 호락호락하지 않았다.

책가방에 옷 몇 벌과 엠피쓰리만 달랑 넣고서 집을 나섰다. 지하철을 타고 가장 먼저 찾아간 곳은 대학로였다. 아이들이 학교에서 떠들어대는 걸 들은 기억이 있었다. 가출했을 때는 대학로에 가면 된다고들 했다.

"무조건 대학로부터 가는 거야. 거기 가면 애들 무지 많아. 춤추는 애들도 있고, 술 먹는 애들도 있고, 암튼 재미난 일 많아. 그리고 집 나온 여자애들도 많아서 헌팅하기도 아주 쉬워. 일단 대학로에만 가면 다 알게 돼. 잠은 어디서 자면 되는지, 놀기는 어디서 노는지, 조심해야 할 건 무언지, 그냥 다 알게 된다니까."

그렇게 그냥 놀려는 목적으로 며칠씩 가출했다 돌아오곤 하는 애들이 반에 몇 명씩은 꼭 있었다. 하지만 나는 그 애들과는 달랐다. 난 술이나 먹고 본드나 하며 놀려고 잠시 가출하는 게 아니었다. 여자애들한테도 관심 없었다. 나는 완전히 집을 떠나려는 것이었다. 나를 낳아주고 길러주었으며, 그렇다는 이유로 나를 머리끝부터 발끝까지 속속들이 옭아매려는 아버지라는 사람으로부터 확실히 벗어나려는 것이었다. 영원한 작별을 고하려는 것이었다. 그때 난 길거리 생활이 뭔지 아무것도 모를 만큼 어렸지만, 그 결심만큼은 확고했다.

아무튼 나는 아이들의 말대로 일단 대학로로 갔다. 달리 갈 만한 곳이 떠오르지 않았다. 대학로에는 사실 처음 가보는 것이었다. 아이들의 말만 듣고 은근히 축제 같은 분위기를 기대했나 보다. 지하철역에서 나와 대학로로 들어서면서 내 가슴은 살짝 두근거렸다. 그러나 천천히 주변을 어슬렁거려 보았지만, 춤추는 애들도 술 먹는 애들도 보이지 않았다. 잠은 어디서 자면 되는지, 조심해야 할 건 무언지 전혀 알 수가 없었다. 그냥 다 알게 되지 않았다. 대학로에는 화려한 카페와 술집들이 즐비했지만 겨우 열여섯 살인 내가 당당히 들어갈 수 있는 곳들로 보이진 않았다. 나는 막연히 길거리를 걷고 또 걸었다. 집을 나오기만 하면 새처럼 자유로울 줄 알았는데, 마음은 오히려 커다란 짐을 둘러멘 것처럼 무겁기만 했다.

마침내 해가 저물고 차츰 어둠이 내려앉았다. 기온이 뚝 떨어지면서 온몸이 부르르 떨렸다. 차가운 바람이 불어와 어깨가 저절로 움츠러들었다. 걸음을 멈추면 더 추워질 것 같아서 나는 계속 걸었다. 마로니에 공원 주변을 벌써 몇 바퀴째 돌고 있는지 셀 수도 없었다. 밤이 깊어질수록 바람은 점점 더 차가워졌다. 다리도 아팠다. 이젠 그만 좀 멈춰 쉬고 싶었다. 뒷골목에 여관들이 보였다. 하지만 아무리 돈이 있다 해도 여관에서 날 받아줄 것 같지는 않았다.

"아아, 왜 하필이면 이렇게 추울 때 가출을 했지? 난 정말 멍청한 놈이야. 여름이면 길거리에서 자도 됐을 텐데."

스스로에게 화가 났다. 집을 나온 걸 후회하는 건 절대 아니었다. 하지만 막상 아무 데도 갈 곳이 없어서 무턱대고 돌아다니고만 있자니, 나 자신이 한심하기 짝이 없었다. 어린애 같은 나 자신에게 욕을 잔뜩 퍼붓고 싶은 심정이었다.

또다시 마로니에 공원 어귀에 접어들었을 때였다. 내 앞에 검은 그림자들이 나타나더니 길을 막아섰다. 드디어 올 것이 오고야 말았구나 싶었다.

밤이 깊어가면서 불쑥불쑥 두려운 마음이 들기 시작했다. 누군가 내 앞에 나타나서 "이 녀석! 왜 집에 가지 않는 거냐?"고 마구 윽박지를 것만 같았다. 경찰이 다가와 내 손목에 수갑을 덜컥 채우고는 "가출 청소년은 감옥에 집어넣어야 한다"며 경찰차에 태울 것 같았다. 깡패들이 나타나 컴컴한 뒷골목으로 나를 끌고 가 사정없이 두드려 팰 것만 같았다.

그리고 마침내 올 것이 왔다.

"야! 너 이리 와봐. 너 이 새끼, 집 나왔지?"

"대학로에 왔으면 우리한테 신고부터 했어야지!"

그들은 어른도 아니고, 경찰도 아니었다. 그냥 길거리 아이들이었다. 나보다 고작 몇 살 더 먹었을 것이다. 얼굴이 엄청나게 험상궂게 보이는 것도 아니었다. 다만 그들은 혼자가 아니었다. 그리고 어딘지 모르게 이 거리에, 이런 일에 무척 익숙하다는 인상을 풍겼다. 네 명의 아이들이 나를 에워싸고는 툭툭 쳤다. 단지 그것뿐인데도 내 몸은 부들부들 떨리기 시작했다. 마치 그들이 내게 무슨 약을 뿌려대기라도 한 것처럼 나는 옴짝달싹할 수가 없었다.

"이 자식 왜 이렇게 떨어? 너 중딩이냐?"

"키만 컸지 중딩인가 보네. 멍청한 새끼, 너 가출 처음이야?"

"돈 갖고 나왔지? 이 형들한테 좀 나눠줘라."

삥 뜯기기는 처음이었다. 삥 뜯기는 일이 이렇게 겁나는 일인

줄도 처음 알았다. 그들은 별로 참을성이 없어 보였다. 내가 입을 꼭 다문 채 얼어붙은 것처럼 가만히 서 있자 슬슬 짜증을 내기 시작했다.

"이 새끼 왜 꼼짝도 안 해?"

"꼭 우리가 직접 뒤져야겠냐? 암튼 뒤져서 돈 나오면 넌 죽을 줄 알아!"

"안 되겠네. 저쪽으로 데려가자."

나는 여전히 한마디 대꾸도 하지 못했다. 하지만 이젠 더 이상 가만히 서 있을 수는 없었다. 한 놈이 덥석 내 어깨에 팔을 걸쳤다. 그러더니 네 명이 나를 에워싸듯 걸으며 골목으로 몰아댔다. 나는 뻣뻣해진 다리를 질질 끌며 걸었다. 눈으로는 도망칠 곳을 찾아 쉴 새 없이 주변을 두리번거렸다.

'아아, 젠장. 오늘 막 가출했는데. 돈을 다 털리면 어쩌지?'

돈을 빼앗기고 나면 아무런 대책이 없었다. 내가 가지고 나온 건 돈뿐이었다. 돈이 있어도 막막하기만 한데, 돈까지 빼앗기고 나면 도무지 길거리에서 어떻게 살아남아야 할지 상상이 되지 않았다. 그렇다고 다시 집으로 돌아갈 수는 없었다. 절대로 그러고 싶지는 않았다.

"야, 이제 보니 너 신발 좋아 보인다? 그거 비싼 거냐?"

어깨에 팔을 두른 놈이 지껄였다. 신발까지 빼앗을 작정인 모양이었다.

화가 치밀었다. 겨우 삥 뜯어서 사는 비열한 놈들 같으니라고. 틀림없이 네놈들도 가출한 놈들이겠지? 집을 나와서 고작 하는 일이 삥 뜯기냐? 이렇게 소리쳐주고 싶었다. 그러나 마음과는 달리 내 몸은 잔뜩 겁을 먹고 있었다. 온몸이 딱딱한 나무토막이 되어버린 것만 같았다. 걸을 때마다 삐거덕삐거덕 노 젓는 소리가 들려왔다.
　'쳇. 어디 내 손으로 돈을 내놓나 봐라. 그럴 순 없지. 나도 이제부터 이 길거리에서 살아남아야 한다고.'
　이를 악물었다. 하지만 언제까지 버틸 수 있을지는 알 수 없다. 상대는 네 명이었다.
　"야, 빨리 좀 걸어! 골목까지 가다가 날 새겠다."
　옆에서 걷던 녀석이 발길질을 해댔다. 정강이를 걷어채인 것 같은데 이상하게 통증은 전혀 느껴지지 않았다. 하지만 굴욕감이 느껴졌다. 입안에서 절로 쓴맛이 배어나왔다.
　어두컴컴한 골목으로 끌려 들어가는 순간에는 정말 겁이 났다. 일단 저 골목에 들어서면 다시는 되돌아 나오지 못할 것 같은 공포가 솟구쳤다. 두려움이 파도처럼 자꾸만 밀려와 내 몸을 휩쓸었다. 그대로 바닥에 주저앉아버릴 것만 같았다.
　그때였다. 골목 안쪽에서 뜻밖의 목소리가 들려왔다.
　"또 너희들이냐? 내가 여기서 삥 뜯지 말라고 했을 텐데?"
　어둠 속에서 검은 그림자가 서서히 다가왔다. 그러자 신기한 일이 벌어졌다. 방금 전까지 나를 위협하고 겁주던 야비한 놈들이 순식간에 순한 양으로 돌변해버린 것이었다.

"어? 히로……."

"얼른 꺼져!"

검은 그림자가 말했다.

양들이 사라졌다. 나는 돌연 자유의 몸이 되었다.

나는 뻣뻣한 목을 들어 올려 나의 구세주를 바라보았다. 구세주는 경찰도 아니고 근육질의 슈퍼맨도 아니었다. 여자애처럼 늘씬한 체격의 남자애가 눈앞에 서 있었다. 그 애는 벽에 기대서서 나를 빤히 바라보고 있었다.

눈이 마주쳤다. 어색한 순간이었다. 고맙다는 말이라도 건네야 하겠지만, 어쩐지 입이 떨어지지가 않았다. 그 애와 나는 그렇게 마주 선 채로 아무 말 없이 몇 분간 서로를 관찰했다. 늘씬한 그 아이는 눈매가 꽤 매서웠다. 하지만 가만 보니 꽤나 아름다운 얼굴이었다. 여자애처럼 예쁘장한 얼굴이랄까. 무표정한 얼굴이 얼음처럼 차가워 보이기는 했다.

마침내 그 애가 먼저 입을 열었다.

"저녁 안 먹었지? 라면이나 먹으러 가자."

그 애는 문득 무척 기쁜 일이라도 생긴 것처럼 활짝 웃었다. 웃는 얼굴은 무표정한 얼굴과는 또 달라 보였다. 웃음이 꽃처럼 환하게 피어났다.

"난 히로라고 해. 물론 진짜 이름은 아니고 길거리 이름. 아! 너도 진짜 이름은 말하지 마라. 부담스러우니까. 경찰이나 누가 찾아와서 아무개라는 애 아냐고 물으면 난 모른다고 해야 하니까. 너 집 나온 거 맞지?"

분명히 변성기가 지났을 텐데도 히로의 목소리는 맑고 낭랑했다. 얼굴도 몸도 목소리도 여자애처럼 고운 그 애한테서 어떻게 그런 카리스마가 나오는지 신기했다. 그런데 그랬다. 아까 삥 뜯으려던 녀석들도 그랬거니와, 나 또한 그 애의 말을 들으니 왠지 모르게 그대로 따라야 할 것 같은 기분이 들었다. 이 애, 참 묘한 힘을 가지고 있구나 싶었다.

나중에 알고 보니 히로는 대단한 싸움꾼이었다. 길거리 싸움에서 한 번도 져본 적이 없다고 했다. 그 애는 스트리트 파이터들의 영웅이었다. 그래서 이름도 영웅이라는 뜻에서 '히로'라는 이름을 얻었다고 한다. 영웅이란 뜻의 영어 단어는 '히어로'라고 발음해야 하지만, 그런 건 그냥 넘어가자. 아무튼 마로니에의 영웅 히로는 싸움만 잘하는 게 아니었다. 그 애는 마로니에 공원을 중심으로 활동하는 비코이 그룹 '와일드보이즈'의 리더였다. 그 애의 길고 날씬한 몸은 춤을 출 때면 더욱 돋보였다.

그런 대단한 녀석이 무슨 까닭에서였는지는 몰라도 나에게는 처음부터 꽤 잘해주었다. 그날 밤에 히로는 삥 뜯으려는 놈들로부터 나를 구해주었을 뿐 아니라, 밤새도록 문을 여는 뒷골목 분

식점에서 나에게 라면을 사주며 길거리 생활에 대해 이것저것 자상하게 알려주기까지 했다.

"길거리에서 살아남으려면 절대 얕보여선 안 돼. 네가 틈을 보이면 하이에나 같은 녀석들이 달려들어서 널 갈가리 찢어놓을 거야. 만만하게 굴지 마."

"싸움할 줄은 알아? 평소에 몸을 좀 단련해두는 게 좋을 거야. 언제 어떤 일이 생길지 모르는 게 길거리 생활이니까. 체육공원 같은 데 가면 기구가 있으니까 틈날 때마다 운동을 해둬."

"참! 당장 잘 곳이 없겠네? 여름이라면 몰라도 요즘 같은 때는 공원에서 자다간 얼어 죽어. 얼른 적당한 방을 구해야지. 음, 그래. 방은 내가 한번 알아볼게. 그전까지는 저기 보이는 24시간 ATM 부스에서 버텨봐."

그날 밤부터 히로와 나는 친구가 되었다. 아마도 히로가 나보다 두어 살 더 나이가 많을 테였지만 그런 건 상관없었다.

솔직히 말하자면, 그때부터 히로는 나의 영웅이 되었다. 난 히로처럼 멋지고 강한 스트리트 파이터가 되기를 꿈꾸었다. 나는 완전히 새로 태어나고 싶었다. 이전까지의 나는 아버지 뜻대로 만들어진 범생이에 책벌레였지만, 이제는 전혀 새로운 존재가 되어야만 했다. 나는 그 누구에게도 굴복하지 않는 파이터가 되기로 결심했다.

08

까악까악!

까마귀 울음소리가 머리 꼭대기에 내리꽂혔다.

나는 천천히 고개를 들어 위를 올려다보았다. 까마귀는 그리 멀지 않은 곳에 있었다. 아주 커다랗고 새까만 까마귀였다. 울음소리와 생김새로 보아 저 새가 까마귀라는 것은 금방 알아챌 수 있었다. 하지만 실제로 까마귀를 보기는 처음이었다. 저렇게 크고 늠름할 줄은 몰랐다. 서울에 뒤룩뒤룩 살진 비둘기는 많고 많았지만, 까마귀는 좀처럼 본 적이 없었다.

솔숲 뒤로 흐르는 시냇물에 얼굴을 씻던 참이었다. 온몸이 찌뿌드드했다. 며칠 사이 얻어맞기도 참 많이 얻어맞았다. 온몸을 물에 푹 담그고 싶었지만 엄두도 낼 수 없었다. 물이 얼음장처럼 차가웠다. 세수만 하는데도 얼굴이 떨어져나갈 것 같았다. 얼굴을 씻고 나니 정신이 번쩍 났다.

해가 저물고 있었다. 할멈의 오두막을 향해 되돌아가는데 까마귀가 날 따라왔다. 유유히 날갯짓하며 바로 내 머리 위를 날았다. 가끔씩 마치 나에게 말이라도 거는 것처럼 까악까악 소리를 냈다. 문득 까마귀는 썩은 고기를 먹는다는 얘기가 떠올랐다. 나는 까마귀에게 물었다.

"너 왜 날 따라오는 거야? 내가 썩은 고기로 보이냐?"

시체가 있는 곳에 나타나야 할 녀석이 날 따라온다고 생각하니 어쩐지 기분이 좀 나빴다. 하지만 솔직히, 검은 털이 반들반들한 까마귀가 늘씬하게 허공을 가르는 모습을 보노라니 꽤 매력적이었다. 멋진 새 같았다. 까마귀는 좋은 새일까, 나쁜 새일까? 나로서는 갈피를 잡기 힘들었다. 난 까마귀에 대해 어떤 판단을 내릴 만큼 까마귀를 충분히 알지 못했다.

오두막에 다가갈 즈음, 까마귀는 갑자기 휙 하고 크게 날갯짓하더니 나를 앞서갔다. 그러더니 오두막 지붕에 가서 날개를 차곡차곡 접고 앉았다. 그곳이 자기 집이라도 되는 것처럼 자연스러워 보이는 몸짓이었다.

까악!

까마귀가 짧게 한 번 울자 할멈이 오두막에서 나왔다.

"옳거니, 왔구나! 어디로 가면 좋을지 마땅한 곳을 알려주려고 까마귀가 오셨네."

할멈은 까마귀를 올려다보며 말했다. 그러고는 나를 흘낏 한 번 보더니 오두막 뒤꼍으로 돌아 들어가며 중얼거렸다.

"서둘러야겠다. 얼른얼른 움직여야 해."

할멈이 부산스럽게 움직이기 시작했다. 뒤꼍에서 이런저런 꾸러미를 들고 나왔다. 말린 고기와 말린 생선을 담아놓은 꾸러미, 열매가 가득 담긴 단지, 감자 자루, 커다란 천막 같은 것들이 줄줄이 나왔다. 오두막 뒤꼍에 커다란 창고라도 있는 것일까. 나는 우두커니 서서 할멈이 하는 양을 지켜보고만 있었다.

"아, 거기 가만히 서서 뭐하는 거야? 썩쓱 돕지 못하고!"

갑자기 할멈이 꽥 소리를 질렀다.

"네? 뭘 할까요?"

"내 참, 이렇게 쓸모없는 인종을 보았나! 캄차카에서는 세 살 먹은 어린애들도 다 짐 챙겨서 나를 줄 안다. 봐라! 여기 이것들, 겨우내 먹을 것들이니까 꼭 필요하겠지? 이 꾸러미들부터 모조리 이 천막 안에 담고, 집 안에서 그릇들도 내와서 같이 꾸리고, 그다음에 밧줄로 천막을 단단히 묶어야지. 아차! 약초하고 버섯 꾸러미를 안 챙겼네. 내 저 나무에 걸어놓고서는 깜박 까먹을 뻔했네."

할멈은 잽싸게 몸을 돌려 오두막 옆에 서 있는 커다란 나무로 달려갔다.

"어디 가세요? 어딜 가는데요?"

나는 할멈의 뒤통수에 대고 물었다.

"어딜 가긴! 네 녀석 때문에 이사를 가는 거잖아!"

"네? 이사를요? 이 밤중에요? 어디로요?"

"아, 그만 깍깍 떠들고 얼른 짐 꾸리는 거나 도우라니까!"

할멈이 망에 든 버섯 꾸러미를 나한테 휙 던지며 소리쳤다.

무슨 일인지 도무지 영문을 알 수 없었지만, 나는 할멈이 시키는 대로 움직이기 시작했다. 어찌어찌 짐을 다 꾸렸을 때는 눈앞의 사물도 제대로 분간할 수 없을 만큼 사방이 캄캄해져 있었다. 달도 없는 밤이었다.

그 어두운 밤길을 할멈과 내가 커다란 등짐 하나씩을 둘러메고 걸었다. 마치 꿈을 꾸고 있는 것만 같았다. 나는 대체 어디로 가고 있는 것일까. 왜 이 할멈과 함께 걷고 있지? 발밑이 허공인 것처럼 모든 게 비현실적으로만 느껴졌다.

그때였다. 먼 데서 삑삑 작은 기계음이 들려왔다. 가만 귀를 기울여보니 무전기에서 나는 소리 같았다.

"저 소리 들리지? 아랫녘에 너 잡으려고 경찰들이 쫙 깔렸다. 그놈들이 언제 오두막까지 찾아 올라올지 모르니 우린 더 높은 곳으로 올라가야지. 대체 무슨 짓을 하고 산에 올라온 거야? 너 잡으러 다니는 사람들이 아주 온 산을 들썩들썩 흔들어대네."

할멈이 내게 바짝 붙어 걸으며 속삭이듯이 말했다.

"경찰이요?"

이해할 수가 없었다. 경찰들이 날 잡으려고 이 밤중에 산을 뒤진다고? 나는 가출 청소년이긴 해도 범죄를 저지른 적은 없었다. 경찰이 왜 날 쫓는단 말인가?

한순간, 어떤 영상이 머리를 스치고 지나갔다. 풍선 인형처럼 허리가 푹 꺾이며 길바닥에 쓰러지는 사람의 모습. 엊그제 시골 양아치들과 싸움이 붙었을 때 내가 도망갈 틈을 만들기 위해 골라서 발로 걷어찬 녀석이 쓰러지던 모습 말이다.

'혹시 그 녀석이 크게 다친 건가? 설마, 죽은 건 아니겠지?'

나는 침을 꿀꺽 삼켰다. 갑자기 심장박동이 빨라졌다. 가슴이 답답했다.

어제 그놈들이 그렇게 필사적으로 날 쫓아온 이유도, 지금 경찰들이 온 산을 뒤지며 날 찾고 있는 이유도, 만일 내가 그 녀석을 죽였기 때문이라면? 순식간에 눈앞이 캄캄해져 우뚝 걸음을 멈췄다.

'아니야. 그럴 리 없어. 말도 안 돼! 사람이 그렇게 쉽게 죽을 리 없잖아? 괜한 상상이야.'

세차게 도리질을 쳤다. 머리에서 피가 싹 빠져나가는 것처럼 차가운 느낌이 들면서 어질어질했다. 메고 있던 등짐이 출렁했다.

"너 왜 그러냐? 등짐이 무거워서 못 걷겠냐?"

앞서가던 할컴이 뒤를 돌아보며 물었다.

"아, 아니에요. 그냥 잠깐 어지러워서……."

억지로 다시 발걸음을 뗐다. 움직여야 했다. 산을 올라야 했다. 도망쳐야 했다. 내가 대체 무슨 짓을 저지른 건지 나 자신도 잘 몰랐지만, 그렇다고 산을 내려가 경찰들을 붙잡고 물어볼 수도 없는 일이었다. 두려웠다. 확인하고 싶지 않았다. 온몸 구석구석 속속들이 두려움이 스며들었다.

"부지런히 가야 해. 날이 점점 더 추워지네."

할멈이 길도 아닌 비탈을 산양처럼 가뿐하게 오르며 말했다.

그래, 오르는 수밖에 없다. 지금은 그저 가야 한다. 알 수 없는 일들은 그냥 내버려두자.

나는 네 발로 기어가며 묵묵히 할멈의 뒤를 따랐다. 우리는 다리쉼 한 번 하지 않고 가파른 산길을 계속 올랐다. 출발부터 쭉 오르기만 했다. 어디까지 올라가야 아무도 쫓아올 수 없는 곳이 나올까.

"여기가 좋겠네. 가까이에 물도 있고, 저 큰 바위 덕에 바람도 딱 막아지겠어."

할멈이 드디어 걸음을 멈췄다. 좀 전부터 이 근방에서 뱅글뱅글 돈다 싶더니만 주변 지형을 살피느라 그런 모양이었다. 사방이 캄캄해서 내 눈에는 물도 바위도 제대로 보이지 않았다. 모든 게 시커먼 음영으로만 보였다.

나는 얼른 등짐을 내려놓고 아무렇게나 털썩 주저앉았다. 어깨가 빠지는 것 같았다. 다리도 묵직했다. 오두막을 나선 지 두어 시간은 지난 것 같았다. 한밤에 길도 없는 숲 속을 헤치고 올라오느라 잔뜩 긴장한 내 몸이 휴식을 요구했다. 그대로 흙바닥에 드러누워 자고 싶은 심정이었다. 눈이 벌써 가물가물했다.

"그렇게 그냥 자다가는 얼어 죽는다."

할멈의 고약한 목소리가 날 일깨웠다.

아닌 게 아니라 한기가 몸속을 파고들었다. 걸음을 멈추자마자 곧바로 추위가 느껴졌다. 바람이 지나갈 때마다 몸이 으슬으슬 떨렸다. 꽤 높은 곳임에 틀림없었다. 오두막이 있던 곳보다도 기온이 훨씬 더 낮았다

"불을 피울까요?"

나는 느릿느릿 일어서며 물었다.

"집부터 지어야지."

"집을 지어요? 이 밤중에요?"

"밤중이니까 집 짓고 들어가서 자야지. 한낮이면 해가 있는데 무슨 걱정이 있겠냐? 등짐에서 손도끼 꺼내서 나무 세 그루만 베어 와라. 너무 굵은 걸로 말고 이만한 걸로. 우선 급한 대로 천막 기둥 세울 거니까 이 정도면 된다."

할멈이 손으로 적당한 나무 굵기를 만들어 보이며 말했다.

도끼질 같은 건 태어나서 한 번도 해보지 않았다. 서울에 살면서 나무를 벨 일이 있을 리가 없었다. 하지만 오늘밤 잘 곳을 마련하려면 반드시 해야만 하는 일이었다. 여기는 도시가 아니라 깊은 산속이었다. 잘 곳을 스스로 만들어내지 못하면 안 되는 곳

이었다. 게다가 할멈은 나 때문에 집을 버리고 이 높은 곳까지 올라온 것 아닌가. 그러니 내가 해야 했다. 그나저나 할멈은 왜 나를 위해 이렇게까지 하는 걸까? 의문이 머리에 똬리를 틀었지만 나는 그저 말없이 손도끼를 꺼내 들고 마땅한 나무를 찾아 나섰다.

"캄캄한데 멀리 가지 마라! 벼랑에 굴러 떨어지면 뼈도 못 추린다!"

할멈이 뒤에서 소리쳤다.

어둠 속을 더듬어 기둥을 세울 만한 굵기의 나무를 찾았다. 그러고는 손도끼를 힘껏 휘둘러 나무 밑동을 찍었다. 손도끼가 퍽 소리를 내며 나무에 가 박혔다. 다시 잡아 빼려고 했더니 쉽지가 않았다. 한참 씨름을 한 끝에야 겨우 도끼를 빼낼 수 있었다. 그래도 나무가 그리 굵지 않아선지 그 한 번의 도끼질만으로 휘청 넘어가기 시작했다. 서서히 기우는 나무를 도끼로 툭툭 쳤더니 마침내 우지끈 소리를 내며 나무가 쓰러졌다. 처음 해보는 도끼질이 성공하자 몹시 뿌듯했다.

일단 한 번 해보니 두 번째는 어렵지 않았다. 얼마 지나지 않아 내 발밑에는 세 그루의 통나무가 쓰러져 있었다. 잔가지를 대충 쳐내고 통나무를 하나씩 끌어다 옮겼다. 굵은 나무가 아닌데도 보기보다 굉장히 무거웠다. 하지만 나는 몹시 의기양양했고, 그 기분으로 거뜬히 통나무를 옮겼다.

그 사이 할멈은 집 지을 터를 골라놓았다. 큰 바위 앞에 제법

넓고 편편한 터가 있었다. 할멈이 그곳에 있던 낙엽들을 싹 치우고 흙을 발로 밟아 다져놓았다. 우리가 지고 온 짐들은 한쪽이 잘 쌓여 있었다.

마지막 통나무를 옮기는데, 할멈이 커다란 나무 아래 웅크리고 앉아 뭔가 알 수 없는 말을 중얼거리고 있었다.

"이거 광대버섯 아냐? 맞네, 맞아. 이 나무가 박달나무니까 광대버섯이 틀림없지. 으흐흐흐! 까마귀가 집자리를 좋은 데로 알려주셨네. 이걸로 아주 멀리 여행을 떠날 수 있겠어."

"그게 뭔데요?"

나는 일부러 통나무를 쿵 소리가 나게 내려놓으며 물었다.

"아주 좋은 거다. 나중에 보면 알아. 우선 집부터 짓자."

할멈은 버섯을 치워두고 일어섰다. 얼굴에는 행복한 웃음이 머물러 있었다. 뭐가 저렇게 좋은 거지? 이해할 수가 없었다.

나무 기둥이 준비되자 집은 금세 완성되었다. 기둥 세 가를 바닥이 삼각형 모양이 되도록 세워놓고 윗부분을 모아 서로 지탱하게 한 다음, 그 위에 커다란 천막을 둘러씌웠다. 끝이었다. 간단하지만 꽤 쓸 만한 집이 만들어졌다. 비록 원시인 움막처럼 보이기는 했지만 말이다.

"이 천막은 뭐로 만든 거예요? 만든 지 꽤 오래되었나 봐요? 누덕누덕하네요."

나는 바닥까지 늘어진 커다란 천막을 손으로 만져보며 물었다.

천막 여기저기 기워진 곳들이 눈에 띄었다.

"누덕누덕하다니! 이런 호강에 겨운 녀석을 봤나. 이게 바로 우리가 겨울을 날 집이야. 이래뵈도 얼마나 튼튼하고 따뜻한지 아냐? 사슴가죽이 최고지, 최고이고말고. 이 천막 만드는 데 사슴 몇 마리가 들어갔더라?"

할멈은 가져온 짐을 천막 안으로 옮기기 시작했다. 나도 내 짐을 들어 날랐다. 천막 안은 생각했던 것보다 훨씬 따뜻했다. 할멈 말이 맞았다. 사슴가죽 천막은 훌륭했다. 바닥에 이불을 깔고 누우니 아늑하기까지 했다.

"벌써 자는 거야?"

할멈이 불쑥 물었다. 어느새 내가 살짝 잠이 들었었나 보다. 나는 가물가물한 눈을 억지로 뜨며 대꾸했다.

"아, 아뇨."

"이제 안전한 곳으로 이사도 마쳤으니 한번 이야기해봐라. 넌 왜 이 산으로 들어온 거냐? 왜 쫓기는 거야?"

나는 마른침을 삼켰다. 잠시 잊어버리고 있던 장면이 또다시 머릿속에 떠올랐다. 풍선 인형처럼 허리가 푹 꺾이며 쓰러지던 녀석의 모습. 심장이 다시 쿵쿵 뛰기 시작했다.

"어쩌면 제가 사람을 죽였을지도 몰라요."

말을 툭 내뱉었다. 입 밖으로 그 말을 내뱉고 나니 혀가 쑥 뽑혀질 것만 같았다. 식은땀이 흐르며 정신이 아뜩해졌다.

"네가 사람을 죽였다고? 어디 자세히 말해봐라."

할멈은 뜻밖에도 담담하게 대꾸했다. 그 담담함에 힘입어 나는 할멈에게 전부 이야기했다. 히로의 부탁으로 서울을 떠나온 일부터 낯선 놈들과 영문도 모르는 싸움을 하게 된 것, 그리고 내가 걷어찬 녀석이 푹 쓰러지던 장면까지.

얘기를 듣고 난 할멈이 갑자기 큰 소리로 웃음을 터뜨렸다.

"하하하! 네가 그 정도로 힘이 센 놈 같으냐? 네 녀석 발길질로는 고양이 한 마리도 못 죽일걸? 그 녀석 안 죽었을 테니 걱정 마라. 사람이 그리 쉽게 죽는 줄 아냐?"

할멈이 날 비웃는데도 기분이 나쁘지 않았다. 아니, 오히려 안심이 되었다.

"정말 안 죽었을까요?"

"아, 안 죽었다니까! 만약 그 녀석이 그때 죽었으면 놈들이 곧바로 널 쫓아오지는 못했을 거다. 뭐, 얘기 들어보니 그놈들도 별반 대단한 싸움꾼은 아닌 모양인데, 그런 놈들은 같이 싸우던 녀석이 옆에서 죽어나가면 완전히 당황해서 끔짝도 못하지."

"그럴까요? 그럼 도대체 왜 그놈들이 산속까지 절 쫓아왔을까요? 그리고 경찰들은?"

"필시 다른 이유가 있는 게지. 토끼몰이 하듯이 널 몰아대야 할……."

할멈은 문득 일을 닫았다. 그러고는 생각에 빠진 것처럼 잠시 동안 말이 없다가 별안간 손뼉을 딱 치며 말했다.

"아하! 알겠다. 그놈이 바로 나쁜 놈이네!"

"누구요?"

"그놈 말이야, 그놈. 쯧쯧쯧. 꼴좋게 배신당했구먼. 모두 다 그놈이 꾸민 일이야."

"누구 말이에요?"

"아, 너한테 심부름 시켰다는 그놈 말이야."

"네에? 히로요? 에이, 말도 안 돼요. 히로가 왜 날 배신해요? 히로는 그런 나쁜 놈 아니에요. 나한테 정말 잘해주는 친구라고요."

나는 멍한 표정을 하고서 고개를 절레절레 흔들었다. 어안이 벙벙했다. 말도 안 되는 이야기였다.

"이런, 멍청한 놈 같으니라고. 그럼 왜 그 녀석이 만나보라던 사람이 안 나타나? 그리고 왜 그 자리에서 난생처음 보는 시골 양아치들이 다짜고짜 너한테 달려들어?"

"뭔가 사정이 있겠죠."

"사정이야 그놈한테 있었겠지. 널 패주고 싶었던 사정. 그것도 서울 밖으로 멀리 쫓아내서 패주고 싶었던 사정이 있었겠지."

머릿속이 팽팽 돌았다. 한 번도 생각해보지 못한 일이었다. 히로 때문에 여기 오게 되었으면서도, 영문도 모른 채 낯선 놈들에게 쫓기면서도, 나는 이 일들이 히로와 관련이 있으리라고는 전혀 생각지 않았다.

"그나저나 그 상자 안에는 뭐가 들었던?"

할멈이 고개를 돌려 날 보며 물었다.

"몰라요. 상자가 단단히 봉해져 있었어요."

"그것 봐라. 넌 아무것도 모르고 있지 않니."

쯧쯧쯧, 할멈이 혀를 차는 소리가 천막 안을 울렸다.

그 순간, 천막 너머에서 다른 소리가 끼어들었다.

까악까악!

까마귀 울음소리였다. 아까 그 까마귀일까?

"옳거니, 까마귀가 다시 오셨네."

할멈이 반가운 손님이라도 맞은 것처럼 말했다. 벌떡 일어나서 까마귀를 맞으러 나가기라도 할 기세였다. 이때다 싶어 나는 말머리를 돌렸다.

"까마귀는 좋은 새인가요, 나쁜 새인가요?"

"좋은 새, 나쁜 새? 그런 게 어디 있나? 까마귀는 그저 까마귀지. 그렇지만 까마귀는 보통 새가 아니야. 이 세상을 만든 게 바로 까마귀거든."

"이 세상을 까마귀가 만들었다고요?"

"그렇단다. 옛날, 옛날, 까마득한 옛날에 아주 커다란 까마귀가 있었어. 그 까마귀가 하루는 하늘을 날다가 깃털을 하나 툭 떨어뜨렸어. 그게 땅이 되었지. 그런데 땅이 텅 비어 있으니까 좀 심심했어. 그래서 까마귀는 사람을 만들기로 했어. 처음엔 남자만 만들었어. 얼마 안 있어 땅 위에 남자들이 득시글했지. 세상에 남자만 있으니까 보기 흉했어. 그래서 까마귀는 또 여자를 만들었어. 그런데 남자와 달리 여자는 딱 한 명만 만들었어. 그랬으니 어찌 됐겠나? 모든 남자들이 그 여인과 사랑에 빠져버리고 말았지. 아주 아름다운 여자였거든. 여자의 사랑을 얻은 남자들은 여자와 날마다 사랑을 나누었어. 여자는 아기를 낳고, 또 낳고, 자꾸만 낳았어. 그러다 보니 세상에 사람들이 이렇게 많아졌지. 그런가 하면 여자의 사랑을 얻지 못한 남자들도 있었어. 그 남자들은 죽어서 산이 되었지. 그리고 그 뜨거운 심장이 불타서 캄차카 화산이 되었지. 캄차카에는 그 심장 불이 아직까지도 활활 불타오르고 있단다."

할멈의 목소리가 자장가처럼 잔잔했다. 아까 나를 마구 윽박지를 때와는 완전히 다른 목소리였다. 신화 같은 이야기였다. 아마 신화겠지. 이렇게나 괴팍한 할멈에게서 옛이야기를 듣게 될 줄은 상상도 못했다.

사랑을 얻지 못한 남자는 죽어서 산이 되었다고? 그 심장이 계속 불타서 화산이 되었다고? 그렇다면 내 심장은 지금 어디에 있는 걸까?

까악!

까마귀가 다시 울었다. 기류를 거슬러 힘차게 날갯짓하는 까마귀가 눈에 보이는 것 같았다.

09

 그런 여자애는 난생처음 보았다. 그 애는 몹시 더러웠고, 머리는 까치집이라도 지은 것처럼 뒤숭숭했다. 몸에 맞지 않는 커다란 옷을 여러 겹 겹쳐 입고 있어 꼭 갈색 곰처럼 보였다. 그런데도 움직임은 전혀 둔하지 않고 날렵하면서도 아주 거칠었다. 얼핏 그 애를 보았을 때 가장 먼저 든 생각은 '미친 여자애구나' 하는 것이었다. 그만큼 행색이 심난해 보였다. 아니, 행색뿐이 아니라 그 애가 풍기는 분위기가 그랬다. 그 애는 큰 눈을 부라리며 경계의 눈빛을 쏘아 보냈고, 일부러 거칠게 움직였다. 세상에는 온통 예쁜 척하는 여자애들로 넘쳐나는데, 그 애는 혼자 곰이나 고릴라처럼 보이려고 애쓰는 것 같았다.
 "넌 누구야? 여긴 내 자리야. 꺼져!"

그 애가 나에게 처음 던진 말은 이거였다. 길거리 생활을 하는 아이들 사이에서는 결코 양보할 수 없는 중요한 문제인 노숙 자리에 관한 이야기였다. 그 애의 더럽기 짝이 없는 얼굴에서 날 노려보는 커다란 두 눈만이 반짝반짝 빛나고 있었다.

한밤 추위가 매서워지기 시작한 12월 초였고, 새벽 1시였다. 우리는 막 문을 닫은 카페 입구의 현관에 마주 서 있었다. 나는 카페 주인이 유리문을 잠그고 나서는 것을 보자마자 얼른 그곳으로 들어섰다. 그곳은 바깥 현관과 카페 유리문 사이에 꽤 널찍한 움푹 들어간 공간이 있어 잠을 자기에 알맞은 장소였다. 게다가 카페 문은 일찍 닫는 편이었고, 반 층 아래 계단에 노래방 화장실이 있어 바깥 현관문은 밤새 잠그지 않는 곳이었다. 그곳은 내가 대학로 이곳저곳을 돌아다니며 물색하다가 마침내 찾아낸 장소였다. 나도 쉽사리 물러설 수는 없었다.

"네 자리라고? 내가 그저께부터 여기서 잤는데? 넌 여기 없었잖아."

"내 말 못 들었어? 꺼지라고! 여긴 원래, 내 자리야. 며칠 어디 좀 다녀왔을 뿐이야. 나가서 다른 데 알아봐."

여자애는 완강했다. 입으로만 그렇게 말하는 게 아니라, 더러운 옷을 잔뜩 껴입은 두꺼운 팔을 휘휘 휘두르며 그곳이 자기 영역임을 강조했다. 괜히 발을 쿵쿵 구르며 현관 앞을 서성이기도 했다.

나는 대답하지 않았다. 그렇다고 그곳을 떠나지도 않았다. 그냥 가만히 서서 그 애의 눈을 들여다보았다. 그러자 그 애도 멈춰서 말없이 나를 쏘아보았다. 우리는 한참 동안 그렇게 눈싸움을 했다. 누군가 한 사람이 먼저 기가 꺾여 떨어져 나가기를 바라는 마음이었을 것이다. 그러나 둘 다 좀처럼 떨어져 나가지 않았다. 자세히 보니 뜻밖에도 그 애의 눈이 무척이나 예뻤다. 크고 맑은 눈이었다. 검은 눈동자가 선명했다. 미친 애 같지는 않았다.

"그러지 말고 그냥 둘이서 나눠 쓰는 건 어때? 여기 공간이 꽤 넉넉하잖아."

마침내 내가 입을 열었다.

"나눠 쓰자고? 너 미친 거 아니냐? 여기가 무슨 공용 놀이터라도 되는 줄 아냐?"

여자애는 마치 못 들을 말이라도 들었다는 듯이 콧김을 훅훅 뿜어대더니 마구 거칠게 몸을 움직였다. 주먹을 들어 벽을 쾅쾅 치는 시늉을 하고, 고개를 삐딱하니 기울인 채로 제자리에서 빙글빙글 돌았다. 나중에는 제 가슴팍을 두드리기까지 했다. 그러니까 꼭 미친 애 같았다.

나는 잠자코 기다렸다.

"이상하네. 오늘은 어째 폭발이 안 되네. 다른 때 같았으면 벌써 폭발했을 텐데."

여자애는 이렇게 말하더니 어깨에 메고 있던 더러운 가방을 바닥에 툭 내려놓았다. 그러고는 가방 위에 털썩 주저앉았다.

"난 화산이야."

"어?"

"내 이름이 화산이라고! 길거리 이름 말이야. 내가 자주 폭발한다고 애들이 그렇게 이름 붙여주더라. 그나마 폭탄이라고 지어주지 않은 게 다행이지. 하하하!"

그 여자애, 화산은 고개를 젖히고 크게 웃었다. 가지런하고 하얀 이가 드러났다. 그 너머로 목젖이 살짝 보일락 말락 했다. 이제 보니 웃는 모습도 무척 예뻤다.

"암튼 너 독고다이지? 팸 같은 건 없겠지?"

화산이 웃음을 거두고 다시 눈을 부라리며 물었다.

"뭐? 팸?"

"패밀리 말이야. 이 어리벙벙아. 너 혼자 다니는 놈 아냐? 패밀리 있어?"

"아니, 난 혼자야."

"좋아, 그럼 됐어. 그리고 미리 말해두겠는데, 여길 나눠 쓴다고 해서 너랑 나랑 팸이라거나 그런 착각은 절대 하지 말도록. 난 그런 거 딱 질색이니까."

화산은 칼로 무를 자르듯이 말을 썩둑 잘라냈다. 더 이상의 대꾸는 용납하지 않겠다는 듯 가차 없는 말투였다.

나는 슬그머니 그 애의 옆에 자리를 잡고 앉았다. 우리는 각자 가방에서 침낭을 꺼내 펼쳤다. 내 것은 얼마 전에 구입한 새것이었고, 그 애의 것은 십 년도 더 쓴 것처럼 너덜너덜하고 더러운 것이었다. 어째서 저 애의 물건들은 모두 다 저렇게 더러운 걸까? 대체 가출한 지 얼마나 된 것일까? 내가 이런 생각들을 하며 침낭 속으로 기어 들어가는 순간, 갑자기 화산이 활화산처럼 말을 쏟아내기 시작했다.

"너 그거 아니? 어떤 화산학자가 용암의 온도랑 용암이 흐르는 속도를 재려고 활화산이 터진 곳으로 갔대. 그런데 용암 가장자리에서 한참 온도를 재고 있는데, 생각보다 용암이 너무 빨리 흐르더래. 당장 도망쳐야 할 상황이었지. 그래서 그 사람은 갖고 있던 장치 중에 냉각판 위로 뛰어올라 그걸 뗏목처럼 타고서 용암 위를 따라 흘렀대. 하지만 아무리 냉각판 위라도 두 발이 뜨거운 용암의 온도를 견디지 못했겠지? 그래서 그 사람이 어떻게 했는지 알아? 먼저 한쪽 발로 서서 최대한 참을 수 있을 때까지 버티다가, 그다음에 다른 발로 바꾸었대. 교대로 한 발씩, 그 사이에 나머지 한쪽 발은 조금이라도 식히는 거지. 그렇게 해서 그 사람은 결국 용암 속을 빠져나올 수 있었대. 한번 상상해봐. 벌겋게 흐르는 용암 속에 한 발로 서 있는 과학자. 진짜 웃기지 않니? 하하하! 하지만 그 사람 좀 대단한 것 같아. 한 발로 서서라도 버틸 수 있을 때까지 버티는 것 말이야. 엄청나게 뜨거웠을 텐데."

화산의 말투는 아까와는 무척이나 달랐다. 아까 자리다툼을 할 때는 일부러 거친 말투로 말했다면, 지금은 그저 화산처럼 말을 했다. 안에서 부글부글 끓다가 마침내 밖으로 터져 나오는 용암처럼 이야기가 울컥울컥 쏟아졌다. 내가 옆에 없었다면 벽에다 대고라도 이야기했을 것 같다는 생각이 들었다. 이 애의 속에서는 뭐가 이렇게 부글부글 끓고 있는 걸까.

"그래서 난 내 이름이 좋아. 화산, 마음에 들어."

화산은 이 말이 마치 앞에 한 이야기의 결론이라도 되는 듯이 말했다. 맥락이라고는 없었다. 내가 채 뭐라고 대꾸할 새도 없이 화산은 이야기를 계속 이어갔다.

"참, 내가 여기를 비우고 며칠 동안 어디 갔다 왔는지 알아? 초신성 폭발을 보러 갔다 왔어. 강원도 산골까지 갔다니까! 멍청한 기자들이 초신성 폭발을 맨눈으로도 볼 수 있다고 뉴스에서 떠벌여대기에 잔뜩 기대를 하고 갔지. 어땠냐고? 맨눈으로는 달밖에 안 보이더라. 대기권에 빛을 방해하는 물질들이 얼마나 많은데 초신성 폭발이 그냥 보이겠어? 유성우라면 몰라도 말이야. 진짜 맨눈으로 초신성 폭발을 볼 수 있다면 아주 멋질 것 같았는데. 아무래도 천체망원경 없이는 안 되나 보더라고. 허탕만 치고 왔지. 너 그거 알아? 초신성은 사실 새로 태어나는 별이 아니라 죽어가는 별이래. 생을 마치고 죽어가면서 마지막으로 엄청난 빛을 쏟아내는 거지. 태양보다 100억 배나 밝은 빛을 한꺼번에 쏟아낸대. 정말 대단해! 더 멋진 건 말이야, 우리 인간도 바로 초신성 폭발에서 태어난 존재라는 거야. 우리 몸을 이루고 있는 원소들은 모두 초신성이 폭발할 때 생겨나서 우주로 퍼져나간 거래. 그러니까 우리 인간은 모두 별에서 온 거야. 진짜 멋지지 않니?"

막 겨울잠에서 깨어나 먹이를 찾으러 나온 갈색곰처럼 거칠고 굶주려 보이는 여자애가, 반짝이는 눈으로 초신성 폭발에 대해 이야기하고 있었다. 우주의 신비로움에 대해 이야기하느라 흥분해서 화산의 때 묻은 뺨은 영하의 추위에도 발그레해져 있었다.

놀라웠다. 길거리에서 노숙을 하다 만난 여자애에게서 이런 이야기를 들을 줄은 꿈에도 생각지 못했다. 그동안 대학로에서 본 여자애들은 대부분 하룻밤 잠잘 곳을 위해서 아무 남자들에게나 서툰 웃음을 던지는 아이들이었다. 몸치장밖에는 관심이 없는 애들이었다. 그러나 화산은 달랐다.

가만히 그 애의 이야기를 듣는 동안, 내 안에서 초신성이 하나 폭발하는지 머릿속이 온통 환해졌다.

10

 아침부터 세상이 너무나도 고요했다. 산의 아침을 열어주곤 하던 새들의 소리도 들리지 않고, 바람 한 점 불지 않았다. 낮게 가라앉은 대기가 사방을 무겁게 내리누르고 있었다. 도시에서는 결코 느껴보지 못한 완벽한 정적이었다. 숨조차 가만가만 쉬어야 할 것 같았다.

 나는 바지춤을 끌어올리며 발밑에 내가 남겨놓은 흔적 위에다 흙을 덮었다. 화장실이 없는 산속에서 볼일을 보는 일에도 슬슬 익숙해져가고 있었다. 벌써 며칠이 흘렀는지 모르겠다. 나는 아직도 산에서 할멈과 함께 지내고 있었다. 몇 번이고 산을 내려가려고 마음먹었지만, 그때마다 좀 내려가다 보면 어디선가 경찰의 무전 소리와 사람들 움직임 소리가 들렸다. 산으로 되돌아오는 수밖에 없었다.

"볼일 다 봤으면 얼른 가서 나무 좀 해와. 꾸물거리지 말고."

"으앗, 깜짝이야!"

나는 화들짝 놀라 돌아섰다. 할멈이 썩은 이를 드러내고 웃고 있었다. 외진 곳을 찾느라 일부러 큰 바위 뒤를 돌아 한참이나 걸어왔건만, 할멈은 매번 잘도 알고 찾아왔다.

"기척 좀 하고 나타나라니까요!"

"기척을 못 느낀 네 녀석이 바보지. 이거나 받아!"

할멈이 내 발치에 도끼를 툭 집어던졌다.

"하늘이 잔뜩 내려앉은 게 금세 눈 쏟아지겠다. 서둘러라. 장작 한아름 안 해오던 아침밥은 없는 줄 알아!"

"아주 머슴처럼 부려먹는군요. 맨날 장작 해와라, 청소해라, 설거지해라……."

"뭐야, 이놈아? 지금 나 덕 보자고 장작 해오라는 줄 알아? 난 장작 한 개비 없이도 겨울 나는 사람이야! 일 년에 절반은 호수가 꽝꽝 얼고 눈보라가 퍼붓는 캄차카에서 태어난 사람이라고! 그리고 내가 이 지리산에서 몇 년을 살아온 줄 알아? 그중에 수십 년을 겨울에 불 한 번 안 때고 살아왔다. 언감생심 불을 어떻게 피워? 연기 날까 겁나서 꿈도 못 꿨지. 내가 네놈같이 약해빠진 사람인 줄 알아? 허깨비 같은 놈. 나중에 춥다고 징징 짜지나 말아!"

이런, 내 실수였다. 괜한 말을 해서 할멈의 지청구를 벌다니. 급히 도끼를 주워들었다.

"어휴, 알았어요. 장작 해오면 될 거 아니에요."

"아, 요즘 도끼질하기가 얼마나 좋아. 도끼날이 얼어붙지 않을 만큼은 따뜻하고, 힘써 나무를 베도 땀나지 않을 만큼은 알맞게 춥고, 벼락 맞아 쓰러진 나무들, 여름 태풍에 자빠진 나무들 여기저기 누워 기다리지, 적당히 말라서 도끼날 퍽퍽 잘 들어가지, 대체 뭐가 어렵다고 징징거려?"

할멈은 물통을 들고 샘으로 걸어가면서 끊임없이 구시렁댔다. 말이라기보다는 마치 판소리 같았다. 리듬을 타며 오르락내리락, 재미난 노래라도 부르듯이 중얼거렸다.

한숨이 절로 나왔다.

"어이구, 저 마귀할멈. 날 머슴으로 부려먹으려고 작정한 게 틀림없어. 혹시 저 할멈이 날 산에서 못 내려가게 하려고 일부러 경찰을 풀어놓은 거 아냐? 나한테 싸움 걸던 그 양아치들도 아마 할멈이 시킨 걸 거야."

도끼를 들고 골짜기로 내려가면서 아무렇게나 지껄였다. 그런데 말을 하고 보니 꽤 설득력이 있었다. 적어도 이 모든 일들이 다 히로가 꾸민 일이라는 것보다는 훨씬 그럴싸했다. 할멈의 믿어지지 않는 괴력을 볼 때, 경찰은 몰라도 시골 양아치들 수십 명쯤 거느리고 있대도 전혀 이상하지 않았다.

"경찰들이 아주 온 산을 이 잡듯이 뒤지는구나. 봐라, 고수야.

히론지 뭔지 그늘이 대체 무슨 꼼수를 부렸는지는 몰라도, 아주 큰 함정을 파놓은 게 틀림없어. 고수, 넌 된통 잘못 걸린 거야."

할멈은 히로가 날 모함에 빠뜨렸다는 걸 아주 기정사실로 놓고 말하곤 했다. 그럴 때마다 난 기분이 몹시 나빴다. 할멈이 히로에 대해서 뭘 안다고 그렇게 이야기한단 말인가. 당장에라도 산을 내려가 서울로 돌아가고 싶었다. 여기서 일어난 일들은 히로와 아무 상관이 없다는 걸 확인하고 싶었다. 괴상한 할멈이 지껄여댄 이야기는 모두 헛소리라는 걸 증명하고 싶었다. 하지만 도통 산을 내려갈 방법이 없었다.

몇 시간이나 지났을까. 계곡으로 내려가는 비탈에 쓰러져 있는 통나무를 하나 붙들고 아까부터 씨름을 했지만 좀처럼 진도가 나가지 않았다. 비탈진 곳에서 균형을 잡고 서 있기만도 어려워 도끼질이 잘 되지가 않았다. 통나무는 내 허리통만큼이나 굵었다. 꽤 쌀쌀한 날씨인데도 이마에서 땀이 줄줄 흘러내렸다.

"내 이럴 줄 알았지. 너 지금 뭐 하냐? 통나무 붙잡고 춤추는 거냐? 하하하!"

할멈의 비웃는 소리가 머리 꼭대기에 쏟아졌다. 나는 도끼질을 멈추고 고개를 들었다. 저 위 언덕에 할멈이 서 있었다. 허리에 두 손을 척 올려놓고서 나를 내려다보고 있었다.

"아, 그만두고 올라와서 밥 먹어!"

화가 치밀었다.

"장작 해오라면서요?"

"장작 해오랬지, 누가 장작한테 휘둘리라 했어?"

"여긴 비탈이라서 서 있기도 힘들단 말이에요!"

"그러니까 제 능력에 맞는 통나무를 골랐어야지. 그 비탈에, 그 굵은 통나무를 네 녀석이 어째 보겠다는 거야? 잔말 말고 얼른 와 밥이나 먹어."

나는 한숨을 푹 내쉬고는 잘라낸 잔가지들만 주워들고 비탈을 올라갔다.

하늘이 어두컴컴했다. 언덕 위로 올라서 어둑한 하늘 아래로 굽이굽이 물결치는 검은 산들을 보는데, 갑자기 두려움이 밀려들었다. 알 수 없는 두려움이었다. 눈앞에 닥친 위험 때문에 느끼는 즉각적인 두려움이 아니라, 뭔가 더 근원적인, 태곳적부터 대대로 이어져 온 것 같은 깊은 두려움이었다. 나도 모르게 온몸을 후드득 떨었다.

"국 식는다니까!"

할멈이 천막집 안에서 고함을 쳤다. 그 호통 소리가 어쩐지 국 냄새처럼 따뜻했다.

"들어가요!"

나는 성큼 안으로 들어섰다.

뜨거운 김을 훅훅 불어대며 무국에 밥을 말아먹는 동안만큼은 잠시 두려움을 잊었다. 그러나 채 밥숟가락을 내려놓기도 전에 두려움이 되살아났다. 이제 이유는 자명했다. 멀리서부터 거대한 눈보라가 몰려오고 있었다. 아침나절인데도 세상이 온통 캄캄해졌다. 우웅우웅 소리를 내며 바람이 거세게 불더니 곧 눈발이 휘몰아쳤다. 산이 야수처럼 날뛰었다. 거대한 괴물이 세상을 집어삼키기라도 한 것처럼 풍경이 삽시간에 바뀌었다. 가슴 어디쯤인가가 찌르륵거리며 울리기 시작했다. 열린 천막 문틈 사이로 사정없이 눈발이 들이쳤다. 나는 숟가락을 손에 든 채로 서둘러 몸을 일으켰다. 천막 문이나마 꼭 여며야겠다는 생각이 들어서였다.

"놔둬라."

"네?"

"그냥 놔둬. 눈 구경 좀 하게. 오랜만에 캄차카에 온 것처럼 정겹다."

할멈은 무릎걸음으로 문 앞으로 다가가더니, 눈을 가늘게 뜨고 바깥을 바라보았다. 할멈의 얼굴에 눈발이 마구 날아들었다. 할멈이 미소를 지었다. 아아, 캄차카. 할멈 고향이랬지. 눈의 나라라고 했던가? 할멈의 머리와 어깨 위에 눈이 하얗게 쌓여갔다.

"추우면 거기 담요 꺼내서 뒤집어써라."

할멈이 뒤도 돌아보지 않고 말했다.

나도 모르는 새 내가 부들부들 떨고 있었나 보다. 구석에 쌓아둔 이불더미에서 담요를 한 장 꺼내 어깨에 둘렀다. 그제야 몹시 춥다는 게 느껴졌다. 겨울 추위였다. 담요를 덮고 있어도 몸이 덜

덜 떨렸다.

"아직 가을인데…… 왜 이렇게 춥죠? 으으, 첫눈이 이렇게 어마어마하게 오다니."

"산을 얕봐선 안 돼. 산은 이제 가을이 아니고 겨울이야. 산 날씨는 달라. 그래도 이 정도 눈보라야 캄차카 눈보라에 대면 아무것도 아니지. 캄차카에서는 한번 눈보라가 몰아쳤다 하면 바람이 어찌나 센지 집 밖에 나갈 엄두도 못 낸다. 눈 폭풍 속에서는 건장한 사내들도 똑바로 서 있지를 못해. 눈보라가 바늘같이 눈을 찔러대니 눈을 뜰 수조차 없지. 심한 날엔 집이 완전히 눈 속에 파묻혀서 나중에 밖에 나오려면 삽으로 굴을 파고 나와야 해."

"어휴, 그런 곳에서 어떻게 살아요?"

"어떻게 살긴, 어떻게든 사는 거지. 그럼 뭐 세상이 늘 봄날처럼 따습고 매양 번번한 줄로만 알았냐?"

그런 줄 알지는 않았다. 생각해보면 지금까지 내가 살아온 시간들 중에 봄날처럼 따뜻한 날들은 별로 기억나지 않았다. 아니, 어쩌면 대부분의 날이 눈보라가 바늘같이 눈을 찔러대는 캄차카의 겨울 같은 날들이었다고 해야 할 것이다. 그런데도 왜 내 입에서 그런 어린애 같은 말이 나왔을까? 할멈의 말이 맞다. 어떻게 살긴, 그냥 어떻게든 사는 거지.

하지만, 하지만 말이다. 어딘지도 모르는 깊은 산중에서 세상을 싸악 지워버리려는 듯이 휘몰아치는 눈보라를 보고 있으려니,

춥고 막막하고 두려웠다. 그냥 어떻게든 살아가려면 이 막막함과 두려움을 어째야 하는 걸까.

"호호호. 벌써부터 벌벌 떠는 네 녀석 꼬락서니를 보니, 겨우내 여기 사느라 고생깨나 하겠구나."

할멈은 머리와 어깨에 내려앉은 눈을 툭툭 털더니 천막 문을 여미고 안쪽으로 들어왔다. 그러고는 다시 밥숟가락을 쥐고 밥을 먹기 시작했다.

"누가 겨우내 여기 산다고 그래요? 전 며칠 있다가 내려갈 거예요."

"하! 그게 어디 네 뜻대로 될 줄 아냐? 이 산이 무슨 뒷동산쯤 되는 줄 알아? 이제 눈까지 와버렸으니 내려가긴 다 틀렸다. 내년 봄이나 되어야지."

"저보고 이 산속에서 겨울을 나라고요?"

"아, 너가 무슨 걱정이야? 이렇게 버젓한 집이 있으니 꽝꽝 언 동굴에서 잘 것도 아니겠다, 먹을 것도 벌써 내가 다 준비해놨겠다, 이 정도면 아주 호사지. 걱정할 것 하나 없다. 너 쫓아다니는 놈들도 이젠 여기까지 못 올라온다. 이쪽은 눈이 쌓이면 길이 끊기거든. 등산로 쪽하고는 달라서 아무나 찾아올 수 있는 데가 아니지. 나처럼 이 산에서 수십 년을 살아온 사람 아니면 이런 데가 있는 줄도 몰라."

그 말을 들으니 한숨이 절로 나왔다. 난 이제 이 산에 갇힌 건

가. 쫓기다 못해 갇혀버렸구나. 손을 내밀면 금방이라도 닿을 것처럼 이렇게 하늘하고 가까워 보이는 곳에도 사람이 갇힐 수 있다니, 좀 기묘하다는 생각이 들었다.

"밥상 치워라. 나는 밖에 나가서 눈 신, 바람 신을 맞아들이는 춤이나 훨훨 춰야겠다."

할멈은 벌떡 일어나 바깥으로 나섰다. 할멈이 천막 문을 젖힌 잠깐 사이에, 쏴아아 눈보라가 춤을 추며 내게 달려들었다.

11

 엄마가 좀 이상하다고 처음 느낀 것은 내가 다섯 살 때의 첫눈 오는 날 저녁이었다.
 그해 첫눈은 참 예쁘게도 내렸다. 아직 11월이었는데도 첫눈은 궂은 진눈깨비나 풀풀 날리고 마는 가벼운 눈이 아니라, 한 송이 한 송이가 주먹만 하게 쏟아지는 함박눈으로 내렸다. 세상이 참 고요했다. 저녁나절이었지만 모두가 잠든 한밤중처럼 사위가 온통 고요했다. 시간이 멈추어버리기라도 한 것 같았다.
 처음에 엄마는 방 안에서 춤을 추기 시작했다. 창에 비치는 눈송이처럼 사뿐사뿐, 엄마의 춤사위는 고왔다. 나는 한구석에서 장난감 자동차를 가지고 놀다가 손을 멈추고 입을 헤벌린 채로 엄마를 바라보았다. 하지만 엄마는 날 보지 않았다. 엄마의 눈은 먼 곳을 향해 있는 것 같았다. 입가에는 살짝 미소를 머금고 있었다. 엄마는 그 어느 때보다도 행복해 보였다. 그래서 나는 좋았다. 그저 엄마가 춤추는 모습을 바라보고 있기만 하면 될 것 같았다.

엄마는 하얀 실내복을 입고 있었다. 나비 날개처럼 하늘거리고 레이스가 달린 얇은 옷이었다. 집 안은 충분히 따뜻해서 문제될 것이 없었다. 그런데 곧 문제가 되었다. 엄마가 창문을 열고서 창문턱을 타넘고 있었던 것이다.

"엄마!"

나는 깜짝 놀라서 엄마를 불렀다. 다섯 살 나이에도 창문을 넘어가서는 안 된다는 것은 알고 있었다. 우리 집은 단층 주택이었기에 아파트처럼 창문으로 나간다고 해서 추락할 위험은 없었다. 하지만 그건 올바른 행동이 아니었다. 창문을 넘는 것은 도둑이나 할 법한 행동이었다. 다섯 살 나는 그렇게 알았기에 창문을 타넘는 엄마를 돌려세우고 싶었다. 그러나 엄마는 벌써 창문을 넘어 밖에 나가 있었다. 내 목소리는 듣지도 못한 것처럼 단 한 번도 뒤돌아보지 않았다.

하얀 드레스를 입은 엄마가 맨발로 눈밭에 서 있었다. 엄마의 어깨 위로 눈송이가 하나둘 내려앉았다. 엄마는 다시 춤을 추기 시작했다. 팔이 부드러운 선을 그리며 돌고, 다리가 덩실덩실 오르내렸다. 세상도 엄마도 온통 하얘서 아무것도 도드라져 보이지 않았다. 엄마는 그냥 함박눈이 내리는 풍경에 섞여 있는 것만 같앉다. 나는 그 풍경이 아름답다고 생각했다. 그러면서도 한편으로 조금 걱정이 되었다.

'발이 시릴 텐데…….'

하지만 그렇게 속으로 생각만 했을 뿐, 나는 더 이상 엄마에게 아무 말도 하지 않았다. 어차피 내가 뭐라고 말을 해도 엄마는 듣지도 않고 대답도 하지 않을 테니까.

엄마는 춤을 추고, 나는 창턱에 몸을 기댄 채 넋을 잃고 그 모습을 바라보았다. 시간은 멈춰 있었고, 세상은 한없이 고요했다. 눈은 하염없이 쌓여만 갔다.

한순간 난데없이 벼락같은 소리가 눈발을 뚫고 날아왔다.

"여보! 지금 뭐 하는 거야?"

아버지였다. 나는 아버지가 언제 마당에 들어섰는지 몰랐다. 엄마에게만 정신이 팔렸나 보다. 정신을 차리고 보니, 대문이 활짝 열려 있고 아버지가 엄마에게로 마구 뛰어가고 있었다.

"왜 그래? 무슨 일이야?"

아버지가 다시 큰 소리를 질렀지만 엄마는 아버지 목소리 역시 듣지 못하는 것 같았다. 그저 계속 춤만 출 뿐이었다. 어느새 엄마의 머리와 어깨에 눈이 가득 쌓여서, 엄마는 마치 기다란 눈사람처럼 보였다. 기다란 눈사람이 춤을 추고 있었다. 함박눈이 쏟아지는 데다 이젠 어두워지기 시작해서 엄마의 얼굴은 잘 보이지 않았다.

아버지는 엄마에게 다가가 엄마의 어깨를 잡고 마구 흔들었다. 그런데도 엄마는 흔들거리는 팔다리를 들어 올리며 춤추는 시늉을 하고 있었다.

"정신 차려! 대체 왜 이러는 거야?"

대답은 들려오지 않았다. 그 대신 다른 소리가 들려왔다. 아버지가 엄마의 뺨을 후려치는 소리였다. 기다란 눈사람이 휘청 넘어갔다. 엄마가 눈밭에 쓰러져버렸다.

"엄마!"

그제야 내가 소리를 질렀다.

내 목소리를 듣고 아버지가 이쪽을 바라보았다. 눈을 크게 뜬 놀란 얼굴이었다. 나는 여전히 꼼짝도 않고 창턱에 몸을 걸치고 서 밖을 내다보고 있었다. 얼굴이 몹시 차가웠다. 손이 시렸다. 갑자기 오줌이 마려운 것도 같았다. 열린 창으로는 눈송이들이 하염없이 쏟아져 들어왔.

그날 밤, 아버지가 내 방으로 건너왔다.

"네 엄마가 좀 아픈 것 같다. 아까는 열에 들떠서 이상한 행동을 한 거야. 그리고 아빠는 엄마를 진정시키려고 그런 것이고. 오늘 본 것들은 누구에게도 말하지 마라. 알겠니?"

아버지는 내 눈을 보지 않고 침대 위에 아무렇게나 놓인 장난감 자동차를 보고 말했다.

"네."

"늦었다. 자거라."

아버지는 나를 침대에 눕히고 이불을 덮어주었다. 그리고 내 머리를 몇 번 쓰다듬더니 방의 불을 끄고 문을 닫았다.

그날이 아버지가 내게 다정한 행동을 보여준 마지막 날이었다.

다음 날부터 아버지는 꽝꽝 언 얼음처럼 차가워져 있었다. 나 때문은 아니었다. 나는 아버지가 말한 대로 그날 본 것들을 누구에게도 이야기하지 않았다. 다른 말썽이나 문제를 일으키지도 않았다. 문제는 엄마였다. 엄마는 다음 날이 되어도 좀체 나아진 것 같지 않았다. 아니, 사실을 말하자면 점점 더 심해졌다. 감기에 걸려 아픈 것과는 달랐다. 엄마는 종종 맨발로 마당에 나가 춤을 추었고, 뜻 모를 말들을 혼자 웅얼웅얼하곤 했다. 아버지는 그런 엄마를 용납하지 못했다.

"정신이 나갔어, 완전히 나갔다고! 도대체 나한테 왜 이러는 거냐고?"

아버지는 엄마가 이상한 행동을 보일 때마다 화를 냈다. 그리고 손찌검이 시작되었다.

"이봐, 밖으로 나가면 안 된다고 했지?"

처음엔 마당으로 춤추러 나가려는 엄마를 말리다 뜻대로 안 되니까 때렸다. 나중에는 엄마가 웅얼거리기만 해도 때렸다. 그러면서 아버지는 엄마를 때리는 일이 마치 엄마를 살리는 일이라도 되는 것처럼 굴었다. 하지만 난 알았다. 아버지는 엄마를 걱정하는 게 아니었다. 창피해하는 것이었다. 엄마가 항상 그렇게 이상하게 행동하는 것도 아니었는데, 아버지는 엄마를 절대로 집 밖에 나가지 못하게 했다. 미친 여자를 아내로 둔 남자가 되기 싫어서 엄마를 꼭꼭 숨겼다.

손찌검은 곧 내게까지 날아들었다.

"다 놀고 나면 장난감은 상자에 정리해두랬지?"

"먹은 그릇은 설거지통에 넣으라고 했지?"

"엄마가 밖에 나가지 못하게 현관문 꼭 잠그라고 했잖아!"

이유는 가지가지였다. 아버지가 날 때리는 이유를 찾자면 하루에 백 가지도 더 찾을 수 있을 게 틀림없었다. 처음에 나는 얻어맞지 않으려고 안간힘을 썼다. 장난감을 정리하고 현관문을 꼭꼭 잠갔다. 언제나 아버지 마음에 들게 하려고 온갖 노력을 다했다. 학교에 들어간 뒤로는 공부도 잘했고, 아무 말썽도 일으키지 않았다. 그러나 아무 소용이 없었다. 아버지는 어디서고 때릴 이유를 찾아내는 귀신이었다.

집 밖에서의 아버지는 아마 완벽한 인간이었을 것이다. 그는 빈틈이 없는 사람이었다. 성공한 회계사, 일류대를 나온 엘리트, 무엇이든 잘해내는 사람, 동료와 친구들에게 존경받는 남자, 선량한 인품을 가진 이웃. 오직 가정만이 그의 뜻대로 되지 않았다. 그는 도저히 그걸 참지 못했다.

아버지는 아주 냉정한 얼굴로 날 때렸다. 마구 흥분해서 아무렇게나 주먹을 날리는 게 아니었다. 그렇다고 회초리를 들고 때리는 것도 아니었다. 그는 손바닥으로 내 다귀를 후려치는 것을 시작으로, 몹시 교묘하게 계산된 방식으로 때렸다. 뼈가 부러지거나 내장이 터지거나 피부가 심하게 상하지 않으면서도 오랫동안 고통을 느낄 간한 곳을 골라 천천히, 조직적으로 때려나갔다. 그러다 차츰 리드미컬하게 속도를 높여갔다. 나를 때리는 것에서 그는 어떤 보상을 느끼는 것이었을까? 적어도 쾌감을 느끼고 있는 것만은 틀림없어 보였다. 아버지는 점차 괴물이 되어갔다.

몇 년이 지나자, 엄마는 춤추는 걸 그만두었다. 밖으로 나가겠다고 우지를 부리지도 않았다. 밥을 잘 먹지 않고 자주 시름시름 앓아누웠지만, 대개 그냥 조용히 집 안에 머물렀다. 가끔씩 엄마는 놀랄 만큼 활발하게 움직여 대청소를 하고 음식을 했다. 저녁 반찬을 만드는 게 아니었다. 제사상이라도 차리는 것처럼 온갖 가지 떡에 전이며 생선찜, 나물에다 식혜, 수정과에 이르기까지 수많은 음식을 마련해 상에 가득 차려놓았다. 그런 날이면 어김없이 집에 손님이 찾아왔다.

손님들은 엄마에게 한참 동안 이런저런 이야기를 늘어놓았다. 엄마는 가만히 고개를 끄덕여가며 이야기를 다 듣고 나서는 몇 마디 짧은 답을 해주었다.

"객신이 들어서 그래. 잘 먹여 보내. 그러고 나면 아무 일 없을 거야."

"머지않아 그 사람한테 안 좋은 일이 닥칠 거야. 가만있어도 해결될 건데 뭐, 괜히 나서서 한데 복닥거리지 말고 내버려둬."

"그 집에는 절대 시집보내면 안 돼. 다른 데로 알아봐."

이런 말들이었다. 대답을 들은 손님들의 얼굴은 금세 환해지곤 했다. 이야기가 끝나고 나면 엄마는 손님들을 밥상 앞으로 이끌었다.

"밥 먹고 가. 신이 잡수신 음식이라 먹으면 좋아."

엄마는 방에 있는 나도 불러내 함께 밥을 먹게 했다.

밥을 다 먹고 우리 집을 나서는 손님들은 이런 말을 중얼거렸다.

"용해, 아주 용하다니까. 신 내림만 제대로 받았으면 큰 무당이 됐을 텐데……."

여러 번 그런 말을 듣고서야 나는 엄마가 무당 비슷한 사람이라는 걸 알게 됐다. 그러니까 그냥 미친 건 아니었던 거다. 하지만 어차피 아버지에게는 별 차이가 없을 게 틀림없었다. 무당이든 미친 사람이든 아버지에게 창피한 존재라는 점에서는 똑같았을 테니까.

아버지는 엄마가 낮에 손님을 맞곤 한다는 사실을 알지 못했다. 알았다면 식탁이 뒤집어지고 음식 접시가 날아다닐 일이었을 거다. 그러나 제아무리 아버지라도 집에 철창을 치지 않는 한 엄마를 완전히 가둘 수는 없었다. 나는 아버지에게 아무 말도 하지 않았다. 그렇다고 엄마 편에 선 것도 아니었다. 무당 엄마는 눈밭에 맨발로 춤을 추던 엄마와 마찬가지로 내게는 여전히 낯설고 기이한 존재였다.

어쩌면 나도 아버지처럼 마음속에서 엄마를 부정하고 싶었는지도 모른다. 나는 아버지로부터 벗어나기 위해 집을 나왔지만, 동시에 엄마까지도 미련 없이 버렸다.

12

"그래서 네 엄마는 춤추는 걸 아주 그만두었단 말이냐?"
기괴한 눈사람이 두 눈을 휑하니 뜨고 물었다.
할멈은 한참이나 밖에서 눈보라 속에 춤을 추고 돌아와서도 문안으로 성큼 들어서지 않고 몸을 반쯤 바깥에 걸친 채로 나의 이야기를 듣고 있었다. 내가 너무 느닷없이 이야기를 꺼내는 바람에 할멈이 미처 집 안에 들어올 짬을 주지 않았던 걸까? 아무튼 그런 자세로 있다 보니 할멈의 머리며 어깨에 온통 눈이 쌓여 기괴한 눈사람처럼 보였다.
천막 문틈으로 할멈이 눈 속에서 훨훨 춤을 추는 모습을 보고 있노라니, 내 머릿속에는 자연스레 엄마가 떠올랐다. 바람에 사방으로 흩날리는 눈발과 그 사이를 누비는 할멈의 춤사위. 그 풍경을 멍하니 보다가 나는 그만 시간과 공간을 잊어버렸다. 이곳이 어디인지, 내가 누구인지 까맣게 잊어버린 채 막막한 진공을 거쳐 기억 속으로 미끄러져 들어갔다. 정신을 차려보니 할멈이 눈을 하얗게 뒤집어쓴 채 내 앞에 쭈그리고 앉아 있었고, 나는 할멈에게 엄마와 아버지 이야기를 늘어놓고 있었다.

"네. 그 뒤로는 한 번도 춤추는 걸 본 적이 없어요."

난 작게 한숨을 내쉬며 대답했다. 내가 어쩌자고 할멈에게 내 이야기를 주저리주저리 늘어놓았을까. 슬슬 후회가 되기 시작했다.

할멈은 온몸을 흔들어 눈을 털어내고 문 안으로 들어섰다.

"참 아깝네, 아까워. 샤먼은 춤을 추면서 다른 세계로 여행하고 우주의 신들, 영들과 만나는 법인데."

할멈이 큰 소리로 혀를 쯧쯧 차고는 말을 이었다.

"그럼 고수 넌 네 엄마 춤출 때 장단 맞추면서 북을 치기 시작한 거냐?"

"네? 아니요. 엄만 그냥 혼자 춤을 췄어요."

"그려? 북소리도 없이 춤을 췄단 말이냐? 어째 그랬을까……? 북소리가 둥둥 울려줘야 다른 세계 문이 열리는 건데. 나도 방금 네가 이것저것 두드려줘서 눈 신, 바람 신하고 어울려 신나게 춤을 추지 않았냐."

그랬던가. 내가 그 사이 이것저것 두드렸던가. 도통 기억나지 않았다. 늘 하는 짓이니까 무심결에 그랬나 보다. 나는 내 손이 무얼 하는지도 모르는 채, 이 시간을 떠나 엄마가 처음 춤을 추던 그날로 돌아가 있었다.

그런데 북소리가 뭘 한다고? 다른 세계 문을 연다고?

"혹시, 무당…… 그러니까 샤먼이세요?"

"아니, 난 아니고. 우리 외할머니가 샤먼이셨지. 그것도 아주 뛰어난 샤먼이셨다. 언제든 큰 까마귀 쿠차하고 대화를 할 수 있는 샤먼은 우리 코랴크족 사람들 가운데서도 꽤 드물거든. 외할머니는 병을 고치는 데도 아주 탁월하셨다. 지혜로운 분이셨지. 우주의 모든 영들과 함께 사시는 분이셨어. 코랴크 사람들은 모두 외할머니를 존경했지."

샤먼이 무당이라는 건 알고 있었지만, 그 나머지 말들은 이해하기가 힘들었다. 쿠차는 뭐고, 코랴크는 또 뭐란 말인가. 그래도 할멈이 살던 곳에서는 모두가 무당을 존경했다는 것만은 알아들을 수 있었다. 어쩐지 부러운 마음이 들었다. 아버지가 코랴크 사람이었다면 엄마를 그렇게 대하지는 않았을 텐데. 그리고 나도.

맷돌을 달고 바다에 뛰어든 것처럼 마음이 무겁게 가라앉았다.

"그나저나 넌 아버지한테 얻어맞기 싫어서 집을 나온 거였구나? 사내 녀석이 돼가지고 그깟 일로 도망을 치냐? 아버지고 뭐고 간에 확 패주지 그랬냐? 하긴 너같이 비리비리한 녀석이 그럴 힘이 있었겠냐만."

할멈의 말이 비수처럼 내 가슴을 찔렀다. 돌덩이 같던 마음에

생채기가 났다. 아팠다.

"그렇게 쉽게 말하지 마요! 할멈이 뭘 안다고 그래요? 얻어맞기 싫어서 도망쳤냐고요? 네, 그래요! 십 년이나 얻어맞았으면 충분했어요. 더 이상은 단 하루도 아버지와 같은 집에 있고 싶지 않았어요. 아버지 숨소리만 들어도 언제 손바닥이 날아올지 알 수 있었어요. 아버지가 날 때리는 소리의 리듬은 눈 감고도 헤아릴 만큼 잘 알았다고요! 내가 왜 북 치는 고수가 됐냐고요? 아버지한테 얻어맞다 보니 고수가 됐어요. 아버지가 날 때릴 때마다 리듬을 헤아리며 버텼어요. 얻어맞는 아픔 같은 건 잊어버린 지 오래였어요. 자존심이 상한다거나 기분이 나쁘다는 것도 더 이상 생각나지 않았어요. 그냥 그 소리만, 리듬만 들었어요!"

난 벌떡 일어서서 마구 소리를 질렀다. 이제껏 아무에게도 해본 적 없는 이야기를 숨도 쉬지 않고 말해버렸다. 심장이 벌떡벌떡 뛰었다. 관자놀이가 펄떡거렸다. 할멈이 아무렇게나 해대는 말을 가지고 그렇게 흥분해 맞받아치는 건 꼴사나운 일이라는 걸 나도 알았다. 하지만 참을 수가 없었다.

"가만, 가만. 네 아비가 때리는 소리의 리듬을 헤아렸다고?"

할멈이 내 말을 끊으며 물었다.

그랬다. 난 그렇게 리듬을 익혔다. 처음엔 그저 리듬을 듣기만 했다. 그러다 차츰 나 혼자 있을 때 리듬을 재현해보기 시작했다. 손바닥으로 탁탁 책상을 두드리며 '내 키가 아버지보다 커지면 꼭 같은 리듬으로 아버지를 패주고야 말겠다'고 다짐했다. 몇 년이 지나자 난 틈날 때마다 아무거나 두드리고 있었다. 내게선 온갖 리듬이 다 솟아나왔다. 내가 들은 그 수많은 소리가 손끝에서 되살아났다. 나는 남들이 듣지 못하는 리듬까지 들을 수 있는 사람이었다. 또 남들이 쉽사리 만들어내지 못하는 리듬을 만들어내는 사람이었다. 그렇게 실컷 두드리다 보면 내 안에 단단히 뭉쳐 있던 뭔가가 사르륵 풀려나가는 것 같은 기분이 들기도 했다.

"난 아버지의 핏줄 속을 흐르는 피의 리듬, 근육이 움직거리는 리듬, 심장이 벌떡대는 리듬까지 다 들을 수 있었어요."

목쉰 소리가 나왔다. 힘이 빠졌다. 나는 옆구리 째진 모래 자루처럼 풀썩 허물어졌다. 모래알처럼 낱낱이 흩어져버리고 싶은 기분이었다.

"호오, 그랬구나? 네 녀석도 샤먼의 피를 이어받은 게 틀림없네. 피의 리듬, 근육의 리듬까지 들을 수 있다니, 내 여태껏 살면서 그런 놈은 한 번도 본 적이 없다."

할멈은 방금 전에 내가 화내고 소리친 것을 전혀 기억 못하는 양, 껄껄 웃으며 호쾌하게 이야기했다.

"샤먼의 피요?"

"그렇지 않고서야 어찌 그런 소리를 다 듣겠냐?"

"하지만 난 샤먼 따위는 되고 싶지 않아요."

쓴물을 삼킨 것 같은 심정이었다. 샤먼이라니, 무당이라니. 엄마가 아버지에게 어떤 꼴을 당하는지 내 눈으로 다 보았는데. 므당 엄마는 아들인 나에게조차 외면당했다.

"샤먼이 되고 싶지 않다니? 그게 뭐 되고 싶다고 되고, 안 되고 싶다고 안 되는 그런 건 줄 알아? 그리고 왜 안 되고 싶어? 샤먼이 얼마나 위대한 존재인데! 샤먼은 이 우주의 소리를 듣는 사람들이야!"

할멈이 갑자기 버럭 화를 냈다.

"하여튼 난 싫어요!"

"그럼 넌 대체 뭐가 되고 싶냐?"

"난 파이터가 되고 싶어요. 파이터가 될 거예요."

"파이터?"

"싸움꾼 말이에요."

"아아, 싸움꾼? 옳지! 네 녀석을 잘만 가르치면 쓸 만한 싸움꾼이 될 수도 있겠는데? 고수 너 싸울 때도 피니 근육이니 그런 소리들을 들을 수 있냐?"

"당연히 싸울 때는 더 잘 들리죠. 얻어맞으며 익힌 리듬인걸요."

내 말이 채 끝나기도 전에 할멈이 팔을 걷어붙이며 벌떡 일어섰다.

"그렇담 어디 한번 보자. 자, 얼른 일어나타."

할멈은 당장 붙어보자는 기세로 날 내려다보았다. 이 할검은 대체 어떻게 된 할멈인가. 싸움하는 걸 이렇게 좋아하다니. 나는 할멈을 외면하며 담요를 푹 뒤집어썼다.

"당장 못 일어나?"

할멈은 내 등에 다짜고짜 주먹을 날렸다. 담요를 뒤집어쓰고 있는데도 옆구리에 짜르르 통증이 일었다.

"어때? 들리더냐?"

"뭐가요?"

"뭐긴! 내 피의 리듬, 근육의 리듬 말이지."

"아뇨. 안 들려요."

사실이었다. 지난번에도 그랬듯 난 할멈의 리듬을 읽어낼 수가 없었다. 할멈의 움직임은 한마디로 귀신같았다. 긴장된 근육의 리듬 따위는 찾아볼 수 없었다. 싸움이 일어날 것 같으면 앞서 들려오던 바람 소리도 들리지 않았다.

"담요 치워!"

"제발 좀! 하지 말라니까요!"

그러나 이번엔 발길질이 날아들었다. 옆구리가 빠개질 것만 같았다.

"그냥 자빠져서 두들겨 맞고 있을 테냐?"

하는 수 없이 담요를 걷어치우고 몸을 일으켰다. 하지만 싸울 의욕 같은 건 조금도 일어나지 않았다. 아무리 파이터가 되고 싶다 해서 아무 때고 싸우고 싶다는 뜻은 아니다. 나는 그저 두 팔을 늘어뜨린 채 샌드백처럼 서 있었다.

그때였다. 어디선가 우지끈 쾅! 하고 커다란 소리가 울렸다. 폭탄이 터지면 이런 소리가 날까? 마치 하늘이 두 쪽이 나는 것처럼 어마어마한 소리였다.

나는 너무 놀라 그만 주저앉고 말았다.

"무, 무슨 소리예요?"

"어디 눈사태가 났나 보네. 어째 오늘 눈이 제법 온다 했더니."

할멈은 대수롭지 않은 일이라는 듯이 중얼거렸다.

"눈사태요? 여긴 괜찮을까요?"

"날 어떻게 보고 하는 소리야? 내가 집자리를 그렇게 허술하게 잡았을 것 같으냐? 여긴 끄떡없다."

할멈은 큰소리를 탕탕 쳤지만, 나는 아직도 겁이 났다. 아까 그 소리는 정말이지 온 산이 무너져 내리는 것 같은 소리였다. 아니, 세상이 무너지는 소리 같았다.

할멈이 내 얼굴을 살피더니 껄껄 웃었다.

"괜찮으니 걱정 말래도. 밥이나 해먹자. 겨울엔 정말 해가 짧다니까. 아침 먹고 돌아서면 저녁 먹을 때야."

다행히도 눈사태 때문에 내게 싸움을 걸던 건 잊었나 보다. 할멈은 태평하게 하품을 해대며 밥할 준비를 했다. 쪼개놓은 장작을 가져다가 화덕에 불을 지폈다. 화덕 위로 노란 불꽃이 피어오르자 할멈은 냄비에 물을 담아 불 위에 올렸다. 그제야 나도 긴장이 풀렸다. 이제 곧 할멈이 내게 뭔가 일을 시킬 것이다, 하고 기다리며 할멈을 보고 있는데, 생각지도 못한 일이 벌어졌다. 바깥에서 사람 소리가 들려온 것이었다.

"이보오, 할멈! 들어가도 되오?"

눈사태 소리에도 꿈쩍 않던 할멈도 이번에는 화들짝 놀라서 손에 들고 있던 국자를 떨어뜨렸다. 국자가 냄비에 부딪히며 요란한 소리를 냈다.

"에구구, 깜짝이야. 이거 사람 소리 맞나? 거기 누구야?"

할멈이 비명을 지르듯이 냅다 소리를 질렀다.

대답 대신 천막 문이 펄렁거렸다.

13

눈발이 화르르 날아들었다.

"할멈, 나요."

굵직한 남자 목소리가 들려왔다.

천막 문이 활짝 열리더니 덩치 큰 남자가 들어섰다. 뒤이어 또 한 남자가 들어섰는데 등에 배낭을 메고 있는 그는 어딘지 자세가 불편해 보였다. 두 사람은 모두 머리와 어깨에 눈을 잔뜩 뒤집어쓰고 있었다.

나는 숨도 제대로 쉬지 못한 채 그들을 가만히 지켜보았다.

"에에? 약초꾼 아니야? 여긴 웬일이야?"

"어라? 손님이 있었소?"

할멈과 덩치 큰 남자가 동시에 말했다. 뒤따라 들어온 남자는 얼굴을 잔뜩 찡그린 채 아무 말이 없었다.

"머리에 눈부터 좀 털어. 설인이 들어오는 줄 알았네. 그나저나 여긴 어떻게 알았어?"

할멈이 떨어뜨린 국자를 주워들며 물었다.

"하하하! 할멈도 참. 할멈이 오두막을 비우고 어디로 갔을지 내가 알아내지 못할 줄 알았소? 할멈 혼자서 이 산을 몽땅 전세 낸 줄 아는 모양인데, 나도 눈이 있고 두 다리가 멀쩡하단 말이오."

"그럼 그 멀쩡한 두 다리로 약초나 캐러 다니지, 여긴 뭐 하러 왔어?"

"그게 내 다리는 멀쩡한데, 이 사람 다리가 멀쩡하지 않아서 왔소. 방금 그 소리 못 들었소? 칠선 쪽에 눈사태가 났나 보오. 어휴, 오늘따라 내가 왜 하필 이쪽으로 넘어왔는지. 집에 돌아가긴 다 틀렸지 뭐요. 천마나 좀 캐볼까 하고 이쪽으로 왔더니만. 아무튼 길이 끊겼을 테니 별수 없이 할멈한테 신세를 좀 져야겠다 싶어 이리로 오고 있는데, 요 언덕 너머에 이 사람이 길바닥에 쓰러져 있지 않겠소? 눈길에 미끄러져 다리를 다친 모양이더라고. 제대로 움직이지도 못하고 절절매는 게 그냥 놔뒀다가는 꼼짝없이 얼어 죽을 판이었지."

약초꾼은 이야기를 하면서 머리에 쓴 털모자를 벗었다. 모자를 벗고 보니 머리가 허옇게 센 노인이었다. 얼굴은 새카만데 머리칼은 새하얀 게 인상이 예사롭지 않았다. 덩치가 우람해서 노인일 줄은 생각도 못했다. 할멈도 그렇고 이 약초꾼이란 남자도 그렇고, 어째서 이 산에 사는 노인들은 하나같이 기골이 장대한 것인지 문득 궁금해졌다.

"등산객인가?"

할멈이 약초꾼 뒤에 불편하게 서 있는 남자를 흘끗 보며 물었다.

"네. 산 타러 왔습니다."

남자가 입을 열었다. 목소리에서 쇳소리가 났다.

"아, 어서 앉게. 다리 다쳤다면서."

"그래도 될까요? 그럼 신세 좀 지겠습니다."

남자는 배낭을 내려놓고 서 있던 자리에 그대로 주저앉았다. 앉으며 다리를 뻗을 때는 얼굴을 더 찡그렸다. 신음 소리를 내진 않았지만 다친 다리가 꽤나 아픈 모양이었다. 찡그려서 그런지 원래 얼굴이 그런지는 몰라도 인상이 꽤 험악했다. 이 남자도 키는 그리 크지 않았지만 체격이 만만치 않아 보였다.

"이야, 불도 피워놓으셨네? 훈훈하니 아주 좋소. 이보오, 조금만 기다리시오. 손 좀 녹이고 금방 치료해줄 테니."

약초꾼 노인이 두 손을 비비며 화덕 쪽으로 다가갔다.

"쯧쯧. 돌팔이 약초꾼한테 치료받게 생겼네. 저 영감이 짐승은 잘 잡지만, 약초에 대해서는 도통 뭘 아는 것 같지가 않던데."

할멈이 등산객에게 다가가며 말했다.

"무슨 소리요? 내가 풀 뜯고 뿌리 캐러 다닌 지가 벌써 몇 년인데! 짐승 안 잡은 지는 이미 오래되었소. 그리고 짐승 잡는 거야 할멈이 나보다 더 선수 아니오? 아, 이 할멈이 반달곰도 때려잡은 양반이라니까."

약초꾼은 불가에 바짝 붙어 앉아서 뒤도 돌아보지 않고 구시렁댔다.

나는 약초꾼의 말에 내심 놀랐다. 할멈이 반달곰을 때려잡았다는 게 사실이었구나.

"다리는 어쩌다 다쳤어?"

할멈이 묻지도 않고 등산객 남자의 바지를 마구 걷어 올리며 물었다. 바지 아래로 드러난 남자의 발목이 벌겋게 부어올라 있었다.

"갑자기 눈보라가 몰아치기에 허겁지겁 산을 내려가다 그만 발을 헛디뎠습니다."

"안 죽은 게 다행이구먼."

"네?"

"낭떠러지로 굴러 떨어지지 않은 걸 천만다행으로 알라고! 눈보라 치는 겨울 산이 얼마나 무서운지 알고나 덤볐나?"

"그게…… 아직 가을이라고 생각했습니다. 이렇게 눈보라가 몰아칠 줄은 몰랐습니다."

남자가 쭈뼛거리며 대답했다.

"그런데 이쪽은 등산로도 아닌데 어째서 이리로 온 거야?"

할멈이 남자의 얼굴을 빤히 들여다보며 물었다.

"어제부터 길을 잃었습니다."

"쯧쯧쯧. 아주 완전히 죽을 뻔했구먼. 눈보라는 치는데 길은 잃고, 다리는 다쳐 내려가지도 못하고, 날은 저물어 앞은 안 보이고…… 저 노인네 아니었으면 꼼짝없이 얼어 죽었네."

할멈이 혀를 차며 말하는데, 듣다 보니 남의 얘기 같지가 않았다. 얼마 전에 내가 바로 그 꼴이었다. 그때는 눈보라가 몰아치는 날씨는 아니었는데도 낯선 숲에서 길을 잃은 나는 너무 두려워서 넋이 반쯤 나갔었다. 그때 느꼈던 두려움이 아직까지도 생생했다. 괜스레 동질감이 느껴져서 나는 새삼스레 등산객 남자를 쳐다보았다. 남자는 진통제를 건네면 건네는 손가락까지 씹어 먹을 것 같은 표정으로 앉아 있었다.

"자, 이제 슬슬 치료해볼까?"

약초꾼이 입고 있던 사파리 잠바 안에서 주섬주섬 무언가를 꺼냈다. 말린 약초 같았다. 그러더니 바닥에 얇은 종이를 한 장 깔고 그 위에다 약초를 손으로 비벼 가루로 만들었다.

"그런데 이 청년은 누구요? 할멈한테 손자가 있을 리도 만무하고."

약초꾼이 불쑥 물었다.

집을 나온 뒤로 가장 듣고 싶지 않은 질문이 바로 '너는 누구냐?'는 질문이었다. 나는 누구일까? 나는 학생도 아니고, 아무개의 아들도 아니었다. 집도 없었다. 나는 그 모든 것들을 버린 사람이었다. 이름마저도 버렸다. 게다가 지금 나는 내가 어디에 있는지도 잘 알지 못했다. 왜 쫓기는지도 모르는 채 쫓기고 있었다. 나는 누구인가. 나는 무엇인가.

"으응, 이 녀석? 내 손자는 아니지만 손자나 마찬가지인 아이야. 이 녀석도 산에 왔다가 눈 때문에 못 내려가고 있지. 나랑 여기서 겨울을 날 거야."

할멈은 천연덕스럽게 이렇게 대꾸했다. 나는 그 말을 듣고 조금 놀랐다. 내가 손자나 마찬가지라고? 어쩐지 할멈이 낯선 이들로부터 나를 보호하려 하고 있다는 느낌이 들었다.

"보아하니 도시 아이인 것 같은데, 산에서 겨울 나려면 고생깨나 하겠구먼."

약초꾼이 나를 다시 흘끗 보며 말했다.

"남 걱정 말고 자네 걱정이나 해! 어서 이 사람 다리나 치료하지 않고 뭘 그리 꿍얼대? 약초를 아주 먼지로 만들 참이야?"

할멈이 냅다 소리를 질렀다.

"알았소. 아, 그놈의 성깔하고는."

갑자기 약초꾼이 약초 가루에다 침을 탁 뱉었다. 성질이 나 그러는가 싶어 깜짝 놀라 바라보니, 그가 손가락으로 침과 약초 가루를 한데 문질러 갰다.

"독활 뿌리가 소염제로는 최고지. 민들레도 좋고. 고약을 만들어 붙이려면 백초액과 섞어 개야 하지만, 지금은 없으니까 침으로 개는 수밖에 없다오. 자, 이리로 다리를 뻗어보시오."

"고맙습니다, 어르신."

등산객 남자는 약초꾼에게 얌전히 다리를 내맡겼다. 약초꾼은 약초 갠 것을 세심하게 남자의 발등에 발라주었다.

"눈보라가 그칠 생각을 않네. 눈 신이 지리산에 오셨어. 겨우내 산문이 열릴 것 같지는 않고. 난데없이 식구가 늘었으니 식량이 모자라겠는데? 곰이라도 한 마리 잡아야 하려나?"

할멈이 천막 문을 젖히고 바깥을 내다보며 중얼거렸다.

눈발이 날아들었다. 잠시 잊고 있던 바람 소리가 날아와 횡횡 심장을 갈랐다.

14

"이야, 이거 살림을 단단히 챙겨가지고 오셨네? 오두막은 아주 텅텅 비었겠소. 먹을 게 다 여기 와 있네. 나물에 고기에 없는 게 없소. 할멈, 이건 무슨 고기요?"

약초꾼이 말린 고기를 손에 집어 들고 물었다. 그는 화덕 옆에 붙어 앉아 할멈이 저녁밥 짓는 것을 돕고 있었다.

"보면 몰라? 사냥꾼이 묻기는."

"순록 고기요?"

"지리산에 순록이 어디 있어? 캄차카에나 있지."

"하하하! 할멈이 맨날 순록, 순록 하니까 한번 해본 소리요. 순록은 고라니랑은 다르게 떼를 지어 다닌다지요?"

"그럼! 구름같이 떼로 몰려다니지. 멀리서 보면 뿔들이 삐죽삐

죽 솟은 게 아주 장관이지."

"나도 꼭 한 번 보고 싶네. 그런데 순록 고기도 맛있소?"

"순록? 어디 맛있기만 하나? 고기는 맛있지, 젖은 따습지, 가죽으론 집 짓지, 힘줄로는 끈 만들지……. 순록만 한 동물이 없지."

두 노인은 원래부터 꽤 친한 편이었던지 두런두런 허물없이 이야기를 주고받았다. 벌써 여러 번 해본 얘기인 것처럼 죽이 척척 맞는 게 꼭 만담을 나누는 것 같았다. 그러면서 화덕에다 고라니 고기를 구웠다. 구수한 냄새가 풍겨 나왔다.

"이보시오, 도시 양반. 고라니 고기 먹어봤소?"

약초꾼이 문득 등산객 남자에게 말을 건넸다.

"아니오. 못 먹어봤습니다."

남자가 답했다. 남자는 발목에 그 약을 바르고서 한구석에 누워 쉬고 있었다.

"적당히 말린 고라니 고기를 소금 후추 뿌려 숯불에 살짝 구우면 아주 진미지. 먹어보면 아마 반할 거요."

약초꾼이 구운 고기를 날랐다. 아침에 할멈과 내가 먹고 남은 무국도 새로 데워서는 냄비째로 들어 날랐다. 나는 수저와 밥그릇을 놓았다.

네 사람이 밥상 앞에 둘러앉았다. 모르고 있었는데 막상 밥상 앞에 앉고 보니 몹시 배가 고팠다. 숯불에 구운 고기가 구수한 냄새를 풍겼다. 밥과 고기가 넉넉하고 풍성했다. 나는 수저를 들고 열심히 퍼먹기 시작했다.

"젊은 청년이라 역시 잘 먹는군 그래."

약초꾼 노인이 날 보고 껄껄 웃었다. 나는 그만 머쓱해져서 수저질을 조금 늦추었다.

"이게 정말 고라니 고기란 말입니까? 그런데 야생 고라니를 잡는 건 불법 아닌가요?"

등산객이 고기를 집어 입에 넣으며 약초꾼에게 물었다.

"불법? 아니야. 수렵 면허만 있으면 잡아도 된다오. 11월부터 2월까지 겨울이 바로 사냥철이지. 요즘은 멧돼지도 늘고 고라니도 수가 늘어서 다들 잡으러 다닌다오."

"아, 그렇습니까?"

"도시 양반이라 잘 모르는구먼. 서울에선 무슨 일을 하오?"

"회사 다닙니다."

"그래? 체격이 단단한 게 책상머리에 앉아 있을 양반 같지는 않은데? 난 무슨 특별한 일을 하는 사람인가 했어."

"특별한 일이오? 하하. 아닙니다. 그냥 제가 운동을 좀 좋아합니다."

남자는 슬쩍 웃으며 말을 얼버무렸다. 어딘지 석연치 않았다. 그러고 보니 궁금했다. 남자는 생김새도 꽤 험악하고 체격도 만만치 않았다. 목소리도 꼭 남을 윽박지르기에 좋을 것 같은 목소리였다. 인상만 봐서는 등산하러 와서 길이나 잃어버릴 것 같은 남자는 아니었다. 얼핏 보면 누구라도 폭력배로 보기 좋을 인상이었다. 뭐 하는 남자일까?

그때 할멈이 불쑥 끼어들더니 한마디로 단정했다.

"뭘, 딱 보니 싸움꾼이네."

"네? 싸움꾼이요?"

남자가 젓가락을 입으로 가져가다 말고 눈을 치떴다. 순간 당황한 것 같았다.

"아니, 그러니까 아무 데서 싸움질이나 하고 다니는 그런 놈들 말고. 거 뭐냐······."

할멈이 적당한 말을 찾지 못해 말을 더듬었다.

"파이터 말이에요?"

나도 모르게 끼어들었다.

"그렇지. 뭐 그런 싸움꾼 말이네. 싸움을 좀 할 줄 아는 사람이다, 그 말이지."

할멈이 날 보며 고개를 끄덕였다.

"아닙니다. 전 그냥 평범한 사람입니다. 허허허."

남자는 태연한 척 껄껄 웃었다. 하지만 그대로 물러설 할멈이 아니었다.

"잡아떼긴! 내가 싸움꾼이라서 싸움꾼은 볼 줄 안다. 딱 보면 알지. 뭐, 말로 가타부타 할 것 없다. 밥 먹고 나서 한번 붙어보면 되지. 아참! 이 사람, 다리를 다쳤지? 할 수 없네. 다리 다 나으면 붙어보자고."

할멈은 혼자서 북 치고 장구 치고 다 했다. 남자는 뭐라 대꾸도 못한 채 멍한 얼굴로 할멈을 바라보았다.

"그거 재밌겠네. 한 번 붙어봐. 자네도 한 싸움 할 것 같은데? 이 할멈이 이래봬도 보통 할멈이 아니라네. 산전수전 공중전 다 겪은 할멈이야. 싸움꾼 중에 싸움꾼이지. 나 같은 건 아무리 해도 당해내질 못한다니까. 자네도 만만히 보았다가는 뼈도 못 추릴 걸세. 하하하!"

약초꾼은 둘의 싸움을 상상만 해도 즐거운지 웃음을 터뜨렸다. 나는 할멈과 싸운다는 생각만으로도 아찔했다. 내 생각에 이 노인도 할멈에게 여러 번 당해본 적이 있는 거다.

등산객 남자는 슬그머니 젓가락을 내려놓더니 물을 찾아 마시고 나서 입을 열었다.

"그런데 노인장께선 아까 순록 이야기를 하시던데, 어디 외국에서 살다 오셨습니까?"

"아아, 이 할멈? 반은 외국 사람이야. 어디라 그랬더라? 어머니가?"

약초꾼 노인이 나서서 대신 대답을 하고 묻고 했다.

"우리 어매는 코랴크 사람이지."

할멈이 말했다.

"코랴크요? 그게 어디 있는 나라입니까?"

등산객 남자가 고개를 갸웃거리며 되물었다.

"캄차카이 사는 코랴크족 말이야."

"캄차카요?"

"어이구, 이 양반도 모르는구먼. 똑똑한 도시 사람이라 알 줄 알았지. 어찌 된 게 도무지 캄차카를 아는 사람이 없네."

할멈이 밥그릇을 내려놓으며 중얼거렸다.

"캄차카는 눈과 불의 나라라네. 일 년에 아홉 달은 눈과 얼음으로 뒤덮여 있고, 산에는 커다란 불이 활활 타오르지. 짧은 여름이 오면 순록 떼가 툰드라를 우르르 뛰어다니고, 온갖 꽃들이 앞다투어 피어나지. 아주 아름다운 땅이야, 캄차카는. 여기 지리산도 아름답지만 캄차카에는 댈 게 아니라네. 난 그런 곳에서 태어났어."

할멈의 갈소리는 마치 노래하는 것처럼 오르락내리락 리듬을 탔다. 그리고 할멈의 두 눈은 꿈속을 더듬듯 먼 곳을 바라보고 있었다.

"우리 아비는 조선 사람, 우리 어매는 코랴크 사람이었네. 난 태어날 때부터 아주 크고 못생긴 아기였대. 뼈는 굵고, 머리통은 크고, 울음소리도 아주 힘찼다지? 여자아기가 그렇게 크고 못생긴 경우는 다들 처음 본다고 했대. 이상도 하지? 우리 어매는 아담하고 참 예뻤는데, 난 누굴 닮았을까? 한 번도 본 적이 없는 내 친아비를 닮았을까? 암튼 난 타고나길 아주 싸움꾼으로 타고났나 봐. 아장아장 걸어다니기 시작하면서부터 벌써 힘이 어찌나 센지 어른들도 못 당해낼 정도였다네. 노는 것도 꼭 사내애들처럼 돌던지고, 싸우고, 달리고, 힘쓰는 것만 좋아했지. 어매는 나를 캄차카 불곰이라고 불렀어. 정말 그랬지. 난 야생 불곰 같았어."

"그럼 언제 거길 떠나오신 겁니까?"

등산객이 물었다.

"다섯 살 때 떠나왔지. 내가 태어나기도 전에 우릴 버리고 사라진 조선인 아비를 찾겠다고, 어매가 날 데리고 캄차카를 떠났지. 우린 툰드라를 걷고, 숲을 걷고, 걷고 또 걸어 바다에 다다랐네. 거기서 배를 타고 사할린으로 건너갔지. 조선인 아비가 사할린으로 갔다고 들었거든. 하지만 아비는 찾지 못했네."

"괜히 고향만 떠난 셈이 되었네요?"

등산객은 할멈의 이야기에 푹 빠져든 것처럼 보였다.

"사할린에서는 잠시 눌러 살았지. 우리 예쁜 어매가 거기서 새 남자를 만났거든. 일본 사람이었어. 일본인 의붓아비는 부자에다 다정한 사람이었네. 사할린은 캄차카처럼 아름답지도 않고 척박하고 춥기만 했지만, 거기 살 때도 그리 나쁘진 않았다네. 좋은 집에서 얌전히 잘 살았지. 그런데 어느 날 전쟁이 끝났다는 거야. 일본이 패전국이 되어버리자, 일본인 의붓아비는 허겁지겁 일본으로 돌아가버렸어. 이번에도 어매랑 나랑 둘이만 달랑 남았지."

할멈은 물을 찾아 목을 축이고 나서 이야기를 계속했다.

"어매는 또다시 날 데리고 사할린을 떠났어. 벌판을 걷고, 고개를 넘고, 걷고 또 걸었지. 만주라던가 어디라던가, 어매는 조선 사람이 많다는 곳을 굴어물어 찾아갔네. 하지만 거기서도 내 친아비는 찾지 못했어. 그 대신 어매는 또 나에게 새 의붓아비를 만들어주었지. 이번엔 역시 조선 사람이었어. 만주에서 일본군하고 싸우던 독립군이라더군. 얼마 안 있어 어매와 난 새아비를 따라 한반도로 내려왔네. 단주 벌판을 지나, 우뚝한 백두산을 지나, 오종종한 산들이 어깨를 맞대고 이어져 있는 곳으로 내려왔지. 평양이었네."

"평양이요?"

등산객 남자가 되물었다. 놀란 기색이었다.

"새 의붓아비는 북조선 사람이었거든."

할멈에겐 정말로 북조선 의붓아비가 있었던 거다. 난 이제야 띄엄띄엄 들어온 할멈이 살아온 이야기의 맥락을 조금 알 것 같았다. 참 옛날이야기다. 전쟁이니 독립군이니 하는 걸 보니 아마 일제 강점기 때 이야기겠지. 게다가 할멈은 참 멀리서부터 걷고 또 걸어 여기까지 왔나 보다. 인간은 한평생 동안 과연 어디까지 가게 되는 걸까.

"북조선 의붓아비는 아주 용감한 사람이었네. 캄차카 곰 사냥꾼 저리 가라 할 만큼 덩치도 크고 싸움도 잘했지. 아무리 적이 많아도 겁을 내는 법이 없고, 아무리 험한 산이라도 못 다니는 곳이 없었지. 백두산 호랑이도 우리 아비를 만나면 벌벌 떨었는걸."

할멈은 다시금 먼 곳을 바라보는 눈빛이 되어 이야기를 이어갔다.

그런데 그때, 약초꾼 노인이 난데없이 버럭 소리를 질렀다.

"아, 무슨 옛날 얘기를 그렇게 줄줄 하고 있소? 밥 다 먹었으면 얼른 상이나 치우지 않고!"

"뭐가 어떻다고 그래? 그리고 내 입으로 내가 살아온 얘기 하는데, 자네가 왜 성을 내나?"

할멈이 맞받아쳤다.

"됐으니까 그만 집어치워!"

약초꾼은 벌떡 일어서서는 안절부절못하고 방 안을 서성거렸다. 노인이 왜 그러는지 까닭을 알 수 없었다. 분위기가 어색해지자 보다 못해 등산객 남자가 끼어들어 두 노인을 중재하려고 했다.

"허허허! 두 분은 오랫동안 알고 지내셨나 보네요? 여기 지리산에서 한마을에 사셨습니까?"

"한마을에 살기는. 그저 오다가다 가끔 보는 사이지."

할멈이 퉁명스럽게 대답했다. 그러더니 다시 이야기를 이어갔다.

"난 마을에는 한 번도 살아본 적이 없어. 지리산에 들어온 뒤부터 쭉 산에만 살았지. 의붓아비를 따라 남으로 내려온 게 열다섯 나던 해였나? 한국전쟁 때였지. 어느 날 삼팔선이 가로막혀서 북으로 돌아갈 수 없게 되었다더군. 그때 지리산으로 들어왔네. 이 산에는 빨치산들이 있었거든. 저 영감 아비도 바로 빨치산이었지. 우리는 빨치산에……."

할멈이 채 말을 끝맺기도 전에 약초꾼 노인이 벼락같이 고함을 치며 할멈에게 달려들었다.

"아니, 이 할멈이 끝끝내! 뭐 하러 그런 얘기까지 하는 거야? 그게 아무한테나 막 할 얘기야?"

약초꾼 노인의 안색이 파랗게 질려 있었다. 그는 할멈에게 눈을 부라리다가도 흘끔흘끔 곁눈으로 등산객의 얼굴을 살폈다.

"내가 뭐 없는 얘기를 했나? 그리고 자네 입으로 이제는 세상이 달라졌다고 하지 않았나? 더 이상 빨치산이라고 잡아가고 그러지 않는다며?"

"그래도 그게 그렇지가 않아! 할멈은 몇십 년 동안 산에만 있었으니 세상 무서운 걸 안 겪어봐서 그런 소릴 하지!"

약초꾼 노인과 할멈은 두 마리 호랑이처럼 서로를 노려보았다. 순식간에 천막집 안의 공기가 팽팽해졌다. 금방이라도 치고받을 것처럼 약초꾼 노인의 몸이 긴장해 있었다. 근육이 꿈틀거리는 소리가 들려왔다. 심장이 뛰는 리듬이 들려왔다.

그러나 그뿐, 싸움은 일어나지 않았다. 더 이상 아무도 이야기를 하지도, 움직이지도 않았다. 등산객 남자조차 가만 숨을 죽인 채 날카로운 눈빛으로 두 노인을 슬쩍슬쩍 살피고만 있었다. 도대체 빨치산이 뭐지? 그게 무엇이기에 두 노인이 이렇게 팽팽해진 것일까? 나는 도무지 영문을 알 수가 없었다.

천막집 안에는 침묵이 무겁게 내려앉았다. 영원히 끝나지 않을 것처럼 짙고 캄캄한 침묵이었다.

15

까악까악!

까마귀 소리가 들려왔다. 어디서 나는 소리일까. 소리는 아주 가까운 데서 나는 것만 같았다. 바깥이라기보다는 마치 내 안에서 들리는 것처럼 까마귀 소리는 명징하게 가슴을 두드렸다. 나는 고개를 빼고 주위를 두리번거렸다. 이제 보니 까마귀 소리는 바로 내 몸 아래에서 들려왔다. 아주 커다란 까마귀였다. 경비행기만큼이나 커 보이는 까마귀였다. 그리고 나는 그 까마귀의 등에 올라타 있었다. 우리는 광활한 하늘을 날고 있었.

'이, 이게 어떻게 된 일이지?'

숨이 턱 막혀왔다. 내가 까마귀 등에 타고 수천 미터 상공을 날고 있었다. 발이 땅에 닿지 않는다는 두려움이 한 줄기 지나가고 나자, 문득 어마어마한 자유가 느껴졌다. 내가 하늘을 날고 있다니! 사방 어디에도 거칠 것이 없었다. 부드러운 바람만이 내 팔다리를 스쳐갔다. 허공이었다. 나 또한 허공과 같았다.

아래를 내려다보았다. 까마득한 아래, 푸른 숲이 펼쳐진 아름다운 풍경이 눈에 들어왔다. 숲을 지나치자 이번엔 너른 초원이 나타났다. 끝도 없이 이어지는 초원 위에 흩뿌려져 있는 점들이 보였다. 자세히 보니 그건 순록 떼였다. 수많은 순록이 떼를 지어 초원 위를 이동하고 있었다. 과연 비죽비죽 솟은 뿔들이 하늘 위에서 보기에도 장관이었다.

우리는 순록 떼를 지나 계속 날았다. 초원 너머에 우뚝 솟은 산이 보였다. 이상하게도 산꼭대기가 붉었다. 화염에 휩싸인 것처럼 새빨간 산꼭대기가 홀릴 듯이 아름다웠다. 불타오르는 활화산이었다. 까마귀는 그곳을 향해 날아가고 있었다. 우리는 활화산에 점점 더 가까워졌다. 이대로 빨려들 것만 같았다. 그 안으로 뛰어들려는 것일까?

"까마귀야, 우리는 어디로 가고 있는 거니?"

그 순간, 까마귀가 급강하하기 시작했다. 어마어마한 속도였다. 우리가 일으키는 바람이 세차게 뺨을 갈겼다. 아찔아찔했다. 눈을 제대로 뜨고 있을 수가 없었다.

"고수야, 눈 좀 떠봐."

어? 이건? 화산의 목소리였다.

"화산?"

나는 번쩍 눈을 떴다. 커다란 까마귀는 어느새 화산으로 변해 있었다. 언제나처럼 더러운 옷을 잔뜩 껴입고 있는 화산. 우리는 새빨간 산꼭대기를 향해 함께 낙하하고 있었다.

"고수야, 넌 인간으로 태어난 게 마음에 드니? 난 아니야. 난 다시 별이 되고 싶어. 내가 전에 얘기했지? 우리 인간은 모두 별에서 왔다고. 초신성이 폭발할 때 생겨난 원소들에서 왔다고. 난 다시 그 원소로 돌아가고 싶어. 작은 먼지가 되었다가 다시 뭉쳐서 별이 되고 싶어. 생각도 하지 않고 감정을 느낄 수도 없는 별이 되고 싶어. 내게 인간은 너무 버거워. 인간은 어째서 그토록 잔인해질 수 있는 걸까. 어째서 인간이 다른 인간에게 모멸감을 줄 수 있는 걸까. 부모가 어떻게 자식을 학대할 수 있는 걸까. 난 모르겠어."

"하지만 화산, 우리는 이미 인간이잖아. 다시 별이 될 수 있다 해도 그건 아마 나중 일일 거야. 지금은 우린 인간으로밖에 살 수 없어."

"아니야, 고수야. 난 그냥 별이 될래."

이제 더 이상 화산의 입에서 사람의 말이 흘러나오지 않았다. 그 대신에 까악까악, 까마귀의 울음소리가 들렸다. 화산은 어디로 가버린 걸까. 이제껏 나는 화산의 등에 올라타고 있었던 것일까. 내 입에서도 울음이 흘러나왔다. 역시 까악까악, 까마귀의 울음소리였다.

16

"다들 그만 일어나!"

할멈이 꽥 소리를 질렀다.

"해가 머리 꼭대기에 올라앉은 지가 언젠데 다들 늦잠이야? 게으름뱅이들 같으니라고. 얼른 세수하고 밥 먹고 나가서 집 앞에 눈이라도 좀 치워!"

저쪽에서 꾸물거리는 움직임이 보였다. 두 남자가 이불 속에서 기어 나와 꾸무럭꾸무럭 몸을 일으키고 있었다. 할멈이 등을 떠밀어 남자들을 밖으로 내몰았다. 그러고는 곧 눈을 돌리더니 나를 찾았다. 나도 얼른 몸을 일으켜 비척비척 문으로 향했다.

"이봐, 다리는 좀 어때? 잘 걷는데?"

약초꾼 노인이 천막 문을 밀치며 등산객에게 물었다.

"아! 한결 낫네요. 부기가 가라앉은 것 같은데요?"

등산객이 자기 다리를 낯선 물건이라도 되는 듯이 내려다보며 대꾸했다.

"하하하! 거 보라고. 내 약초가 아주 기가 막히게 잘 듣는다니까. 할멈은 괜히 나더러 돌팔이니 어쩌니 하지만 말이야. 내가 요즘은 약초 팔아서 먹고사는 사람이야. 예전에야 짐승 잡아서 먹고살았지만, 요즘엔 약초가 낫지. 사람들이 죄다 건강에 신경 쓰는 세상이니 말일세."

"그렇습니까? 아무튼 전 노인장 덕분에 살았습니다."

나는 떠들어대는 두 사람을 따라서 바깥으로 나갔다. 바깥은 하얀 눈 세상이었다. 하룻밤 새에 풍경이 완전히 바뀌어 있었다. 이젠 영락없이 겨울이었다. 찬바람에 정신이 번쩍 들었다.

"어이, 춥다."

등산객이 후드득 몸을 떨었다.

"이건 추운 것도 아니야. 한겨울에는 아예 세수할 생각도 나지 않는다니까. 자, 이리 와봐. 여기 이렇게 눈을 손으로 퍼서 얼굴을 쓱쓱 문지르라고."

약초꾼 노인이 쌓인 눈 속으로 성큼 걸음을 내딛었다. 등산객 남자는 노인을 따라 발을 내딛었다가 무릎까지 푹푹 빠지는 눈 속에서 허둥댔다.

"어어, 조심해!"

"이야, 이거 눈이 꽤 쌓였는데요? 어디가 어딘지 모르겠네요."

"그만 가. 이런 날 괜히 잘못 나다니다간 바로 낙상이야. 낭떠러지로 굴러 떨어지기 십상이라고. 눈으로 세수나 하게나. 지리산 눈은 깨끗하니까 그냥 쓱쓱 문지르면 되네. 서울에 내린 눈이야 매연이다 뭐다 해서 지저분하겠지만, 여긴 청정지역이거든."

"네에."

등산객은 약초꾼 노인을 따라서 두 손으로 눈을 한가득 떠서 얼굴에 대고 문질렀다.

"하하하! 잘하네? 산 사나이라 해도 되겠어. 겨울에 이렇게 눈으로 세수를 해버릇하면 추위도 끄떡없이 이겨낼 수 있다네. 어때? 상쾌하지?"

약초꾼 노인은 등산객 남자 옆에 붙어서 끊임없이 종알대고 있었다. 어쩐지 남자의 눈치를 보고 있다는 느낌이 들었다. 듣기 좋은 소리만 골라 하는 게 살살 비위를 맞추고 있는 것 같기도 했다. 왜 저러는 거지? 나는 모른 척 옆에 서서 세수를 했다.

간밤 꿈이 아직도 머릿속에 어른어른했다. 까마귀 울음소리가 귓속에 그대로 머물러 있었다. 하늘을 나는 느낌, 초원의 순록 떼, 모든 게 생생했다. 그리고 화산. 그 애는 어디로 간 것일까. 마음이 어두워지려 해서 나는 두 손으로 눈을 가득 떠서 얼굴에 대고 퍽퍽 문질렀다. 얼굴 감각이 마비될 만큼 차가웠다. 그래도 그만큼 정신이 맑아지는 것 같아 기분이 나아졌다.

등산객 남자가 세수를 마치고 집 안으로 들어가려는데, 약초꾼 노인이 슬쩍 소맷자락을 붙잡아 세웠다.

"저어, 도시 양반. 어제 들은 얘기는 어디 가서 이야기하지 말아줬으면 좋겠소. 그러니까 그 뭐시냐, 빨치산이라는 것 말이오. 이젠 다 지난 옛날 일이긴 하지만, 그게 워낙에 껄끄러운 부분 아니겠소? 도시 양반도 알 만큼은 아시겠지만 말이오. 사실 난 저 할멈과는 달리 그때 어린아이여서 아무것도 몰랐다오. 아비가 뭐 하는 사람인지도 잘 몰랐어. 그런데 나는 몰라도 남들은 다 알더군. 그땐 참 살기 힘들었소. 아비가 빨치산이었다는 이유만으로, 아비 죽고 나서도 우리 가족은 아주 오랫동안 고통 받았다오."

　이 얘길 하려고 아까부터 그렇게 비위를 맞춘 거였나 보다. 아까와는 달리 약초꾼 노인은 남자에게 존댓말까지 쓰고 있었다. 어지간히 눈치가 보이는 모양이었다. 빨치산이라는 게 무슨 괴물이라도 되는 건가.

"내가 왜 이 산속에서 짐승 잡는 포수나 하고 약초나 캐고 살았겠소. 나도 도시 나가서 화려하게 살아보고도 싶었지. 하지만 그건 불가능했소. 어디엘 가도 나에겐 빨간 딱지가 붙어 있었거든. 실은 난 이념이니 뭐니 그런 건 아무것도 모르는데 말이오."

"네에, 무슨 말씀이신지 잘 압니다."

　등산객이 조용히 대꾸했다.

"저 할멈도 평생을 산에서 한 발짝도 못 벗어났소. 그러니 한이 맺힌 게지. 살아온 얘기를 넋두리 삼아 해보고도 싶었을 거요. 그 마음 이해하지. 하지만 얘기가 얘기이니만큼 아무 데서나 함부로 할 얘기는 못 되지. 그러니 부디 싹 잊어주시오. 산에서 들은 얘기를 산 아래까지 가지고 가진 말아달란 거요."

"알겠습니다."

등산객이 고분고분 받아주니 약초꾼 노인은 한시름 놓은 모양이었다. 얼굴이 다시 밝아지더니 이야기를 다른 쪽으로 돌렸다.

"참, 그나저나 도시 양반은 며칠 예정으로 산에 온 건가? 당분간 산에서 내려가긴 틀린 것 같은데. 눈이 이렇게 쏟아진 데다 눈사태까지 나서 발이 꽉 묶여버렸어. 안 그래도 이쪽은 등산로가 아니라서 길이 보통 험한 게 아니거든. 집이랑 직장이랑 다 어쩌나?"

어느새 슬쩍 다시 반말로 바뀌어 있었다. 참 줏대 없이 이랬다저랬다 하는 영감이라는 생각이 들었다.

"어제 보니 여긴 휴대폰이 안 터지던데요?"

"휴대폰? 눈사태가 났으니 그나마도 안 되겠지. 보통 때도 등산로 쪽이나 좀 될까, 이쪽은 전파가 거의 잡히지 않아. 집에서 걱정하겠는데? 눈이 좀 녹으면 나랑 같이 능선 쪽으로 나가보자고. 아래쪽으로는 못 내려가도 휴대폰 터지는 데까진 갈 수 있을지도 몰라."

"뭐, 괜찮습니다. 전 혼자 살아서 집에서 기다리는 사람은 없습니다."

어쩐지 등산객 남자의 대답이 석연치 않아서 나는 무심코 남자를 쳐다보았다. 그 순간, 남자와 눈이 딱 마주쳤다. 그러니까 남자가 이미 나를 보고 있었다는 얘기다. 왜지? 약초꾼 노인하고 이야기를 나누고 있으면서 왜 나를 보고 있었지? 까닭도 모르는 채로 온몸에 소름이 쫙 끼쳤다. 가슴이 쿵쾅쿵쾅 뛰기 시작했다. 나는 남자를 뚫어져라 보았다. 남자가 황급히 눈길을 돌렸다. 하지만 나는 들을 수 있었다. 남자의 심장도 빠르게 뛰고 있었다. 어색하게 급히 돌린 남자의 목 근육이 삐걱삐걱 반항을 하는 소리도 들렸다. 수상했다. 몹시 수상했다.

"그런가? 하지만 직장에도 연락을 해야 하지 않겠나? 일주일 휴가를 내고 온 건가?"

"아아, 네에. 직장도 괜찮습니다."

"괜찮다고?"

"네."

등산객은 갈수록 대답을 더듬거렸다. 당황한 게 틀림없었다. 이마에는 슬쩍 땀까지 내비쳤다. 수상쩍기 짝이 없었다. 약초꾼 노인도 무언가 미심쩍었는지 고개를 비뚜름하게 기울이고는 등산객을 빤히 바라보았다. 노인의 눈길을 피하려 했던 건지 남자는 다시 내 쪽으로 시선을 돌렸다. 그러다 그만 다시 한 번 나와 눈이 딱 마주치고 말았다. 빼도 박도 못하는 상황이었다. 이제는 누가 먼저 눈길을 돌리는 것조차 어색할 지경이었다. 나의 본능은 남자가 나를 계속 관찰하고 있었다고 말하고 있었다. 뭔지는 몰라도 특별한 관심을 가지고 바라보는 눈길이었다. 뭐지? 이 남자는 누구지?

겁이 덜컥 났다. 당장 뒤돌아서 도망치고 싶은 마음이 들었다. 하지만 어디로? 허리께까지 눈이 쌓인 이 산속에서 대체 어디로 도망친단 말인가. 게다가 눈사태 때문에 길이 끊겼다고 하지 않는가. 갈 곳이 없었다. 숨을 곳도 없었다. 백주대로에서 벌거벗고 있는 심정이었다.

"다들 밖에서 뭐 하는 거야? 밖에 뭐 재미난 일이라도 있나? 왜 안 들어와? 아침밥 안 먹을 거야?"

할멈이 천막 문을 열고 소리쳤다.

세 남자는 그제야 생각난 것처럼 서둘러 집 안으로 들어섰다. 묘하게 얽힌 상황을 벗어나게 되어 고마워하듯, 우리는 까닭 모를 활발함으로 아침밥을 향해 돌진했다.

그날 하루 종일 나는 남자를 주시했다. 밥을 먹고 집 앞의 눈을 함께 치우는 동안에도, 천막집 안에 늘어져 있는 동안에도, 나는 남자를 잊지 않았다. 한번 의심이 들자 의심은 눈덩이처럼 커져만 갔다. 온갖 생각이 다 들었다. 저 남자는 나를 잡으러 온 사람이다. 나를 쫓던 양아치들의 두목일까? 아니, 저 남자는 아버지가 보낸 남자다. 살인청부업자? 험악한 인상으로 볼 때 딱 어울리긴 하다. 어서 도망가야 한다는 생각이 들었다. 저 남자의 다리가 다

낫기 전에 달아나야 했다. 하지만 생각뿐, 이 눈 속에 갇힌 상황에서 도망칠 뾰족한 수가 없었다. 나는 다만 남자를 주시했다. 남자도 은근히 나를 지켜보고 있다는 걸 알 수 있었다.

그렇게 하루가 갔다. 마침내 해가 떨어졌다. 아주 긴 하루였다는 느낌이 들었다.

저녁을 먹고 난 뒤 나는 설거지를 하겠다고 자청했다. 혼자 있을 시간이 필요했다. 깜깜한데 굳이 밖에 나갈 필요 없다고 만류하는 할멈을 뒤로하고, 나는 설거지거리를 대야에 담아가지고 일어섰다. 뒤통수에 와서 꽂히는 남자의 시선이 느껴졌다. 나는 무심한 척 천막 문을 열고 바깥으로 나섰다.

차가운 공기가 온몸으로 밀려들었다. 사방이 마치 흑백사진 속처럼 고요했다. 아무 데서도 움직임이 느껴지지 않았다. 눈은 더 내리지 않았지만 전날 내린 눈만으로도 충분했다. 날씨가 부쩍 추워진 데다가 고도가 높은 산이라서 쌓인 눈이 쉬이 녹을 것 같지 않았다. 해가 떨어지고 저녁이 되니 눈은 이제 슬슬 얼어붙고 있었다. 몇 걸음 걸어 나가니 서걱서걱 언 눈이 발에 밟혔.

멀리 나가진 못했다. 낮에 눈을 치워두었던 평평한 바위 위에 대야를 올려놓고 설거지를 했다. 산속 설거지는 간단했다. 세제도 쓰지 않았다. 그릇을 다 씻는 데는 채 몇 분도 걸리지 않았다. 그러나 나는 설거지를 마치고 나서도 바위 옆에 가만히 서 있었다. 눈으로 뒤덮인 산은 시간이 멈추어버린 세상 같았다. 정지된 세상에서 나 홀로 가만가만 숨을 쉬고 있었다. 오직 내 숨소리만 들렸다.

'등산객이라고 주장하는 저 남자는 정체가 뭘까?'

가장 먼저 그 의문이 다시 떠올랐다. 답은 알 수 없었다.

'지금이라도 이 눈 속을 달려 도망쳐야 하는 걸까? 아무 데로나 갈 수 있는 데까지 가봐야 하는 걸까?'

의문은 꼬리에 꼬리를 물고 이어졌다.

'저 사람들은 다 누구지? 나는 지금 도대체 어디에 있는 거지? 왜 이 산에 서 있는 걸까?'

가슴이 참 막막했다. 막막한 심정은 사실 내게 그리 낯선 감정은 아니었다. 부모와 함께 살 때도 늘 막막했고, 집을 나와 거리에 섰을 때도 막막했다. 막막함은 두려움과는 달랐다. 얻어맞을까 봐 두렵고 굶어죽을까 봐 두려웠지만, 두려움은 맹렬한 감정이어서 언제나 나를 행동하게 만들었다. 도망치거나 싸우거나, 어떻게든 해야만 했다. 그러나 막막함이 밀려들 때면 나는 꼼짝도 할 수가 없었다. 막막함은 이 거대한 산과 같아서 밀어도 당겨도 꿈쩍도 하지 않는 미련한 감정이었다.

산은 정말이지 내겐 너무나도 낯선 세상이었다. 아무것도 이해할 수가 없었다. 눈보라, 고요, 깊은 어둠. 모든 게 나에겐 너무나 거대했다. 어디로 발을 내디뎌야 할지, 어떻게 헤쳐가야 할지, 무엇과 싸워야 할지 나는 아무것도 알 수가 없었다. 할멈이 아니었으면 나는 아마 이 산에서 사흘도 못 버티고 죽었을 것이다.

그때 어디선가 딱! 소리가 들려왔다. 그리 큰 소리는 아니었지만 난 심장이 떨어질 만큼 놀랐다. 황급히 소리가 난 쪽으로 고개를 돌렸다. 쌓인 눈의 무게를 이기지 못한 나뭇가지가 부러져 내려앉고 있었다. 뒤이어 자잘한 툭툭 하는 소리, 풀썩 하고 눈이 내려앉는 소리, 그리고 고요.

그런데 그 가지가 부러진 게 무슨 신호라도 되는 것처럼, 곧이어 여기저기서 작은 가지들이 부러져 내려앉았다. 딱, 툭, 풀썩, 딱, 툭, 풀썩……. 경쾌한 소리들이 내 귀를 거쳐 심장을 울렸다. 나는 어느새 리듬을 헤아리고 있었다. 손가락으로 허벅지를 두드렸다. 딱, 툭, 풀썩, 딱, 툭, 풀썩……. 대야 안에서 젓가락을 꺼내 들었다. 젓가락으로 대야를 툭툭 두드렸다. 나무로 만든 대야라서 날카롭지 않고 적당히 둔탁한 소리가 났다. 나는 드럼을 두드리듯이 천천히 대야를 두드리기 시작했다. 처음엔 산이 들려준 리듬을 그대로 두드리다가 조금씩 변화시켜 나의 것으로 새롭게 만들어냈다. 젓가락을 잡은 내 두 손이 새들처럼 자유롭게 허공을 날았다.

슬슬 리듬의 비트를 높여갔다. 젓가락은 더욱 신이 나서 대야 위를 날았다. 그제야 기억이 났다. 막막함에 사로잡힐 때마다 내 곁에는 리듬이 있었다. 나는 두드렸다. 리듬을 헤아리고 리듬을 만들면서, 난 그 막막한 시간들을 건너왔다. 아버지에게 얻어맞을 때도, 길거리 양아치들과 싸움에 휘말렸을 때도, 날 버티게 한 것은 리듬이었다. 나는 두드리고 또 드드렸다. 두려움도 막막함도 어느새 수증기처럼 증발해버렸다. 나는 살아 있었다. 행복했다

17

"허수아비! 오랜만이다?"

마로니에 공원으로 막 들어서던 참이었다. 고개를 들어 보니 히로가 내 앞에 서 있었다. 봄 햇살처럼 환한 웃음을 짓고 있었다. 아닌 게 아니라 봄이 오고 있었다. 끔찍하게 길던 겨울이 이제 다 갔다. 햇살의 각도가 달랐다. 바람의 냄새가 달랐다. 나무들이 남몰래 움을 틔웠다.

"마침 잘 왔네. 오늘 공연 있는데."

"공연? 아! 드디어 와일드보이즈의 공연을 볼 수 있는 거야?"

"곧 시작할 거야. 저기 무대에서."

히로는 손을 들어 내 뒤쪽을 가리켰다.

"그래?"

나는 몸을 돌려 야외무대를 바라보았다. 예닐곱 명의 아이들이 몸을 풀고 있는 게 보였다. 어떤 아이는 무대 한구석에서 음향 장치를 만지고 있었다. 공연이 있을 걸 알고 벌써 무대 앞을 서성거리는 관중들도 보였다. 기분 좋은 수런거림이 느껴졌다. 무대 너머로는 서서히 청회색 어둠이 내려앉고 있었다. 거리에 하나둘 불빛이 켜져 이른 어둠 속에 별처럼 반짝이고 있었다.

"와서 구경해라. 이따 보자."

히로는 늘씬한 몸으로 가볍게 뛰어갔다.

봄바람이 살랑거렸다. 까닭도 없이 가슴이 두근거렸다. 천천히 야외무대 쪽으로 걸음을 옮겼다. 지나는 길에 서 있는 벚나무에 가만 몸을 기대어 보았다. 물관을 타고 올라가는 수액의 힘찬 리듬이 들려왔다. 곧 무대 쪽에서 음향을 조율하는 소리가 지잉지잉 들려오더니, 누군가 마이크에 대고 이야기를 하기 시작했다. 나는 벚나무 둥치 옆에 떨어져 있는 마른 나뭇가지를 하나 집어 들고 공연장으로 걸어갔다.

힙합 음악이 흘러나왔다. 빠른 비트가 폭죽처럼 터져 나오자, 둘러선 사람들이 박수를 치고 환호성을 질렀다. 가슴이 세게 뛰었다. 나는 서둘러 구경하는 사람들 틈에 끼어 섰다. 무대 위로 한 아이가 리듬에 맞춰 걸어 나왔다. 크게 내두르고 휘젓는 팔이 경쾌했다. 그러더니 금세 그 아이의 위와 아래가 뒤바뀌었다. 그 애는 어느 틈엔가 머리로 구르고 있었다. 공연은 시작부터 몹시도 강렬했다. 사람들의 환호성이 높아졌다. 또 다른 아이가 튀어나오더니 공중에 앉은 채로 두 다리를 쭉쭉 뻗었다. 그리고 서너 명이 더 나타났다. 모두들 리듬에 맞춰 무대 위를 누비고 다니며 돌고 구르고 팔다리를 죽죽 뻗었다.

비보이 공연을 눈앞에서 보는 것은 처음이었다. 즐거운 흥분에 내 심장이 펄떡펄떡 뛰었다. 저기 무대에서 구르고 있는 아이들보다 내가 더 흥분했을 게 틀림없었다. 사방에서 리듬이 폭포수처럼 쏟아졌다. 힙합 음악의 빠른 비트, 춤추는 아이들의 몸속에서 생생하게 움직이는 근육의 리듬, 구경하는 사람들이 음악과 춤에 맞춰 질러대는 추임새 소리, 그리고 내 심장으로 피가 들고 나는 리듬…… 나는 정신을 차릴 수가 없었다.

무대 위의 아이들 절반은 똑바로 서 있고 절반은 물구나무를 선 모양으로 대열이 정비되었을 때, 히로가 무대로 나왔다. 히로는 뒤쪽에 서서 발을 구르며 몇 번 도움닫기를 하는가 싶더니, 온몸을 던져 아이들 위로 날았다. 말 그대로 날았다. 다음 순간에는 분명히 중력에 의해 그의 몸이 무대 바닥에 닿았을 것이다. 그러나 언제 바닥에 가닿았는지 보지도 못했는데, 히로는 또다시 허공에 솟아 아이들 사이를 날고 있었다. 몇 번이고 날았다. 히로의 몸이 연체동물처럼 부드럽게 공중에서 헤엄쳤다. 상상도 못할 만큼 아름다웠다.

아마도 그즈음부터였을 것이다. 나는 나도 모르게 손으로 리듬을 두드리고 있었다. 처음엔 손에 들고 있던 나뭇가지로 가볍게 내 손바닥을 두드렸다. 그러다가 내가 무대를 향해 걸어갔다. 무의식이 나를 무대 한쪽 구석으로 이끌었다. 그곳에는 누구 것인지 모를 봉고가 놓여 있었다. 어느새 나는 봉고를 두드리고 있었다. 힙합 리듬에 맞춰서, 비보이들의 움직임에 맞춰서, 무대 위를 날아다니는 히로의 근육이 내는 리듬에 맞춰서. 두드리고 또 두드렸다.

봉고단으로는 모자랐던지, 조금 뒤에는 내가 무대 바닥의 나무판과 무대 뒷벽을 두드리고 있었다. 그러다 누군가 손에 들고 있던 음료수 캔을 뺏어서 나뭇가지로 두드렸고, 플라스틱 쓰레기통을 가져다 두드렸다. 나는 춤을 출 줄 모른다. 그런데도 내가 무대 위를 리듬에 맞춰 발을 구르며 돌아다니고 있었다. 무대에서 내려가 사람들 사이를 돌아다니며 손에 든 나뭇가지로 이것저것 소리가 날 만한 것은 아무거나 두드리고 있었다. 내 두 팔을 활처럼 휘었다가 펴며 사방 모든 것을 다 두드려댔다. 그리고 다시 봉고로 돌아왔다. 봉고는 내 손바닥 아래서 온갖 리듬을 만들어내고 있었다. 세상이 그 리듬에 맞춰 춤을 추었.

어디선가 환호성이 들려왔다.

"우와! 난타다."

"비보이 공연만 있는 게 아니었어?"

"대단한데!"

이런 소리들이 들려오는 것도 같았다. 그러나 내 귀에는 세상의 모든 소리가 다 밀려들었기 때문에 특별히 한두 소리에만 마음을 두진 않았다. 그래서 말뜻까지는 파악할 수가 없었다. 내겐 모든 게 리듬이고 소리였다. 그리고 나는 그 소리들을 이어붙이고, 끊고, 나누었다가 다시 이으며 끊임없이 새로운 리듬을 만들어내고 있었다.

그렇게 한순간이 흘렀다. 글쎄…… 난 그저 한순간이라고 느꼈지만, 실제로 얼마 동안이었는지는 전혀 알 수가 없었다.

정신을 차리고 보니, 히로가 무대 위에서 고개를 한쪽으로 갸우뚱 기울이고서 날 바라보고 있었다. 팔다리를 늘어뜨리고 서 있는 모습이 마치 마리오네트 인형 같았다. 그는 춤을 추고 있지 않았다. 다른 비보이들도 모두 여기저기 멈춰서 있었다. 음악은 언제 끝났는지 더 이상 들려오지 않았다. 비보이 공연은 벌써 끝난 모양이었다.

그런데도 내 손은 여전히 봉고를 두드리고 있었다. 들려오는 소리는 오로지 그것뿐이었다. 모두들 숨죽이고 있었다. 귀를 기울이고 있었다.

나는 천천히 주위를 둘러보았다. 사람들이 모두 나를 바라보고 있었다.

'이, 이게 어떻게 된 거지? 내가 지금 뭘 하고 있는 거야?'

몹시 당황스러웠다. 어쩌야 좋을지 알 수가 없었다.

어떻게든 마무리는 지어야 했다. 나는 리듬을 서서히 늦추고 소리도 낮춰 속삭이듯이 봉고를 두드렸다. 마지막으로 봉고를 쓰다듬듯 몇 번 더 부드럽게 두드리고는 손을 내려놓았다.

그랬더니 삽시간에 사방에서 소리가 터져 나왔다. 우레와 같은 박수 소리와 귀가 터져 나갈 것 같은 환호성이 울렸다.

"조금만 더 해요!"

"난타, 한 번 더!"

여자애들이 소리를 질러댔다. 손을 머리 위로 쳐들어 흔드는 아이들도 있었다. 나는 멍하니 그 광경을 보고만 있었다.

히로가 나에게 걸어왔다. 아주 부드럽고 느린 걸음이었다.

"이제 보니 너, 드러머였구나? 대단한 리듬인데? 오늘부터 네 이름은 고수다. 북 치는 사람, 고수 말이야."

싱긋 웃으며 말하는 히로의 얼굴이 어딘지 조금 일그러져 보였다.

18

"추운데 왜 밖에서 혼자 그러고 있어? 안에 들어와서 두드려라!"

할멈이 천막 문을 열고 소리쳤다. 주름진 얼굴이 빠끔히 나타났다가 사라졌다.

나는 흠칫 놀라 젓가락을 멈췄다. 주변 공간을 가득 채우던 리듬이 빠르게 사라져갔다. 리듬의 여운이 사라지자 적막한 산들이 눈에 들어왔다. 추웠다.

대야를 집어 들고 천막집 안으로 들어섰다. 화덕의 불빛이 일렁거렸다. 할멈이 부지깽이로 불을 들쑤시고 있었다. 불똥이 화르르 날았다. 약초꾼과 등산객은 각자 벽을 하나씩 차지하고 말없이 앉아 있었다.

"이야, 고수 너 진짜로 북 좀 치는구나? 잘 됐다. 너 혼자만 할

게 아니라 우리 다 같이 하자."

할멈이 부지깽이를 내려놓고 돌아서며 말했다. 얼굴이 환했다.

"뭘요?"

"이렇게 온 세상이 눈으로 홀딱 뒤덮인 날이 바로, 다른 세상으로 여행하기 딱 좋은 날이야. 어이, 다들 이리 모여봐. 겨울잠 자러 들어간 곰처럼 아둔하게 앉아 있지들 말고."

할멈은 천막 구석에서 꾸러미를 뒤지더니 무언가 천에 싼 것을 손에 들고 왔다.

"자, 이거 조금씩들 먹어. 천천히 꼭꼭 씹어야 하네. 너두 성급하게 삼키지 말고."

천을 풀어헤치자 말린 버섯 같은 것이 나왔다.

"이거 뭡니까?"

등산객이 다가앉으며 물었다.

"광대버섯."

할멈이 활짝 웃으며 대답했다. 덕분에 얼굴에 주름은 잔뜩 잡혔지만 표정만큼은 마치 열 살짜리 어린애가 학교에서 상장을 받아와 엄마에게 자랑하는 것 같아 보였다.

"네에? 그건 독버섯이잖아요?"

등산객이 눈을 크게 뜨며 되물었다. 그 말을 듣고 나도 깜짝 놀라 할멈을 다시 바라봤다.

"독버섯은 무슨! 이건 약버섯이야. 이걸 먹으면 다른 세상으로 여행을 떠날 수 있지. 자네 그 아픈 다리도 싹 나을걸."

"다른 세상이요? 그러니까 죽는다는 말 아닙니까?"

"쯧쯧쯧. 이 양반 참, 생긴 것과는 다르게 겁도 많네. 다른 세상으로 아주 가는 게 아니고, 잠깐 다녀온다 이 말이야. 암튼 먹어보면 알 테니 일단 먹어봐."

할멈이 답답하다는 듯 가슴을 치며 말했다.

"괜찮아. 별일 없으니 걱정 마시게. 나도 전에 이 할멈이 줘서 한 번 먹어봤는데 그냥 잠깐 뿅 가는 것뿐이더라고. 조금 먹어갖곤 절대 죽지 않는다네. 근데 난 아무리 눈을 부릅뜨고 봐도 못 찾겠던데, 이 할멈은 어디서 잘도 찾아낸단 말이야……."

약초꾼이 거들고 나섰다.

"말하자면 환각작용이 일어난다는 얘기군요. 그렇다면 이걸 먹는 일은 불법입니다. 저는 안 먹겠습니다."

등산객이 고개를 절레절레 저었다.

"아, 그 양반 어제부터 불법 되게 찾는구먼. 법조계에서 일하시오?"

약초꾼이 얼굴을 찡그리며 물었다.

"아니, 그건 아닙니다. 하지만 향정신성 물질은 마약과 다를 바 없는……."

"시끄러워! 모두 다 같이 먹어야만 하네. 그래야 함께 여행을 떠날 수 있지. 지금 자네 혼자만 여기 남아 있겠다는 건가? 그러려거든 당장 이 집을 나가! 여기선 내가 법이야."

할멈이 등산객의 말을 끊고 단호하게 말했다.

등산객은 결국 입을 다물었다. 어쩔 수 없다고 생각하는 것 같았다. 하긴 다친 다리로 이 밤에 어딜 가겠는가. 사방이 무릎까지 푹푹 빠지는 눈으로 뒤덮인 이 산속에서. 그런데 등산객마저 할멈에게 꼼짝 못하고 보니, 나는 차마 안 먹겠다는 말을 꺼내볼 수도 없었다. 독버섯이면 어쩌지?

"고수 너는 아까처럼 북을 쳐라. 이거 먹고 나서 처음 얼마 동안만 치면 된다. 북소리가 우리를 다른 세계로 이끌어줄 거야. 이제 다른 세계로 들어갔다 싶으면 그만 쳐도 된다."

할멈이 일어서더니 다시 구석으로 가서 꾸러미들을 뒤졌다.

잠시 뒤 할멈은 작은 북을 꺼내가지고 와서 나에게 건넸다. 얼굴 크기만 한 북이었는데, 짐승 가죽으로 만든 것 같았다. 가죽 색이 빛바랜 정도로 볼 때 아주 오래된 북으로 보였다. 나는 북을 받아들고 손으로 살짝 쓸어보았다. 드르르, 가죽이 가볍게 몸을 떨며 내 손에 진동을 보내왔다. 두드리면 아주 좋은 소리가 날 것 같았다. 가슴이 두근거렸다.

"어떻게 쳐요? 어떤 리듬으로요?"

"네 맘대로 쳐라. 네 심장이 느끼는 대로. 아까 밖에서 혼자 하던 대로 하면 된다. 그러면 그 북이 널 이끌어줄 거다."

나는 북 위에 두 손바닥을 가만 올려놓았다.

"자, 그럼 가보세!"

할멈은 광대버섯을 네 조각으로 나누더니 우리에게 한 조각씩 건넸다. 먼저 약초꾼 노인이 냉큼 받아들었고, 그다음 등산객 남자가 마지못해 받아들었다. 나도 한 손을 내밀어 받았다. 할멈과 약초꾼이 먼저 버섯을 입에 넣고 씹는 걸 보고 나서야, 등산객과 나는 버섯을 입에 털어 넣었다. 그러고는 할멈이 하는 대로 꼭꼭 씹었다. 맛을 음미해보려고 두 눈을 감았다. 독특한 버섯 향이 날 뿐 특별한 맛은 없었다. 독이 느껴지지도 않았고 환각 작용이 느껴지지도 않았다. 아직까지는.

"얼른 북 안 치고 뭐 해?"

할멈이 재촉하는 말을 듣고서야 나는 눈을 뜨고 내 무릎 사이에 놓인 북을 내려다보았다.

손바닥으로 북을 가볍게 두드리자 이내 심장이 둥둥 뛰었다. 가죽에서부터 세밀한 진동이 팔을 타고 올라오더니 온몸을 휘감았다. 머리끝이 짜릿했다. 나는 손을 움직이기 시작했다. 어떻게 두드려야겠다는 생각 따위는 없었다. 처음에는 그저 단순하게 네 박자로 두드렸다. 사실 난 북 치는 일보다는 입안에 넣고 있는 버섯에 온통 신경이 가 있었다. 차마 삼키지를 못하고 계속 씹었더니 이젠 더 씹을 것도 없었다. 버섯 향은 사라지고 부드러운 흙 맛 같은 맛이 났다. 버섯 조각들은 침과 섞여서 저절로 목구멍으로 넘어가고 있었다. '에라, 모르겠다' 하는 심정으로 나는 침을 꿀꺽 삼켰다.

　북은 마치 살아 있기라도 한 것처럼 저 혼자 리듬을 타기 시작했다. 내가 북을 치는 게 아니었다. 북이 내 손을 잡아끌었다. 둥둥 둥둥둥 북소리가 천막 안을 울렸다. 천막 안에 있는 사람들 모두를 대신해서 뛰는 심장 소리 같았다. 북소리가 공간을 가득 채우며 차츰 조밀해져가더니, 어느새 공간이 뒤집어져 있었다. 우리가 들어앉아 있는 천막집은 알고 보니 커다란 북 속이었다. 그리고 우리는 그 안을 흐르는 피였다. 심장으로부터 들고나는 피. 피의 리듬.

　고개를 들어 보니 맞은편에 앉아 있는 등산객 남자가 보였다. 남자는 덩하니 앉아 있었다. 입을 열지도 움직이지도 않았다. 그런데 그가 갑자기 내 눈앞에서 차츰 멀어지기 시작했다. 점점 작아지더니 뒤로 아득히 멀리 물러났다. '잘 됐군. 아주 멀리 가버려. 내 눈앞에서 사라지라고.' 이제 그가 있는 곳은 천막집 안이 아니었다. 그는 천막집을 넘어서, 붉은 별들이 광대버섯 위의 점무늬처럼 뿌려져 있는 새까만 밤하늘을 날고 있었다. 그러고도 그는 하염없이 물러났다. 우주 공간 속을 날아가는 것 같았다. 아, 관성의 법칙이다. 남자는 이제 한없이 계속 날아갈 것이다, 절대 멈출 수 없을 것이다. 우주 공간에는 공기도 저항도 없을 테니까. 어쩐지 남자가 불쌍하다는 생각이 들었다. 아아, 영원히 멈출 수가 없겠구나' 하면서 남자에게 조의를 표하고 있는데, 그가 불쑥 다시 내 눈앞에 들이닥쳤다. 남자는 이제 거대했다. 거대한 남자가 두 눈을 부릅뜨고 내게 얼굴을 바짝 들이밀고 있었다. 두려워야 할 것 같은데 이상하게도 두렵지 않았다. 그저 웃음이 났다.

'뭐야? 돌아왔잖아? 관성의 법칙을 이겨낸 거야?'

하하하하!

내가 소리를 내어 웃었을까? 내 웃음소리를 남자도 들었을까?

그때였다. 할멈이 자리에서 일어나더니 북소리에 맞춰 춤을 추기 시작했다. 다리를 구르고 팔을 위로 들었다 놓았다 했다. 부드러운 춤사위는 아니었다. 엄마가 추던 춤과는 달랐다. 할멈이 눈밭에 나가 훨훨 추던 춤과도 달랐다. 이건 춤이라기에는 너무나 힘찬 동작들이었다. 이 춤보다는 할멈이 싸울 때 내뻗던 팔다리가 더 부드럽다고 해야 할 정도였다. 할멈은 힘차게 발을 구르고 팔을 뻗으며 입으로는 무언가 중얼중얼 외고 있었다. 무슨 말인지 알아들을 수가 없었다. 우리나라 말은 아니었다. 캄차카 말일까? 샤먼의 주문일까? 외는 소리에서 리듬이 느껴졌다. 어느새 내 북소리는 할멈의 주문 소리를 따라가고 있었다.

천길 아래로 내리꽂히는 폭포수처럼 세차던 소리와 동작들이 차츰 잦아들었다. 졸졸졸 시냇물이 흐르듯 낮고 부드러운 리듬으로 바뀌어 흘렀다. 할멈의 주문 소리는 이제 웅얼웅얼 잠꼬대같이 들렸다. 나는 천막집 안을 천천히 둘러보았다. 약초꾼 노인과 등산객 남자는 아주 먼 곳을 바라보듯이 아련한 얼굴로 할멈이 춤추는 것을 보고 있었다.

다시 할멈의 주군 소리가 한결 늦아졌다. 내 북소리도 잦아들었다. 점줌 더, 점점 더…….

마침내 할멈의 츔동작이 멈추었다. 내 북소리도 멈췄다. 사방이 고요했다. 순간 더할 수 없이 새까만 정적이 우리를 덮쳤다.

19

 색색 꽃들로 뒤덮인 푸른 들판 위를 어린아이가 마구 달려가고 있었다. 뼈대가 굵고 못생긴 여자아이였다. 멀리로는 눈 덮인 산이 보였다. 들판이 온통 여름 꽃들로 수놓아져 있는데도, 산은 여전히 겨울 눈을 이고서 은백색으로 빛나고 있었다. 대기는 눈이 시리도록 맑았다.
 여자아이가 달려간 들판에서 순록 떼가 나타났다. 비죽비죽 솟은 뿔들이 들판을 가득 메웠다. 순록들은 새김질을 하며 느릿느릿 밤의 쉼터로 걸어왔다. 순록 떼의 꽁무니에서 여자아이가 다시 모습을 드러냈다. 의기양양한 얼굴이었다. 세상이 이미 다 내 것이라 부러울 것이 없다는 표정이었다. 은백색의 설산 너머로 해가 지고 있었다.

밤이 깊어갔다. 순록 떼가 머무는 밤의 쉼터에 바람이 한 줄기 획 불어왔다. 오두막 앞에서 망을 보던 남자가 귀를 쫑긋 세웠다.

"늑대가 오는군."

옆에서 졸고 있던 여자아이가 그 말에 눈을 번쩍 떴다.

"총은 쓰지 말아요."

"쉿!"

남자는 다시 먼 곳을 향해 잠시 귀를 기울이더니, 높은 소리로 휘파람을 불기 시작했다.

'늑대야, 다른 먹이를 찾아봐라. 들판의 쥐를 먹든지, 가서 불곰하고 싸워봐. 순록은 우리 거야. 우리도 먹고살아야 한단다. 다가오면 총을 쏠 수밖에 없어. 총을 쏘기 전에 멀리 가라.'

휘파람 소리는 늑대에게 이런 말들을 전했다.

사방이 잠잠했다.

먼 데서 소리 없는 움직임이 지나갔다.

"늑대들이 갔다."

남자가 이렇게 말하자 여자아이는 이를 드러내고 활짝 웃었다. 그러고는 곧 깊은 잠에 빠져들었다. 달빛이 여자아이의 얼굴에 은은한 빛을 드리웠다. 순록들이 따뜻한 숨을 내쉬었다. 밤의 툰드라에 고요가 다시 찾아왔다.

힘찬 행진곡이 울려 퍼졌다.

군복을 입은 소년소녀들이 줄 지어 걸으며 목청 높여 행진곡을 불렀다. 덩치 크고 못생긴 소녀가 맨 뒷줄에서 걷고 있었다. 소녀는 무척이나 신이 나 보였다.

"모두 수풀 속으로!"

교관이 소리치자 소년소녀들은 와아! 하고 일제히 소리치며 수풀을 향해 달려갔다. 척박한 산이었다. 마구 자란 덤불이 꽤 거칠어 보였다. 그러나 아이들은 아랑곳하지 않았다. 못생긴 소녀가 가장 빨랐다. 수풀 속을 기고, 덤불을 헤치고, 쉴 새 없이 앞으로 나아갔다. 등에 멘 나무총이 작아 보였다.

"아, 저 캄차카 불곰. 정말 빠르다니까."

"누가 이겨? 저 싸움꾼을."

뒤처진 소년소녀들이 못생긴 소녀를 쫓아가느라 땀을 줄줄 흘렸다.

"나야 뭐 원체 태어나기를 못생기고 힘만 센 장사로 태어났으니 힘들 게 없었지. 싸움꾼 학교에 가니 완전히 내 세상이었어. 걷고, 뛰고, 기고, 뒹굴고, 싸우고, 엎어치고, 메치고, 달리고, 쫓고, 배고파도 참고, 그저 버티고…… 모두 다 내가 잘하는 것들이었지. 툰드라에서 순록 떼를 돌보던 꼬마가 자라서 이젠 싸움꾼이 되었네. 무술도 배우고, 총칼 다루는 법도 배우고, 산에서 굴 파고 사는 법도 배우고, 고함지르는 법과 노래하는 법도 배웠지. 난 아주 신이 났어. 그게 다 노는 것만 같았거든."

어디선가 난데없이 할멈의 목소리가 들려왔다.

나는 지금 무얼 코고 있는 걸까. 나는 지금 무얼 듣고 있는 걸까. 나는 지금 어디를 떠돌고 있는 거지? 귓가에는 여전히 북소리가 둥둥 울리고 있었다. 심장이 팔딱팔딱 뛰었다. 그런데 누가 북을 치고 있는 걸까?

할멈의 목소리가 이어졌다.

"전쟁이 터지자 우리는 해방군으로 남으로 내려왔어. 어매와 의붓아비, 그리고 나. 모두 함께 남조선 땅에 처음 발을 디뎠지. 캄차카에서 사할린으로 내려올 때처럼, 사할린에서 만주로 내려올 때처럼, 만주에서 한반도로 내려올 때처럼 어매와 난 늘 그렇게 걷고 또 걸었어. 그때까진 사실 싸움이랄 것도 별로 해보지 못했어. 그저 파죽지세로 밀고 내려오기만 했지. 그런데 어느 날 갑자기 세상이 뒤바뀌어버렸어."

불현듯 겨울 지리산이 눈앞에 나타났다. 무릎까지 푹푹 빠지는 눈 속을 누런 옷을 입은 사람들이 줄줄이 걷고 있었다. 길도 없는 비탈을 헤치고 나아갔다. 사람들은 모두 비쩍 말라 있었고, 오랫동안 씻지 못했는지 꾀죄죄했다. 얼굴에는 피로가 가득 쌓여 있었다.

멀리서 총소리가 간간이 들려왔다.

"국방군이다!!"

누군가 이렇게 소리치자 모두들 눈 속을 헤치고 미친 듯이 달리기 시작했다. 못생기고 덩치만 큰 소녀도 누런 옷을 입은 사람들 틈에서 마구 달렸다.

"이런 젠장! 새까맣게 몰려온다. 토끼몰이야!"

"총알 남은 사람들은 모두 뒤돌아서 응전해! 도망치지 마!"

"빨치산의 본때를 보여줘!"

총소리가 하늘을 꽝꽝 울렸다. 푸른 군복을 입은 사람들이 나무들 사이로 나타났다. 온 산에 군인들의 발자국이 어지러이 찍혔다. 누런 옷을 입은 사람들과 푸른 군복을 입은 사람들이 서로 얽혀들며 모두 눈 속에 엎어지고 미끄러졌다. 총알이 날아다녔다. 여기저기서 사람들이 풀썩풀썩 쓰러졌다. 하얀 산이 온통 붉은 피로 물들어갔다.

"아아, 끝도 없이 몰려와."

"더 이상은 못 가겠어."

"총알이 떨어졌어. 이젠 맨몸뿐이야."

도망치는 사람들 사이에 갈수록 절망적인 탄식이 늘어갔다. 빨치산들은 자꾸만 쫓겨 올라갔다. 눈 쌓인 산을 네 발로 기어 올라갔다. 계곡을 건너고 또 건너고, 고개를 넘고 또 넘었다. 산이 차츰 어두워졌다. 시커먼 장막처럼 검은 밤이 내려왔다.

"어매!"

못생긴 소녀가 눈밭으로 뛰어들며 절규했다. 눈밭에 소녀의 엄마가 쓰러져 있었다. 꽃 같은 피를 흘리며 누워 있었다. 가슴에 커다란 총구멍이 나 있었다.

"계속 뛰어가라! 어서!"

의붓아비가 소녀의 엄마를 들어 안아 등에 걸머지며 소리쳤다. 군인들의 발소리가 가까이 다가왔다. 소녀는 눈물을 흘릴 겨를조차 없었다.

"거북바위 아래 있는 동굴 알지? 얼른 그리로 가라! 거기 숨어 기다려. 아비가 갈 때까지는 절대로 동굴에서 나오면 안 된다. 무슨 일이 있어도 나오지 마! 고개도 내밀어선 안 돼!"

"어미랑 아배는요?"

"금방 널 찾으러 가마. 동굴에서 절대 나오지 마라! 꼭 아비가 갈 때까지 기다려야 한다!"

의붓아비의 걸음이 점점 뒤처졌다. 등에 멘 소녀의 엄마가 축 늘어졌다.

"어마!"

"어서 가! 빨리 달려!"

소녀는 달렸다. 바람에 눈물을 뿌리면서도 아비 말대로 거북바위를 향해 산비탈을 달려 내려갔다. 아비와 다른 빨치산들은 고개를 넘어 사라졌다. 총소리가 그 뒤를 따랐다.

거북바위는 절벽 중간쯤에 있었다. 소녀는 다람쥐처럼 절벽을 타고 내려가 거북바위 아래 있는 동굴로 기어들어갔다. 동굴은 아주 작았다. 한두 사람이 누우면 꽉 차는 크기였다. 높이도 그리 높지 않아서 그 안에서 허리를 펴고 설 수 없었다. 소녀는 차가운 동굴 바닥에 등을 대고 드러누웠다. 한참을 그렇게 가만히 누워 있었다. 며칠 내내 달리고 또 달리느라 차올랐던 숨이 서서히 가라앉았다. 벌써부터 어매와 의붓아비가 그리웠다.

꽝! 꽝꽝!

폭탄이 터지는 소리가 들려왔다.

소녀는 눈물을 흘리며 귀를 기울였다.

총소리는 끊임없이 들려왔다. 영원히 끝나지 않을 것만 같았다.

소녀는 깜박깜박 졸았다.

며칠이나 지났을까. 마침내 아무런 소리도 들려오지 않는 순간이 왔다. 산이 고요했다. 너무나도 고요했다. 새 소리도 짐승 소리도 사람 소리도 들려오지 않았다. 아비는 오지 않았다.

소녀는 며칠을 더 기다렸다. 그래도 아비는 오지 않았다. 이제 소녀는 계속 기다려야 할지 그만 동굴 밖으로 나가보아야 할지 고민이 되었다. 결국 동굴에서 나가기로 마음먹었다.

세상이, 온 산이 피바다였다. 하얗게 쌓인 눈 위에 그려진 붉은 무늬. 눈에 구멍을 내고 들어간 탄피. 버려져 있는 무기들. 쓰러지고 불탄 나무들. 가는 곳마다 발에 걸리는 시체들. 내 편 네 편 할 것 없이 온통 시체만 남았다. 붉은 핏자국만 남았다. 아무 움직임도 없었다. 아무 소리도 들리지 않았다. 마치 시간이 정지된 것처럼 산은 조용하게 얼어붙어 있었다. 움직이는 건 오로지 소녀 혼자뿐이었다.

소녀는 온 산을 헤매고 다녔다. 며칠인지도 모르게 허위허위 돌아다니며 산을 이 잡듯이 뒤졌다. 살아 있는 것을 만나고 싶었다. 어매가 아니라도, 아비가 아니라도, 그녀에게 잘해주던 빨치산들이 아니라도, 설사 소녀에게 총을 들이대는 국방군이라도, 살아 있는 것을 만나고 싶었다. 숨을 쉬고 움직이는 존재를 만나고 싶었다. 그러나 아무도 없었다. 살아 있는 것은 아무것도 없었다. 짐승들조차 보이지 않았다.

한순간, 들쥐가 쪼르르 나무 사이를 달려갔다.

소녀의 고개가 획 돌아갔다. 살아 움직이는 것의 느낌이 생생히 전해져왔다. 소녀의 매와 같은 눈은 큰 나무 뒤로 숨은 들쥐를 놓치지 않았다. 소녀는 갑자기 맹렬한 허기를 느꼈다. 얼마 동안 굶었는지 기억할 수도 없었다. 소녀는 손에 나뭇가지를 움켜쥐고 살금살금 들쥐에게 다가갔다. 들쥐는 이제 막 땅굴로 들어가려 하고 있었다.

날카로운 나뭇가지로 들쥐의 몸통을 겨냥했다. 찔렀다.

들쥐가 마지막 비명을 남기고 죽었다.

소녀는 뜨거운 눈물을 흘리며 들쥐를 뜯었다.

"다 죽고 혼자만 남으니 어땠을 것 같나? 온 산에 홀로 남겨지니 어땠을 것 같나? 죽고 싶었을까? 먼저 간 어매, 아배를 따라가고 싶었을까? 천만의 말씀! 도리어 간절하게 살고 싶어지더. 머리 끝부터 발끝까지 전류가 좍좍 흐를 만큼 강렬하게, 처절하게, 어떻게든 살아남고 싶다는 생각이 날 후려치고 또 후려치더군. 뭐가 뭔지 암것도 몰랐지만, 난 살고 싶었어. 산이 무엇이든, 세상이 무엇이든, 내가 무엇이든 그딴 건 상관없었어. 선이고 악이고 필요 없었어. 그냥 단지 살고 싶었어. 미치게 살고 싶었지. 그렇게 난 살아남았다. 에구구, 그게 벌써 육십 년이나 지난 옛일이구나. 그때 내가 아마 고수 네 나이쯤이었지?"

다시 할멈의 목소리였다. 어둠처럼 캄캄하고 태양처럼 강렬한 목소리였다.

그 말이 그날 밤 내가 들은 마지막 말이었다. 그리고 난 벼락이라도 맞은 것처럼 정신을 잃었다. 세상에 검은 셔터가 내려졌다. 세상이 날 내려놓았다. 내 손에서 북이 툭 떨어졌다.

20

　우리는 여전히 눈에 갇힌 채로 지냈다. 꽃 날 며칠, 하늘에 구멍이라도 뚫린 것처럼 눈이 쏟아졌다. 눈은 녹을 새도 없이 자꾸만 쌓여만 갔다. 틈날 때마다 집 앞에 쌓인 눈을 치웠지만 금세 또 새로 눈이 내리곤 해서 천막 문을 열고 밖으로 나가려면 부삽을 들고 눈을 파헤치며 기어나가야 했다. 그럴 때면 마치 굴속에 사는 짐승이 된 것 같은 기분이 들었다.
　"올해는 유난히 눈이 많네. 겨우내 눈이겠어. 꼭 캄차카도 돌아온 것 같네."
　할멈은 눈을 바라보며 기분 좋은 듯이 중얼거렸다.
　눈보라가 천막집을 당장에라도 무너뜨릴 기세로 몰아칠 때면, 나는 눈 속에 산 채로 파묻힐까 봐 두려웠다. 그러나 할멈은 천막

집이 절대 무너질 리 없으니 걱정 말라고 호언장담했다. 툰드라 벌판에서도 이런 천막집에 사람이 산다고 했다. 영하 40도의 추위에도, 어마어마한 눈 폭풍에도 끄떡없는 집이라고 했다. 나는 그 말을 믿고 싶었다. 산 채로 눈 속에 파묻혀 죽고 싶은 생각은 아직 없었다.

벌써 여러 날째 한솥밥을 먹고 한 집에서 잠을 잤지만, 그렇다고 우리가 꼭 더 가까워진 것은 아니었다. 광대버섯을 먹고 기묘한 환각을 체험한 뒤로 나는 할멈을 조금 이해할 것도 같았다. 그렇지만 할멈이 괴팍한 노인네라는 것은 변함이 없었고 함부로 대할 수 없기는 마찬가지였다. 육십 년 동안 할멈이 이 지리산에서 무얼 잡아먹고 어떻게 살아왔는지는 산신령만이 알 일이었다. 약초꾼과 할멈은 다행히 더 이상 빨치산 이야기로 다투지 않았다. 약초꾼은 가끔씩 비굴하게 할멈이나 등산객 남자의 눈치를 살피곤 했다. 무엇이 그리도 두려운 것일까. 등산객 남자와 나는 여전히 데면데면했다.

시간이 흐르면 흐를수록 등산객 남자는 점점 더 수상했다. 문득 고개를 들어 보면 그는 언제나 나를 살피고 있었다. 내가 할멈이나 약초꾼과 무슨 이야기라도 할라치면 그가 옆에서 귀를 쫑긋 세우는 것이 눈에 보일 정도였다. 남자는 처음에는 나에게 아무 말도 걸지 않고 그저 살피기만 하더니, 차츰 나에게 접근해 슬슬 캐묻기 시작했다.

"서울에서 왔다고 했지? 서울에선 어디 사냐?"

"부모님은 어떤 분들이시냐?"

"지리산엔 왜 온 거야?"

그럴 때마다 나는 대충 얼버무리며 자세한 대답을 피했다. 말이 길어지지 않도록 짤막하게 말을 끊어버렸다. 남자의 정체도 모르는데 나를 그 앞에 드러낼 수는 없었다. 먼저 발각되는 놈이 잡아먹히는 것이 야생세계의 법칙이다. 곤충을 비롯해 많은 동물이 위장색이나 의장무늬를 지니고 있는 까닭이 무엇이겠는가. 몸을 숨겨야 한다. 발각되지 않도록 숨어라.

하지만 사실 내가 무엇을 숨겨야 하는 건지 잘 모르기도 했다. 나는 가출 청소년이었지만, 그 밖에 딱히 숨겨야 할 비밀을 지니고 있는 사람은 아니었다. 어쩌면 정체를 숨기고 있는 저 남자야말로 남에게 말 못할 비밀을 품고 있는지도 몰랐다. 그는 도대체 내게서 무얼 알아내고 싶은 건가. 왜 나를 살피는 건가. 아무튼 나는 그에게 발각되지 않기 위해 보이지 않는 동굴을 파고 그 안으로 숨어 들어갔다.

문제는 할멈이었다. 할멈은 등산객 남자가 약초꾼과 함께 처음 나타났을 때만 해도 나를 자기 친손자나 되는 듯이 말하며 보호하는 척하더니, 요즘은 일부러 그러는지 모르고 그러는지 나에 대한 이야기를 남자에게 제멋대로 마구 떠벌여댔다.

"이 녀석? 서울 가봤자 딱히 갈 데도 없는 녀석이야. 집 나와서 혼자 길거리에서 산다더군. 제 아비가 맨날 두들겨 팬 모양이야. 집 잘 나왔지, 잘 나왔고말고. 다 큰 녀석이 뭐 하러 얻어맞고 살면서 아버지한테 빌붙어 있겠어?"

"고수 이 녀석이 얼마나 멍청한 녀석인 줄 아나? 이 녀석이 어째서 지리산까지 왔냐 하면, 글쎄 친구 부탁이랍시고, 안에 뭐가 들어 있는지도 모르는 상자를 배달하러 여기까지 왔다는 거야. 지가 이용당하는 줄도 모르고 말이지."

도저히 듣고만 있을 수 없을 때면 나도 할멈에게 소리 한 번씩은 질렀다.

"알지도 못하면서 아무렇게나 이야기하지 말라니까요!"

그래 봐야 소용없었다. 다 내 잘못이었다. 이 괴상한 할멈에게 내 얘기를 털어놓은 내가 바보였다.

그런데 그날따라 등산객 남자는 이상한 데 관심을 보이며 캐물었다.

"넌 정말 상자 안에 뭐가 들었는지 몰랐단 말이냐?"

히로는 언제나 나를 도와주는 내 친구다. 그런 친구의 부탁을 받았으니 나는 단지 그 부탁을 들어주었을 뿐이다. 상자 안에 들어 있는 게 무엇인지 물을 까닭이 어디 있겠는가. 대체 다들 왜 그 상자에 관심을 보이는 거지? 할멈도 그렇고 이 남자도 그렇고, 왜 나에게 그 상자 안에 뭐가 들었냐고 물어대는 거야? 나는 정말이지 이해할 수가 없었다.

"네, 몰랐어요. 알 필요도 없죠. 친구가 부탁한 건 다만 그 상자를 자기 친구에게 전해달라는 것뿐이었으니까요."

나는 퉁명스레 대꾸했다.

"그래서 전해줬냐?"

남자가 또 물었다.

"흥! 전해주긴 뭘 전해줘? 홀랑 잃어버렸단다. 그 상자 때문에 이 동네 양아치들하고 싸움까지 붙은 모양인데, 이 녀석이 꽁지 빠지게 도망치다 그만 상자를 잃어버렸단다."

할멈이 신이 나서 떠벌여댔다.

"그 상자 때문인지 아닌지 할멈이 어떻게 알아요? 양아치들은 그냥 내게 싸움을 건 거예요. 그런 건 흔한 일이라고요."

이야기가 길어지는 게 짜증이 나서 나는 할멈을 노려보았다. 할멈은 내 시선을 피하며 등산객 남자 쪽으로 고개를 돌렸다. 남자는 인상을 잔뜩 구긴 채 무언가 생각하는 얼굴로 앉아 있었다. 다행히 더 이상 내게 캐묻지는 않았다.

"에이, 저런 바보 녀석!"

할멈은 침을 퉤 뱉듯이 욕을 하고는 자리를 털고 일어섰다.

"장정이 셋이나 있는데도 쓸 만한 놈은 하나도 없네. 밥만 또박또박 따먹고 모두 방구석에 앉아서 뭐 하는 거야? 나가서 일들 좀 해! 생각지도 못한 식구가 둘이나 기어 들어와서 식량이 곧 바닥날 참인데, 다들 앉아서 굶어죽을 날만 기다릴 거야? 암튼 죄다 허깨비라니까."

할멈은 뭐가 기분이 나빴는지 우리를 모두 싸잡아 욕을 해댔다. 그러더니 천막 문을 활짝 열어젖혔다. 찬바람이 휙 밀려들었다.

"이제 보니 마침 눈도 그쳤네!"

"눈이 그쳤다고?"

구석 자리에서 뒹굴고 있던 약초꾼 노인이 몸을 일으켰다.

"할멈. 저 두 도시 사람은 그렇다 쳐도, 나는 좀 쓸 만하지 않소? 내가 명색이 산에서 수십 년을 살아온 포수에 약초꾼인데, 허깨비라니, 그건 아니잖소?"

"뭘! 영감이 제일 허깨비야! 왕년엔 짐승 좀 잡았는지 모르겠지만, 지금은 다 늙어빠져서는 불쏘시개로나 쓰면 모를까 도통 쓸 데가 없지."

"에이, 너무하네. 너무해."

"그렇게 억울하면 당장 나가서 토끼라도 한 마리 잡아와!"

"알았소. 내 당장 가서 토끼를 잡아올 테니 허깨비란 소리는 도로 집어넣기요!"

약초꾼 노인은 벌떡 일어서더니 토라진 아이처럼 휑하니 바람을 일으키며 바깥으로 나섰다. 그 뒷모습을 보고 할멈이 혼자 낄낄거렸다.

"다리 다친 놈은 내버려두고. 고수야, 넌 날 따라와라. 가서 장작이라도 좀 해오자."

할멈이 이번엔 날 불러일으켰다.

"이 눈밭에서 장작을요?"

"아, 당장 못 일어나?"

하는 수 없이 나는 손도끼를 찾아 들고 할멈을 따라나섰다. 뒤꼍에 아즉 장작이 꽤 남아 있는 것 같은데 이렇게 눈이 잔뜩 쌓인 때에 웬 장작인지 알다가도 모를 일이었다.

"죄송합니다. 다리가 이래서…… 잘들 다녀오십시오."

등산객 남자가 문간에서 머리를 긁적이며 말했다.

그날 할멈은 어딘지 꽤 수상했다. 무언가 눈치라도 챈 것인지, 아니면 할멈이 일부러 함정을 팠던 것인지는 몰라도, 아무튼 할멈은 요상하게 행동했다. 장작을 하러 가자며 도끼까지 챙겨 들고 나가놓고는 할멈은 알맞은 나무를 찾아 멀리 가려 하지 않았다.

"이 주변에서 대충 부러진 나뭇가지들이나 좀 주워라."

집에서 좀 떨어진 곳에 이르자 할멈은 내게 이렇게 말했다. 그러고는 또 내가 나뭇가지들을 줍고 있으려니까 채 얼마 되지도 않아 나를 끌어당기며 말했다.

"고만 가자. 됐다."

"네? 벌써요?"

할멈은 성큼성큼 앞장서 집으로 향했다. 그러더니 천막집 앞에 다다라서는 발소리가 나지 않게 살금살금 걸었다. 나에게도 소리를 내지 않도록 주의를 시켰다.

천막 문을 열자 등산객 남자의 등짝이 보였다. 남자는 등을 구부리고서 구석에 이리저리 놓아둔 할멈의 꾸러미들을 뒤지고 있었다. 그건 누가 봐도 영락없이 뒤지고 있는 꼴이었다.

"저놈 봐라! 아니, 지금 뭐 하는 거야? 뭘 뒤져?"

할멈은 대뜸 소리를 지르며 들이닥쳤다. 그 소리에 남자가 소스라치게 놀라며 돌아섰다.

"아니, 그게…… 처, 청소를 하고 있었습니다."

"얼씨구? 청소 같은 소리 하고 있네. 그게 지금 청소하는 품새야? 너 대체 뭐 하는 놈이야? 겨우 좀도둑이었던 게야?"

"아, 아닙니다."

"긴 말 할 것 없다. 이리 와서 똑바로 서봐! 얼른!"

남자가 주춤거리며 할멈 앞으로 다가갔다. 할멈은 다짜고짜 남자의 멱살을 후려잡았다. 그러고는 두 눈을 부라리며 남자에게 말했다.

"네 이놈, 허튼 소리만 했단 봐라."

그때였다. 약초꾼이 산토끼 한 마리를 거꾸로 잡아들고 집 안으로 들어섰다.

"할멈! 이것 보오! 이래도 내가 쓸모없는 놈이오? 나가자마자 벌써 토끼 한 마리 잡아오지 않았소? 어라?"

약초꾼은 신이 나서 떠들며 들어오다가 집안 공기가 이상한 걸 보고 그 자리에 멈춰 섰다.

"야, 무슨 일이냐?"

약초꾼이 내 옆으로 다가와 옆구리를 쿡쿡 찌르며 물었다.

"이놈이 쥐새끼 짓을 하고 있지 않겠어? 우리가 다 나가고 없는 틈을 타서 집을 뒤지더라고. 그래서 내가 이제부터 본때 좀 보여주려고 하고 있지."

할멈이 등산객의 멱살을 잡은 채로 말했다.

"오호라. 드디어 저 양반하고 한판 붙는 건가? 거 볼 만하겠네. 그런데 뭐? 집을 뒤지고 있었다고? 이 양반 이거 아주 수상한 양반일세."

약초꾼은 잡아온 산토끼를 구석 자리에 대충 치워두고는 재빠르게 바닥에 자리를 잡고 앉았다. 어쩐지 그는 무척 반기는 기색이었다. 얼굴 가득히 기대감이 번져 있었다. 마치 격투기 경기를 보러 온 관객이라도 되는 것 같았다.

나도 슬쩍 약초꾼 옆에 가서 앉았다. 침이 저절로 꿀꺽 넘어갔다.

"어디 시작해보소!"

약초꾼이 들뜬 목소리로 소리쳤다.

21

할멈과 남자가 마주 서서 서로를 노려보았다. 할멈의 눈은 상대를 노려보고 있었지만 입은 빙긋빙긋 웃고 있었다. 여느 때처럼 여유 있는 모습이었다. 남자는 곤란해하는 기색이 역력했지만 딱히 긴장한 것 같지는 않았다. 두 사람은 한 걸음쯤 떨어져 서서는 각자 싸움의 준비 자세를 취하고 있었다. 할멈은 그저 건들거리며 서 있을 뿐이었고, 남자는 가만히 선 채 몸의 균형을 흩뜨리지 않고 있었다.

옆에서 약초꾼 노인이 흠흠 목을 가다듬는 소리가 들렸다. 긴장하고 있는 건 오히려 노인과 나였다. 우리는 곧 벌어질 싸움을 잔뜩 기대하고 있었다.

'잘 걸렸어, 수상한 아저씨. 어디 할멈에게 톡톡히 당해보시지!

이 할멈이 괴상한 할멈이란 건 이미 잘 알고 있겠지? 만만히 봤다간 큰코다칠 거야. 어때? 벌써 체념하셨어?'

수상하기 짝이 없던 남자가 이제 곧 할멈에게 얻어터지고는 정체를 드러낼 거라 생각하니, 난 은근히 흥분이 되었다. 며칠 동안 나 혼자 전전긍긍하며 남자의 정체를 의심해왔다. 이제 만천하에 놈의 비밀이 드러날 거라 생각하니 가슴이 마구 뛰었다.

'진정해야 해. 내가 이렇게 흥분할 때가 아니야. 저놈의 정체가 드러난 뒤가 문제야. 저놈은 분명 날 쫓아온 놈이라고.'

나는 애써 마음을 가라앉히고는 조용히 귀를 기울였다.

서서히 바람 소리가 들려왔다. 바람이 불고 냄새가 났다. 싸움을 앞둔 자의 냄새. 그건 아마 남자 쪽이었을 거다. 아무리 긴장하지 않은 척 얼굴을 꾸며도 냄새는 속일 수 없었다. 남자의 몸은 지금쯤 열심히 아드레날린을 분비하며 싸움을 준비하고 있을 것이다. 그 리듬이 들려왔다. 남자의 근육이 긴장하며 삐거덕삐거덕 움직이고 있었다. 피가 빠르게 온몸을 돌고 있었다. 그러나 아무리 귀를 기울여도 할멈에게선 그런 움직임이 느껴지지 않았다. 한마디로 귀신같았다. 어쩌면 할멈은 벌써 귀신이 다 된 건지도 몰랐다.

두 사람은 쉽사리 먼저 공격하려 들지 않았다. 잘못을 하다 들킨 마당에 남자가 먼저 할멈을 공격할 수는 없을 것이다. 치고 빠지려 해도 도망갈 곳도 없는 산속이었다. 할멈을 이길 수 있다는 승산이 서지 않는다면 먼저 공격하기는 힘들 것이었다. 그런데 왜 할멈까지도 저렇게 견주고만 있는 걸까? 나한테 싸움을 걸 때는 툭툭 잘만 치더니.

서서히 집안의 공기가 데워졌다. 긴장이 높아져갔다.

옆에서 약초꾼 노인이 다시 한 번 큼큼거렸다.

탁!

드디어 뼈가 부딪치는 소리가 났다. 역시 할멈의 선제공격이었다.

아무런 조짐도 없더니 느닷없이 할멈의 주먹이 뻗어나가 남자의 옆구리를 쳤다. 주먹은 번개같이 나갔다가 아무 일도 없다는 듯 제자리로 돌아와 있었다.

윽!

남자가 비명을 내지르며 허리를 꺾었다. 시작부터 꽤 셌나 보다.

"옳지! 잘한다!"

약초꾼 노인이 판소리에 추임새라도 넣듯 소리쳤다.

탁탁탁!

할멈이 이번엔 연타를 쳤다. 남자의 옆구리와 등짝에 차례로 주먹을 먹이고, 어느새 발까지 뻗어 정강이를 후려쳤다. 근육이 당겨졌다 펴지는 소리, 뼈와 뼈가 맞부딪치는 소리, 거친 숨소리가 뒤섞여 혼잡한 리듬이 되어 내 귀로 쏟아져 들어왔다.

"이 쥐새끼 같은 놈, 벼룩만도 못한 좀도둑놈아! 어서 맞받아쳐 봐라. 네놈도 남자라면!"

할멈은 남자를 도발했다. 심리전까지 펼치려는 모양이었다.

그러나 남자는 쉽사리 주먹을 뻗지 못했다. 그 뒤로도 한참이나 할멈의 공격이 이어졌지만, 남자는 공격은커녕 방어도 변변히 못한 채 고스란히 할멈의 주먹과 발길질을 받아냈다. 다친 다리 때문에 힘을 못 쓰는 걸까.

"딱 봐도 싸움꾼이기에 좀 기대를 했더니만, 겨우 이것밖에 안 되는 놈이었냐?"

할멈이 뒤로 한 걸음 물러서며 말했다.

잠시 리듬이 덤췄다.

남자가 구부정하게 서서 숨을 골랐다. 더 이상 비명은 내뱉지 않았다. 남자는 길게 한 번 숨을 내뱉더니 똑바로 몸을 일으켰다. 할멈을 노려보며 자세를 다잡았다. 웬일인지 내 가슴이 두근두근 뛰었다.

다시금 할멈의 주먹이 남자에게로 뻗어나갔나 싶은 순간이었다. 삽시간에 남자가 할멈의 팔목을 낚아채더니 할멈의 팔을 자신의 등 뒤로 휙 꺾어 돌렸다. 할멈의 몸이 남자에게 업히다시피 얹혔을 때, 남자는 재빠르게 몸을 숙이며 할멈을 번쩍 들어 바닥에 메다꽂았다.

쿵!

눈앞이 할멈이 바닥에 등을 대고 큰 대자로 뻗어 있는 게 보였다. 하지만 난 내 눈을 믿을 수가 없었다. 할멈이 당했다고? 그렇게 센 할멈이? 나는 단 한 번도 주먹이든 발이든 할멈에게 갖다 대보지도 못했는데?

'젠장! 저 수상한 놈이 어째서 싸움까지 잘하는 거지?'

기분이 나빴다. 몹시 실망스러웠다. 할멈이 저 수상한 남자에게 본때를 보여줄 거라고 철석같이 믿고 있었는데.

"아이고, 나 죽네! 늙어빠진 할멈을 이렇게 사정없이 패대기치다니. 저런 천하에 못된 놈 같으니라고. 이 못된 좀도둑놈아, 네가 무술 좀 할 줄 안다, 이거냐?"

할멈이 마구 비명을 질러댔다.

"할멈, 괜찮소?"

약초꾼 노인이 자리에서 벌떡 일어섰다. 당황한 얼굴이었다. 그도 이 상황이 도저히 믿기지가 않았던 거다.

그러나 약초꾼이 할멈에게 다가가기도 전에 등산객 남자가 할멈에게 손을 뻗었다.

"괜찮으세요?"

그때였다. 갑자기 남자가 억눌린 소리로 비명을 질렀다.

"으어억!"

그러더니 남자는 맥없이 할멈 옆으로 쓰러졌다. 그야말로 푹 고꾸라졌다.

하도 동작이 번개 같아서 할멈이 무슨 짓을 했는지 미처 보지도 못했는데, 가만 보니 남자의 한쪽 손목이 할멈에게 붙들려 있었다.

할멈은 남자의 손목을 놓고 몸을 일으켰다.

"하하하하! 나가 네깟 놈한테 당할 줄 알았냐? 어떠냐? 이놈아."

호쾌한 웃음소리에 그만 정신이 얼얼해졌다. 어째서 갑자기 쓰러져 있는 사람과 서 있는 사람이 뒤바뀐 건지 나는 도무지 알 수가 없었다. 눈뜬 바보가 된 기분이었다.

"아하하! 역시 할멈이지! 그럼 그렇지."

약초꾼 노인은 신이 나서 박수까지 쳐댔다. 나도 아무튼 기분은 좋았다. 속이 다 후련했다.

"그만 일어나. 살짝 건드린 걸 가지고 뭘 그리 엄살 피우고 있어?"

할멈이 옷에 붙은 먼지를 툭툭 털며 등산객 남자에게 말했다.

하지만 남자는 쉽게 일어나지 못했다. 얼굴을 찡그리고 끙끙대다가 한참 만에 엉거주춤 몸을 일으켜 앉았다.

"보니까 역시 싸움을 좀 하기는 하네. 그게 뭔가? 유도? 태권도?"

할멈이 남자를 내려다보며 물었다.

"합기도를 조금 했습니다. 그런데 노인장은 대체 무슨 기술을 쓰신 겁니까?"

남자가 되물었다.

"아, 무술 했다면서 그것도 몰라? 뭐긴 뭐야? 혈을 잠깐 눌러준 거지."

"으음, 역시 노인장은 도인이시군요. 하지만 비겁하십니다. 일부러 저한테 당하는 척하신 거 아닙니까?"

"싸움이 그런 거지! 우리가 지금 멋지게 스포츠라도 하는 줄 알았나? 싸움은 무조건 이기고 보는 거야. 살아남아야 뭘 해도 할 것 아닌가! 아니, 그런데 이 도둑놈이 지금 나한테 따지는 거야? 내가 지금 네놈이 예뻐서 데리고 노는 줄 알아? 좀 더 맞아봐야 정신을 차리겠어?"

할멈은 남자 앞에 다가앉더니 얼굴을 바짝 들이대고는 결정타를 날렸다.

"이제 말해보시지! 넌 뭐 하는 놈이야? 여긴 왜 온 거야?"

22

"그 상자를 찾고 있었습니다."

남자가 마침내 입을 열었다.

"상자? 고수가 갖고 왔다는 그 상자 말이야? 그걸 왜 여기서 찾아? 내가 분명히 말했잖아. 이 녀석이 도망치다가 잃어버렸다고."

할멈이 대꾸했다.

나는 어안이 벙벙했다. 저 남자가 그 상자를 찾고 있었다고? 도대체 왜? 남자가 나를 쫓아온 사람이리라고는 대충 짐작하고 있었지만, 그 상자를 찾고 있는 줄은 몰랐다. 어쩐지 아까 이상하게 상자에 관심을 보인다 싶더니만. 그런데 대체 그 상자에 뭐가 들었기에 그걸 찾는단 말인가? 이제는 나도 히로가 준 상자 안에 무엇이 들어 있었던 건지 몹시 궁금해졌다. 안타깝게도 상자는 이미 내 손에 없었다.

"혹시 이 집 어딘가에 상자를 숨겨놓고 노인장께서 저를 속이는 게 아닐까 해서, 몰래 찾고 있었습니다."

"내가 널 속여? 예끼, 이놈아. 네놈이 날 속였지, 내가 뭐 하러 네깟 놈을 속여?"

할멈이 남자의 머리를 쿡 쥐어박았다.

"아니, 그런데 그 상자를 왜 찾는데? 도시 양반, 그러니까 당신, 고수 이 녀석을 찾아 여기 온 건가?"

약초꾼 노인이 끼어들어 물었다. 영문을 몰라 답답해 죽겠다는 표정이었다.

"내 진작부터 이놈이 고수 저 녀석을 쫓아온 놈이란 건 알았지."

할멈이 말했다. 역시 할멈은 뭔가 눈치채고 있었던가 보다.

"그래서 그 상자 안에는 뭐가 들었는데?"

할멈이 재우쳐 물었다. 할멈도 상자 안에 무엇이 들어 있는지가 새삼 궁금해진 모양이었다.

"그 전에 먼저 제가 누구인지부터 말씀드리겠습니다."

남자는 고개를 들어 할멈과 나 그리고 약초꾼 노인을 천천히 둘러보더니 입을 열었다.

"전 형사입니다. 그리고 고수를 쫓아 이 산에 올라온 것 맞습니다."

"뭐? 혀, 형사라고?"

약초꾼이 가장 먼저 반응했다. 노인은 무척이나 놀랐는지 말까지 더듬었다.

"그랬군, 그랬어. 어째 좀 냄새가 난다 했네."

할멈은 태연히 고개를 끄덕이며 중얼거렸다.

나는 순간 얼어붙은 것처럼 꼼짝도 할 수가 없었다. 형사라, 사실 그런 의심을 해보지 않은 건 아니었다. 남자가 나를 쫓아 산에 올라온 사람이라면 형사 아니면 깡패일 거라고 생각했다. 남자의 체격이나 인상도 그 둘 중 하나에 딱 맞아 보였다. 그렇지만 남자의 입으로 직접 형사라는 얘기를 들으니, 짐작만 하던 것과는 달랐다. 심장이 두근거리기 시작했다. 가슴 한복판이 찌릿찌릿했다.

'결국, 그 녀석이 죽은 걸까? 그래서 이 남자가 날 잡으러 온 걸까?'

꽤 오랫동안 용케도 잊고 있던 기억이 되살아났다. 양아치들과 싸움이 벌어졌을 때 내가 걷어찬 녀석이 쓰러지던 모습. 풍선 인형처럼 허리가 푹 꺾이던 모습. 누군가 정지 버튼을 누르기라도 한 것처럼 양아치들이 일제히 동작을 멈추던 순간. 그리고 쓰러진 놈을 훌쩍 뛰어넘어 산길을 향해 마구 달리던 나.

이제 심장은 드럼 소리처럼 쿵쾅거리며 빠른 비트를 쏟아내고 있었다. 입안이 바싹바싹 말랐다. 머리를 극속냉동 창고에 처넣기라도 한 것처럼 나는 아무 생각도 할 수가 없었다.

형사는 나를 흘끗 건너다보더니 이야기를 시작했다.

"저는 서울시경 여성 청소년계에 있습니다. 제가 이번에 맡은 사건이 대학로 길거리 아이들 사이에서 벌어진 일이었습니다. 특히 히로라는 녀석과 관련된 사건이지요."

"히로요?"

나는 나도 모르게 형사에게 되물었다.

"그래. 네가 네 친구라고 하는 히로 말이다. 난 몇 달째 히로를 추적해왔단다. 그놈은 여러 가지 사건에 두루 연루되어 있어. 히로 그놈, 아주 나쁜 놈이다."

형사가 나를 똑바로 바라보며 말했다.

"쯧쯧쯧. 그러게 내가 전부터 말했지 않냐. 히로 그 녀석이 수상한 녀석이라고. 고수야, 넌 그놈한테 단단히 속고 있었던 거야."

할멈이 혀를 차며 말했다.

머리가 어지러웠다. 천막집이 빙글빙글 도는 것 같았다. 광대버섯을 먹었을 때보다 더 어지러웠다. 여기서 왜 히로의 이름이 나오는 거지? 내가 히로에게 속고 있었다고? 히로가 뭘 어쨌기에? 할멈이 뭘 안다고 또 나서는 거야?

"아니에요. 그럴 리가 없어요. 형사님이 뭘 잘못 알고 계신 거겠죠. 히로가 나쁜 놈이라뇨? 히로가 저한테 얼마나 잘해주었는데요."

나는 고개를 절레절레 저었다.

23

 와일드보이즈의 공연에 내가 불쑥 끼어들어 난타 연주를 보인 날 뒤로, 히로는 나를 더욱 가깝게 대했다. 물론 그전에도 그 애는 유별나다 싶게 나에게 잘해주었다. 그러나 그날부터는 마치 내가 그의 오랜 친구이자 춤과 음악에 대해 교감을 나눌 둘도 없는 힙합 동료라도 되는 것처럼 굴었다.

 "몇몇 비보이 크루가 세계대회에 나가서 상을 타오니까 꼰대들이 힙합 춤을 추켜세우는 꼴을 보면 웃기지도 않아. 그들이 힙합을 알기나 할까? 그들이 스트리트를 알겠어? 그런 멍청한 꼰대들에게 빌붙어 놀아나는 비보이들은 다 거지새끼들이야. 난 길거리에서 춤을 추지만 거지가 되지는 않을 거야. 세계대회? 엿이나 먹으라고 해. 그보다는 뒷골목 갱들이 벌이는 배틀이 진짜 힙합이지. 우린 춤으로 싸우는 거야. 난 진짜 배틀을 할 거야."

"난 춤을 출 때만 내가 살아 있다는 걸 느껴. 그 밖의 것들은 다 가짜야. 밥을 먹고, 잠을 자고, 돈을 벌고, 양아치 녀석들과 싸움을 하고…… 모두 다 시시해. 몽땅 쓰레기 같아. 사는 건 늘 엉망진창이지. 하지만 춤을 출 땐 달라. 허공에 몸을 던질 때면 난 내가 진짜 날아오를 거라고 믿어. 고수 너도 그렇지? 마구 두드려댈 때 진정으로 살아 있다는 걸 느끼지 않아?"

히로는 내가 자기와 똑같은 생각을 할 거라 여기며 이런 이야기들을 쏟아냈다. 그럴 때면 나는 좀 머쓱했다. 사실 내가 힙합 춤이나 음악에 대해 아는 것은 아주 보잘것없었다. 나의 리듬은 또 다른 이야기였다. 나는 리듬을 느끼고, 리듬을 두드렸다. 견딜 수 없을 때 견디기 위해서 두드렸다. 버티기 위해 리듬을 헤아리고, 살아남고자 두드렸다. 히로는 내가 아버지에게 숱하게 얻어맞는 동안 남다른 리듬 감각을 지니게 되었다는 것을 짐작이나 할까?

아무려나, 나는 히로와 좀 더 가까워져서 기뻤다. 그 애는 여전히 나의 슈퍼맨이었다. 내가 곤경에 처하면 어디선가 나타나 나를 구해주는 영웅이었다.

길거리 생활은 결코 만만하지 않았다. 그건 마치 야생의 세계와도 같았다. 길거리 아이들 사이에서는 싸움이 빈번히 일어났다. 영역을 지키려는 수컷들의 싸움 같은 것이었다. 늑대들이 자기 영역을 표시하기 위해 곳곳에 오줌을 누어 냄새를 피우는 것처럼, 길거리의 수컷들도 냄새를 피우며 싸움을 벌였다. 싸움은 언제나 경계에서 일어나곤 했다. 대학로의 아이들과 신촌의 아이들은 서로의 영역을 쉬이 넘나들지 않았다. 만일 신촌의 아이들이 대학로에 왔다면 이유는 단 한 가지였다. 싸움을 걸기 위해서다. 영역을 넓히기 위해 다른 영역을 침범하는 것이다. 그러나 대개 커다란 영역 간의 경계는 뚜렷했고 비교적 잘 지켜졌다. 대학로와 신촌에는 따로따로 생태계가 형성되어 있기 때문에, 아이들은 좀처럼 남의 영역을 넘나들지 않았다. 싸움이 벌어지는 곳은 주로 작은 경계선에서였다. 대학로 안에도 눈에 보이지 않는 경계선이 있었다. 대학로에서 살아가는 아이들 사이에는 작고 큰 패밀리들이 형성되어 있었다. 마로니에 공원이 주로 비보이 그룹의 놀이터라면, 뒤쪽 카페 거리는 알바를 해서 돈을 좀 만지는 아이들이 노는 곳이었다. 큰길 건너편 먹자골목은 좀 더 걸렁한 아이들 차지였고, 전철역은 노숙자들의 공간이었다. 남의 영역에 함부로 발을 들이거나 오줌을 누어서는 안 되었다.

"야! 너 이리 와봐. 이 새끼, 너 뭐야?"

등 뒤에서 이런 소리가 들려오면 곧 싸움에 휘말리리라는 걸 예상해야 했다. 별다른 이유는 찾을 수 없을 테니 찾으려 해서도 안 된다. 늑대들은 다만 자기들 영역에 들어선 낯선 발자국을 좋아하지 않는 것이다.

"뭘 기웃대? 우리가 졸로 보이냐?"

이런 말을 들을 때 나의 등 뒤에 내 패밀리가 없다는 것은 무척이나 위험한 일이었다. 하지만 내게는 패밀리가 없었다. 나는 언제나 혼자 다녔다. 패밀리를 이루고 싶지 않았다. 다른 아이들과는 달리 나는 딱히 놀고 싶다는 욕구도 강하지 않았고, 뭉쳐 다니며 할 일도 없었다. 그러나 혼자 다니자면 모든 아이들을 경계해야만 했다. 그건 몹시도 피곤한 일이었다. 패밀리를 이루지 않은 자에게는 영역이라고 할 게 부여되지 않았고, 어딜 다녀도 결국 다른 녀석들의 영역을 돌아다니는 셈이었다.

이유 없이 시비를 걸어오는 녀석들은 참 많고도 많았다. 난 그다지 덩치가 작은 편도 아니었고 히로의 충고를 받아들인 뒤로 운동을 게을리하지 않아 싸움도 좀 하게 되었지만, 결국엔 얻어터지기 일쑤였다. 상대는 언제나 여러 명 패거리를 이루고 있었고, 길거리 싸움에 정정당당한 일대일 따위는 없었다. 비겁하게 뒤에서 우르르 덤벼들어 뭇매를 놓거나 각목 같은 것을 휘두르기도 했다. 눈에 거슬린다는 알량한 이유로 늘 다짜고짜 폭력부터 휘두르고 보는 그들의 생리를 나는 도통 이해할 수가 없었다. 길을 걸을 때면 온몸의 감각을 곤추세웠다. 언제 어느 쪽에서 싸움의 바람이 불어오는지 항상 경계해야만 했다. 여름이 오자 사흘이 멀다 하고 바람을 느낄 수 있었다. 내 얼굴에는 상처 자국이 끊이질 않았다.

그럼에도 내가 대학로 길거리에서 살아남을 수 있었던 건 히로

덕분이었다. 으슥한 뒷골목에서 아이들에게 실컷 얻어터지고 있을 때나 손에 칼을 들고 다가오며 실실 웃어대는 양아치들 앞에서 식은땀을 흘리고 있을 때면, 신기하게도 곧 히로가 나타났다. 그리고 히로는 무적이었다. 히로가 나타나면 놈들은 이내 먼지처럼 흩어져 사라졌다.

"아직도 고수 널 건드리는 애들이 있네? 내 친구라고 누누이 일러두었는데."

"고맙다. 매번 귀찮게 해서 미안해."

"귀찮긴. 그보다 내가 맨날 늦어서 미안하지. 많이 맞았냐?"

"아니, 괜찮아."

"요즘 어째 연락이 빨리빨리 오질 않아. 휴대폰은 뒀다 뭐에 쓰려고 그러는지, 애들이 꼭 마로니에 공원으로 달려와서 소식을 전한다니까. 암튼 요즈음 분위기가 썩 좋지 않아. 여기저기 싸움이 너무 잦아. 아무래도 지저분한 녀석들을 한번 쓸어버려야 할 것 같다. 고수 너도 이제 그만 우리 팸에 들어오는 게 어때? 넌 와일드보이즈랑 공연도 같이 할 수 있잖아? 저번에 보니까 애들이 네 난타를 꽤 좋아하는 것 같던데."

히로가 지나가는 말처럼 가볍게 물었다. 하지만 나는 공연 얘기에 깜짝 놀라 손사래를 쳐가며 대답했다.

"아냐! 난 공연에 관심 없어. 지난번엔 내가 실수로 끼어든 거야."

사람들 앞에 나선다는 것은 있을 수 없는 일이었다. 더군다나 공연이라니.

히로는 날 물끄러미 바라보았다.

"우리 팸에 들어오는 일도 관심 없고?"

"응. 난 그냥 혼자 돌아다니는 게 좋아. 미안하다."

"미안할 거야 없지. 넌 자유로운 영혼이니까 그럴 거라 생각했어. 그냥 네가 걱정이 되어서 말해 본 거야. 가자."

히로는 휙 바람이 일도록 몸을 돌리더니 앞장서 걸었다. 늘씬한 뒷모습이 얼음벽처럼 차고 단단해 보였다.

히로의 말대로 그즈음은 분위기가 좋지 않았다. 길거리만이 아니라 내가 방을 얻어 살던 고시원도 안전하지 않았다. 방에 도둑이 들었다. 나는 결국 가출할 때 가지고 나왔던 돈을 모두 털리고 말았다. 침낭과 엠피쓰리도 사라졌다. 누군가 쥐새끼처럼 내 방에 숨어들어와 몽땅 털어갔다. 조심하느라고 돈을 여러 뭉치로 나누어 몇 권의 책에다 갈피갈피 숨겨놓았지만 소용없었다. 도둑놈은 내 방을 완전히 헤집어 놓았다. 사실 짐이라고 해봤자 이불 한 채에 옷 몇 벌과 책 몇 권이 전부였으니, 책장을 한 장 한 장 넘겨가며 뒤지는 것도 그리 어려운 일은 아니었을 것이다. 하지만 누군가가 그렇게까지 시간을 끌며 내 방에 몰래 앉아 있었다고 생각하니 괜히 소름이 끼쳤다.

"괜찮아. 그 돈 없다고 죽지 않아. 이젠 알바도 하고 있잖아. 돈을 벌어서 살면 돼. 당장 굶어죽는 것도 아닌데 뭐가 문제야?"

나는 주문처럼 '괜찮아, 괜찮아'를 되뇌며 나 자신을 위로하려 했다. 만약 가출한 첫날에 나에게 엉겨든 그 녀석들에게 돈을 몽땅 삥 뜯겼다면 정말로 눈앞이 캄캄했겠지만, 방도 얻고 알타도 구한 지금에는 그 돈을 잃어버렸다 해서 그리 큰 문제는 아니었다. 어차피 하루하루 살아가는 생활이었다. 편의점에서 라면 살 돈만 있으면 굶진 않았다. 방에 숨겨두었던 비상금은 모두 털렸지만 몸에 지니고 있던 지갑은 여전히 내 손 안에 있었다. 얼마간의 돈은 남아 있었다. 아무 문제될 것이 없었다. 그러나 좀처럼 기분이 나아지질 않았다. 누군가의 손을 탄 내 방을 보고 있노라니 마치 순결을 잃어버린 것처럼 기분이 더러웠다.

이불을 털어 개고, 흩어진 옷가지들을 반듯이 접고, 마구 펼쳐진 책들을 차곡차곡 한데 모았다. 빗자루로 방바닥을 쓸고 또 쓸었다. 그러다가 나는 문득 벌떡 일어나 배낭에다 옷가지와 책들을 아무렇게나 구겨 넣고서 고시원 방을 나왔다. 더 이상 그 방에 머무르고 싶지 않았다. 배낭을 둘러메고 등 뒤로 조용히 문을 닫았다. 어둑한 거리로 한 발 나서자 그제야 마음이 가라앉았다. 상쾌한 밤바람이 얼굴에 와 닿았다. 홀가분한 느낌이 들었다. 여름이었다.

"그래, 좋아. 집을 나온 게 가출이라면, 이번엔 방을 나가니까 방출이다. 두 번이든 세 번이든 얼마든지 나가주마. 내가 그따위에 무릎 꿇을 줄 아냐?"

나는 미친 사람처럼 혼자 중얼거리며 마로니에 공원으로 발걸음을 옮겼다.

그 여름내 난 다시 노숙을 했다. 새로 방을 구할 마음이 들지 않았다. 누군가 내 공간을 침범하는 더러운 기분을 또 한 번 느끼고 싶지가 않았다. 그럴 바에야 차라리 내 공간도 내 영역도 따로 없는 길거리에서 살고 싶었다.

"살아남을 테다. 이 길거리에서 살아남을 테다. 이겨내고 말 거다."

나는 어떤 어려움이 있어도 이를 악물고 버틸 작정이었다.

여름 노숙은 겨울보다는 한결 나았다. 얼어 죽을 걱정을 하지 않아도 된다는 것 하나만으로도 노숙 생활이 마치 바캉스처럼 여겨졌다. 물론 치근덕거리는 녀석들이야 있었지만 노숙을 하기 전보다 더 심한 것도 아니었다. 어차피 싸움을 걸어오는 녀석들은 있게 마련이었고, 적당히 상대해주거나 좀 얻어맞으면 끝나곤 했다. 대학로를 벗어나지 않는 한 나의 영웅 히로가 언제든 나타나서 나를 구원해주었다.

내가 다시 노숙을 시작한 걸 알고도 히로는 내게 그 까닭을 묻지 않았다. 다만 나에게 침낭을 하나 사주었다.

"아무리 여름이라도 따뜻하게 하고 자야 돼. 자칫하면 입 돌아간다."

"고마워. 난 늘 너한테 받기만 하네?"

"아니, 너도 나에게 해줄 것들이 있을 거야. 그런 걱정은 하지 마."

나는 침낭을 받아들었다. 새 침낭은 아주 두툼하고 무척이나 따뜻해 보였다. 당장 북극 탐험을 떠나도 될 것 같았다.

"이것만 있으면 겨울에도 끄떡없겠다. 하지만 난 겨울까지 밖에서 지낼 생각은 없어. 추워지면 다시 방을 구할 거야."

  밤에는 주유소 야간근무를 했다. 새벽에 일을 마치면 마로니에 공원으로 돌아와 잠잘 곳을 찾았다. 아침나절까지 문을 닫는 술집 앞 현관이 나의 단골 잠자리였다. 정오가 되기 전에 일어나서 공중목욕탕에 들르거나 아침을 사먹고, 낮에는 공원에서 빈둥빈둥 사람들을 구경했다. 아주 단조롭고 뜻밖에도 평화로운 일상이었다.

24

"아이고, 딱 보이네! 앞에서는 잘해주는 척하고 뒤로는 뒤통수 탁탁 친 놈이네, 그놈이."

할멈이 툭 내뱉듯이 말했다.

"그렇지, 그렇지. 고수, 이 바보 녀석아. 모르겠냐? 일 터질 때마다 그놈이 나타나서 널 구해준 게 아니야. 애당초 너한테서 돈 뜯어간 놈들, 널 팬 놈들이 다 그놈 명령에 따라 움직인 거지. 하, 고놈. 아주 교활한 놈이네. 아마 네가 살던 방을 털어 돈을 몽땅 훔쳐간 놈도 바로 그놈일걸?"

약초꾼 노인이 손뼉이라도 칠 듯이 할멈의 말에 맞장구를 쳤다.

"고수 널 옴짝달싹 못하게 만들려고, 돈 잃고 잔뜩 겁먹어서 자기한테 납작 엎드리게 만들려고, 그놈이 온갖 수를 다 쓴 거야."

할멈이 다시 갈을 받아 아퀴 지었다.

"어르신들이 제대로 보셨습니다. 히로란 녀석이 원래 좀 그런 놈인가 보더군요. 녀석은 싸움을 잘할뿐더러 머리도 아주 좋은 놈입니다. 약삭빠른 재주가 있는 놈이지요. 어떻게 하면 아이들을 제 밑에 부릴 수 있는지를 속속들이 잘 알고 있어요. 뒷골목 세계의 보스가 될 소질을 타고났다고나 할까요?"

형사까지 나서서 약초꾼과 할멈의 이야기를 뒷받침했다.

"어딜 가나 그런 놈은 꼭 있다니까."

약초꾼 노인이 인상을 찌푸리며 말했다.

"세상에 완전히 나쁘기만 한 놈이 어디 있겠냐만, 아무튼 교활한 놈들은 통 마음에 안 들어. 아주 재수가 없다니까."

할멈은 고개를 절레절레 흔들어댔다.

참으로 이상한 일이었다. 어째서 내 이야기를 듣고서 이 사람들은 이런 말들을 하는 걸까? 나는 단지 히로가 나에게 잘해주었다는 이야기를 한 건데, 그 이야기가 왜 이 사람들에게는 다르게 받아들여지는 거지? 어째서 손바닥 뒤집듯이 뒤집어지는 거야? 나는 도무지 이해할 수가 없었다. 히로가 뭐 하러 그런 교묘한 방법으로 나를 괴롭힌단 말인가. 만약 내가 마음에 들지 않았다면 그냥 처음부터 패버릴 수도 있었을 텐데 말이다.

"하지만 아무 증거도 없는 추측일 뿐이잖아요. 히로가 애들을 시켜 날 괴롭혔다고요? 히로가 내 방을 텄다고요? 무슨 근거로 그런 얘기들을 하는 거예요?"

나는 눈을 치켜뜨고 따져 물었다.

"엥? 고수, 너 설마 아직도 히로란 녀석을 믿는 거냐?"

할멈이 눈을 휘둥그레 뜨고 날 바라봤다.

어쩐지 앉은 자리가 불편했다. 도대체 내가 무엇을 못 보고 있는 걸까? 왜 다들 날 바보 취급하는 거지?

"하지만, 히로가 왜요? 왜 저한테 그러겠어요?"

목소리에서 힘이 빠졌다.

"왜긴! 그놈이 너한테 샘을 낸 거지. 네가 그 녀석 공연에서 북을 시원하게 잘 쳐서 인기를 독차지해버렸다며? 그래서 미운 털이 박힌 거 아냐? 자기가 최고여야 하는데 감히 네 녀석이 그 자리를 넘봤으니 말이야."

할멈이 딱 부러지게 말했다.

"내가, 히로의 자리를 넘봤다고요?"

머릿속에 문득 와일드보이즈의 공연이 있던 날이 떠올랐다. 나의 즉흥 난타 연주가 끝나자 구경하던 사람들이 보내던 환호가 또렷이 기억났다. 그리고 내게 다가와 나의 북 치는 솜씨를 칭찬하며 기이하게 일그러지던 히로의 얼굴도.

그랬던가. 그때부터 히로는 날 고깝게 여기고 있었을까.

"아마 그놈이 널 좋아하기도 했을 거다. 길거리에서 굴러먹는 다른 놈들하고는 네가 좀 달라 보였던 게지. 어쩌면 그놈은 너랑 진짜 친구가 되고 싶었는지도 몰라. 하지만 그놈은 진짜 친구가 어떤 건지를 몰랐던 거야. 항상 아이들 위에 군림하기만 했으니 친구가 뭔지 모를 수밖에. 그래서 그냥 네 녀석이 그놈 밑에 들어오기를 바랐던 거지. 그런데 넌 또 그걸 거부하지 않았겠냐? 그러니 미운 털이 박힐 수밖에. 그놈은 네가 자기를 무시한다고 생각했을 거야."

할멈은 마치 히로의 마음속에라도 들어갔다 나온 것처럼 술술 말했다.

"역시 어르신은 모든 걸 단박에 파악하셨군요. 대단하십니다."

형사가 할멈을 추켜세웠다.

"좋아요. 히로가 날 미워해서 괴롭혀왔다고 쳐요. 하지만 그렇다고 해서 그게 범죄는 아니잖아요? 형사님은 왜 히로를 쫓고 계신 거죠?"

내가 이렇게 묻자, 형사는 답답하다는 얼굴로 나를 보며 이야기를 시작했다.

"히로가 대학토 길거리 아이들 사이에서 우두머리 노릇을 하고 있다는 건 너도 알고 있지? 그 애는 겉으로는 와일드보이즈의 리더일 뿐이지만, 실제로는 가출 팸들 전체의 짱이지. 모든 패밀리들이 히로의 손아귀 아래 놓여 있단다. 그 녀석은 패밀리들끼리 싸움을 붙이고, 그 싸움들을 통해 뒤에서 팸들을 조종하고 통제해왔어. 또 녀석은 길거리에서 삥 뜯는 아이들로부터 상납을 받고 있단다. 히로가 그 아이들에게 삥 뜯을 수 있는 구역을 나눠주고 허가해주고 있거든. 조직 폭력배들이 쓰는 방법과 아주 똑같지. 그리고 또……."

형사는 잠시 말을 멈추고 날 물끄러미 바라보더니 뜻밖의 이름을 입에서 꺼냈다.

"고수 너, 화산이라는 애가 어떻게 되었는지는 알고 있냐?"

그 이름을 듣는 순간, 갑자기 눈앞이 캄캄해졌다. 까악까악. 어디선가 까마귀 울음소리가 들려오는 것 같았다.

25

누군가 내 어깨를 툭 쳤다. 나는 얼른 두를 돌아보았다.

"잘 지내냐? 재밌는 일 좀 없냐?"

나는 대꾸도 하지 않고 그대로 고개를 돌려버렸다. 그러고는 가던 길을 계속 갔다.

또 그 녀석들이었다. 내가 가출해서 처음 대학로에 온 날, 나에게 삥 뜯으려고 다가왔던 녀석들. 대학로 거리에서 가장 양아치같이 구는 녀석들이었다. 그들은 언제나 새로 가출한 아이나 나이 어린 애들만 골라서 삥 뜯고 괴롭혔다. 처음 그놈들을 만났을 때만 해도 나는 몹시 겁을 먹었다. 하지만 이젠 아니었다. 벌써 1년이 흘렀다. 그사이 나는 길거리 생활에 적응했다. 길거리에서 어떻게 살아남는지 내 나름대로 터득하고 있었다. 그러나 사실 그 애들이 날 함부로 건드리지 못하는 까닭은 내가 히로와 친하기 때문일 것이다. 대학로에서는 아무도 히로에게 도전하지 않았다.

"넌 사람이 말을 하는데 대답도 안 하냐?"

거친 말투는 아니었다. 녀석들은 실실 웃으며 날 따라오고 있었다. 그러나 겉으로는 나하고 스스럼없이 지내는 것처럼 대하고 있지만, 실제로는 시비를 거는 것이었다. 내가 무시한다고 그냥 조용히 물러설 녀석들은 아니었다.

"왜?"

"잘 지내냐고."

"잘 지내. 됐어?"

"짜식, 뻣뻣하기는. 도무지 재미가 없는 놈이라니까."

녀석들은 만나기만 하면 늘 쓸데없이 지분거렸다. 지겨운 놈들이었다. 별 도리가 없었다. 그저 걸음을 좀 더 빨리 하는 수밖에. 그런데 등 뒤에서 들려온 말이 나를 잡아끌었다.

"네 깔 말이야. 요즘 구걸하고 다니더라."

"깔이라니?"

나는 걸음을 멈추고 뒤를 돌아보았다.

"왜, 있잖아. 아주 더럽고, 곰처럼 옷을 잔뜩 껴입고 다니는 여자애 말이야. 너랑 종종 같이 다녔잖아."

"내 깔 아니야."

"그래? 우린 네 깔인 줄 알았는데. 암튼 걔 이제 완전 거지 됐나 봐. 아까 보니까 종로에서 구걸하고 다니더라니까."

난 더 이상 대꾸하지 않고 마로니에 공원 쪽으로 성큼성큼 걸음을 옮겼다. 뒤에서 녀석들이 일부러 크게 떠들어대는 소리들이 들려왔다.

"아주 이상한 년이야. 안 그러냐? 길거리에 널린 게 오빠들인데 구걸은 왜 하냐?"

"머리가 좀 어떻게 된 애 같지 않냐?"

"몰랐어? 걔 완전 미친년이잖아. 난 걔가 미친개처럼 어떤 놈을 물어뜯는 것도 봤어. 진짜로 이빨로 팔뚝을 물어뜯더라고. 피가 다 났다니까!"

"미친년은 구걸이나 하는 게 딱 어울리긴 하지."

"맞아. 그건 그려. 하하하!"

마음 같아서는 당장 뒤돌아서 녀석들을 집어던져버리고 싶었지만, 난 그냥 모른 척 걸었다. 네 명하고 붙어서 이길 자신도 없었지만, 무엇보다 저 녀석들은 쓸데없이 소란을 일으킬 가치도 없는 놈들이었다. 내가 별 반응을 보이지 않자 그만 시들해졌는지, 아니면 그 정도면 날 충분히 괴롭혔다고 생각했는지, 녀석들의 목소리는 더 이상 뒤따라오지 않았다.

마로니에 공원으로 들어서는 내 마음은 비 쏟아지기 직전의 하늘처럼 무겁고 어드컴컴했다. 화산이 구걸을 하고 다닌다는 이야기는 이미 다른 아이들한테서 들어서 알고 있었다. 구걸이라니,

왜 그런 걸 하는 걸까? 길거리 생활을 하는 애들은 많아도 구걸을 하는 애들은 거의 없었다. 조금만 신경 쓰면 알바 자리는 얼마든지 구할 수 있었다. 비록 여자애들에게는 그 알바 자리가 대부분 술집 같은 곳이 되게 마련이긴 했지만. 화산이 그런 곳을 피한다는 것 정도는 나도 알았다. 화산은 하룻밤 잠잘 곳조차도 결코 남자들에게 의지하는 법이 없었다. 그럴 바에야 차라리 한겨울에도 노숙을 택했다.

한겨울에 노숙을 한다는 건 정말이지 끔찍한 일이었다. 아무리 두꺼운 담요나 침낭 같은 걸 두르고 자도 자칫하면 얼어 죽기 십상이었다. 12월까지만 해도 바람을 피할 수 있는 건물 현관이나 문 닫힌 지하철역에서 어찌어찌 버틸 수 있지만, 영하 10도까지 내려가는 1월엔 어림도 없었다. 웬만한 노숙자들도 한겨울에는 쉼터 같은 곳으로 피해 들어갔다. 그런데도 화산은 버텼다.

지난겨울 히로의 소개로 고시원에 들어갈 때, 나는 화산에게도 같이 가자고 말했다. 내가 고시원 비용을 대주겠다는 뜻을 넌지시 비치기도 했다. 그때만 해도 나에겐 그럴 만한 돈이 있었다. 나는 아주 오랫동안 가출을 준비하며 돈을 모아왔기 때문에 가출할 때 꽤 많은 돈을 가지고 나온 편이었다. 화산은 내 제안을 단박에 거절했다.

"나 고시원에서 살 돈 없어. 그리고 난 절대 남자한테 신세 안 져."

고시원에 살고부터는 화산과 마주치는 일이 드물었다. 난 알바를 시작했다. 또 틈나는 대로 운동도 해둬야 했다. 그러다 보니 마냥 시간이 많은 것도 아니어서 일부러 화산을 만나러 갈 생각은 내지 못했다. 화산은 화산대로 며칠씩 대학로를 떠나 어디론가 사라졌다 돌아오곤 하는 모양이었다.

함께 노숙을 하던 시절, 화산은 나에게 무척이나 많은 이야기들을 쏟아놓았었다. 자기 자신에 대한 이야기는 아니었다. 그 애가 즐겨 하는 이야기는 늘 다른 별 이야기거나 평행 우주, 우주의 탄생 같은 이야기였다. 나도 학교에 다니던 때에 과학을 무척 좋아했기에 그 애와 난 이야기가 꽤나 잘 통했다. 그러나 그 애의 별 이야기는 재미있거나 아름답다기보다는 슬펐다. 그 애는 무언가로부터 자꾸만 도망치고 싶어 하는 것처럼 보였다. 현실을 잊기 위해 우주로 도피하려는 것만 같았다. 그래서 슬펐다.

'화산은 무엇을 피해 도망쳐 집을 나온 걸까?'

난 그 애에 대해 아는 것이 많지 않았다.

가을이 깊어갈 무렵, 잠잘 곳을 찾아서 뒷골목으로 들어섰다가 화산과 마주쳤다. 방을 털린 뒤로 다시 노숙을 시작한 나는 추위가 닥치기 전까지 어디 한 번 버틸 때까지 버텨보자던 중이었다.

"어? 고수? 컴백한 거야? 요즘 다시 노숙해?"

목소리가 생각보다 활기찼다. 화산은 내가 다시 노숙을 한다는 걸 무척 반기는 눈치였다. 그 애는 여전히 더러웠고 살이 많이 빠져 보였다.

"잘 왔어, 친구! 어때? 아직 할 만하지? 겨울에 비하면 아무 데나 다 궁전이지, 뭐. 하하하! 난 요즘 주로 여행 잠을 자. 그것도 나쁘지 않더라."

화산이 말했다.

"여행 잠?"

나는 멍청히 되물었다.

"응. 버스나 지하철을 타고 돌면서 자는 것 말이야. 근데 버스는 운전기사들이 날 별로 안 좋아해서 주로 지하철을 타고 돌아. 약간씩 흔들거리니까 잠이 아주 잘 오더라? 꼭 누가 날 업고서 살살 흔들며 재워주는 것 같다니까."

화산이 생긋 웃었다. 하얀 이가 드러났다. 이는 어떻게 아직도 저렇게 하얄까? 날마다 세수는 안 해도 이는 닦는 것일까?

"너도 같이 해볼래?"

"음, 글쎄…… 난 별론데? 사실 난 마로니에를 벗어나고 싶지 않아."

나는 주저하며 말했다.

"알겠다. 지하철 타고 가다가 아는 사람을 만날까 봐 그러는구나? 가족들이나 옛날 친구들? 그럼 진짜 기분 더럽지. 하지만 모자를 푹 눌러쓰면 되잖아. 약간 변장을 하든가. 하긴 잠 좀 자겠다고 변장을 한다는 것도 웃긴다. 난 그런 걱정은 없어. 이제 날 알아볼 사람은 아무도 없거든. 네가 봐도 나 완전히 거지같지? 안 그래?"

 아닌 게 아니라 화산은 이제 정말 영락없이 거지처럼 보였다. 더러울 뿐만 아니라 냄새까지 심하게 났다. 그 애가 지하철을 타면 아무도 그 애 옆으로 다가오려 하지 않을 게 틀림없었다. 화산이 왜 저렇게 더럽게 하고 다니는지 이해할 수가 없었다. 노숙을 한다고 해도 다음날 깨끗해지는 데 그리 오랜 시간이나 큰돈이 드는 것은 아니었다. 공중목욕탕과 코인세탁소를 이용하면 될 텐데. 아무리도 화산은 일부러 자신을 더럽게 내버려두는 것만 같았다.

 "아마 난 조금씩 사라져가나 봐. 날 알아보는 사람도 없고, 날 궁금해하는 사람도 없어. 요즘은 누군가와 말을 해본 적도 거의 없어. 나를 이야기하는 사람은 너뿐이야. 구걸을 하다 보면 내가 마치 투명 인간처럼 느껴져. 내가 다가가 손을 내밀면 사람들은 모두 내가 전혀 보이지 않는다는 듯이 쓱 스쳐 지나가. 잘도 피해간다니까. 가끔 돈을 던져주는 사람들도 내 얼굴은 절대 보지 않아. 내 윤곽만을 슬쩍 보고 내 손에 돈을 놓고 가지. 그들은 나한테서 거지라는 이미지만을 보겠지. 아마 그 거지가 인간이라는 생각은 절대 안 할 거야."

 화산은 또다시 활화산처럼 말을 쏟아내고 있었다.

 "정말 내가 꼭 중성미자 같다니까. 중성미자 알지? 뉴트리노 말이야. 태양에서 쏟아져 나온 중성미자들이 지금도 우리 몸을 투

과해 지나가고 있지만, 우리는 아무것도 느끼지 못해. 우주 탄생의 비밀을 품고 있는 중성미자가 세상 모든 곳에 둥둥 떠다녀도 사람들은 전혀 알아보지 못하지. 요즘 내가 딱 그 꼴이야. 어디나 마음대로 지나다니지만 아무도 나를 보지 못하고 느끼지도 못해. 나는 그냥 풍경 속을 투과해 지나다닐 뿐이야. 내가 왜 존재하는지, 무엇 때문에 지금 여길 스쳐 지나가는지 아무도 몰라. 아무도 궁금해하지 않지. 그리고 난 아무하고도 상호작용 따위 하지 않아. 난 우주의……."

"화산, 구걸은 왜 하는 거야? 돈을 벌려면 알바를 구하면 되잖아."

나는 화산의 말을 끊고 불쑥 물었다. 그 애의 우주 이야기를 더는 듣고 있을 수가 없었다. 가슴 한가운데가 바늘로 찌르는 것처럼 콕콕 쓰려왔다.

"왜 구걸을 하냐고? 길거리에서 살다 보니까 너무 더러워져서 난 이제 구걸밖에는 할 수가 없어."

궁색한 답변이었다.

"그럼 방을 얻어 살면 되잖아. 깨끗이 씻고……."

"돈이 없어."

"돈을 벌어서 방을 구해야지."

나도 모르게 화가 나서 목소리가 조금 높아졌다. 그러자 화산도 질세라 목소리를 높여 대꾸했다.

"그래서 구걸을 하는 거야! 돈을 벌려고!"

"구걸해서 언제 돈을 벌어? 좀 더 돈을 많이 벌 수 있는 알바를 찾아야지!"

"이렇게 더러운데 어떻게 알바를 해?"

"그러니까 방을 얻어 살란 말이야!"

"방 얻을 돈이 없다니까! 네가 뭘 안다고 그래? 그러는 너나 방 구해서 살아!"

아아, 활화산이 폭발했다. 나는 그만 입을 다물고 말았다.

대화는 허공을 빙글빙글 돌았다. 악순환이었다. 돈이 없어서 방을 못 얻고, 방이 없어서 더러워지고, 더러워져서 구걸밖에 못 한다. 분명 어디서부턴가 잘못되었다는 생각이 들었다. 문제는 화산에게 방을 구하거나 알바를 할 의지가 없다는 데 있는 것 같았다.

나는 마른침을 삼켰다. 가슴 한가운데가 자꾸만 아파왔다.

길거리 생활을 하는 여자애들은 대부분 남자애들에게 빌붙어 살았다. 똑같이 가출을 했어도 여자애들은 길거리에서 지내기가 남자애들보다 훨씬 더 어려웠다. 집 밖으로 나오는 순간부터 야수들이 으르렁대는 야생세계로 내몰렸다고 봐야 한다. 세상 어디에나 10대 여자애들을 노리는 짐승들이 우글거렸다. 거리에 나선 여자애들이 택할 수 있는 방법은 많지 않았다. 남자애들에게 빌붙어 살거나 원조교제를 해서 번 돈으로 방을 얻어 살거나. 그것도 아니면 돈을 많이 주는 알바 자리를 찾아 새로운 세계로 들어서는 수밖에 없었다. 그 세계는 이미 짐승들의 세계였다. 짐승들의 세계는 손 닿는 곳 어디에서나 쉽게 찾을 수 있었다.

거친 길거리에서 살아남기 위해 여자애들도 패밀리를 이루고 영역 싸움을 했다. 때로는 쓸 만한 수컷을 두고 서로 다투었고, 때로는 새로이 나타난 여자애를 길들이기 위해 싸움을 벌였다. 예쁜 아이가 새로 나타나면 언제나 싸움이 컸다. 먼저 흠씬 두들겨 팬 다음 자기네 패밀리로 끌어들이려고 애를 썼다. 예쁜 여자아이란 언제나 쓸모가 있기 때문이었다.

가끔 여자애들끼리 싸우는 모습을 보면 남자애들 싸움보다도 더 살벌해 보이곤 했다. 머리채를 쥐어 잡고서 흔들고, 이로 살점을 물어뜯었다. 그 모습이 주먹을 내뻗고 발길질을 해대는 것보다 더 포악해 보일 때가 있었다. 너무 처절해 보이는 것이다. 길거리에서 살아내기가 더 힘드니까 그만큼 싸움도 더 처절해지는 것일까.

화산도 나처럼 그 어떤 패밀리에도 들어가지 않았다. 그렇지만 화산에게는 히로 같은 친구도 없었다. 그 애는 아무것에도 기댈 수 없었고, 기대려 하지도 않았다. 혼자 돌아다니는 여자애에게 대학로 길거리 생활은 쉽지 않았을 것이다. 언제나 낯선 남자의 표적이 될 수 있고, 어디서든 다른 여자애들의 공격이 몰아닥칠 수 있다. 아마 그래서일 것이다. 화산이 그토록 더럽게 하고 다니고 또 구걸을 하는 까닭은. 더러움은 바로 화산이 택한 방어 무기였다. 너무 더러워서 아무도 건드리려 하지 않는다. 냄새까지 나면 이제는 본 척도 하려 하지 않는다. 피한다, 외면한다, 없는 존재로 치부한다. 그러면 안전하다. 적어도.

화산은 그런 춥고 더럽고 냄새나는, 외롭고 독자적인 삶을 택한 것이다.

나는 그 애를 이해 못 하는 척하고 싶었지만, 결국은 이해하고 말았다 나는 화산을 그냥 내버려두었다.

26

"가출해서 길거리 생활을 하는 여자애들이 원조교제를 하거나 술집 알바를 하는 일은 흔하게 일어나지. 하지만 본인이 원치 않는다면 그런 길을 피할 방법이 없는 건 아니다. 여자애들 중에도 쉼터에 들어가거나 다른 알바를 구해서 생활을 잘 이끌어가려 하는 애들도 있으니까. 문제는 그런 애들에게까지 검은 손을 뻗치는 놈들이야. 히로가 바로 그런 놈이었다."

형사가 이야기를 계속하고 있었다.

아까부터 점점 숨이 막혀왔다. 누군가 보이지 않는 존재가 서서히 내 목을 졸라오는 것 같았다. 신선한 공기를 쐬고 싶었다.

"히로는 팸에 들어가려 하지 않는 여자애들이나 자기 마음에 들지 않게 행동하는 여자애들을 데려다가 폭행하고 사창가에 팔아치워버렸어. 그건 엄연히 범죄다. 그것도 아주 사악한 범죄지. 나는 그 사건 때문에 히로를 추적해왔단다. 여러 건의 제보가 들어왔었어. 그런데 분명 히로가 저지른 일이란 건 틀림없는데, 이상하게도 증거가 잘 잡히지 않는 거야. 여자애들은 어디론가 흔적도 없이 사라져버렸어."

형사는 피곤한지 손바닥으로 얼굴을 쓸어내렸다. 몇 개월 동안 히로를 쫓아다니던 일이 생각나는 모양이었다.

"저런!"

"몹쓸 놈 같으니라고."

할멈과 약초꾼 노인은 혀를 쯧쯧 차고 간간이 욕을 하면서 형사의 이야기에 귀를 기울이고 있었다.

"그것만이 아니란다. 히로를 추적하는 동안 난 새로운 사실을 하나 더 알게 됐다. 히로가 마약을 사고파는 일에도 관여하고 있다는 것이었어. 엑스터시 말이다."

"네? 마약이요?"

나는 더 이상 숨을 쉴 수가 없었다. 형사의 입에서 나오는 말들이 내 가슴을 사정없이 찔러댔다.

"히로는 중간 판매책 역할을 맡고 있는 것 같더라. 그렇다면 어른들 조직과 연관되어 있다는 뜻이었지. 이건 보통 큰 사건이 아니다 싶었다. 그래서 난 히로가 약을 넘기는 현장을 덮치기로 마음먹었지. 항상 히로의 행적을 뒤밟아왔으니까 언젠가는 꼬리가 밟힐 거다 생각했다. 드디어 기회가 왔지. 그놈이 갑자기 널 지방으로 내려 보내는 것이었어. 약이 든 상자를 들려 보내서 말이다."

"약이 든 상자라고요?"

펄쩍 뛰어오를 만큼 놀라고 말았다. 이제까지 형사가 한 말들도 모두 믿지지 않을 만큼 황당하고 끔찍한 이야기였지만, 내가 들고 내려온 것이 마약이 든 상자라는 말에는 깜짝 놀라지 않을 수 없었다.

"어이쿠, 그러니까 그 상자에 든 게 바로 마약이었구먼!"

약초꾼 노인도 크게 소리를 지르더니 입을 딱 벌렸다.

"넌 정말 까맣게 몰랐던 거냐? 그 상자에 약이 들었다는 사실을?"

형사가 나에게 물었다. 내 얼굴을 유심히 들여다보고 있었다.

그러나 나는 아무 말도 할 수가 없었다. 그 상자에 무엇이 들었는지 전혀 관심도 없었다. 히로가 왜 날 지방으로 내려 보내는지도 알려 하지 않았다. 나는 아무 생각도 하지 않고, 아무런 의심도 품지 않고, 다만 친구의 부탁을 들어주려 했을 뿐이다.

"이 멍텅구리 녀석이 그걸 어찌 알았겠어? 이 녀석은 히로 그놈한테 완전히 당한 거라니까!"

할멈이 나서서 대신 대답해주었다.

나는 두 눈을 감았다. 가슴이 너무나도 답답했다. 심장이 터질 것만 같았다.

"바로 그 상자 때문에 내가 널 여기까지 쫓아온 거였다. 히로를 잡아놓을 결정적인 증거를 잡으려고 말이다. 그런데 상자가 또 없어졌고 말았구나. 자동차로 네가 탄 버스를 뒤따라오고 있었는데, 고속도로에서 추돌사고가 나는 바람에 내가 조금 늦게 도착하게 됐지. 그랬더니 너도 상자도 벌써 사라지고 없더구나."

"잠깐! 아니, 그런데 고수 이 녀석한테 싸움 걸었다는 그 양아치들은 뭐야? 약을 건네받기로 한 놈들 아냐? 근데 왜 그놈들이 이 녀석을 친 거지?"

약초꾼 노인이 형사의 말을 끊고 끼어들었다.

"딱 보면 몰라? 히로 그놈이 눈엣가시 같은 고수 녀석을 작살내버리려고 머리 쓴 거 아냐? 고수한테 약 배달은 시켜놓고, 양아치들한테는 이 녀석을 처치하라고 시켰겠지. 이 녀석이 배신자다 뭐 어쩌고 하면서 말이지."

할멈이 대꾸하자, 약초꾼 노인은 혀를 내둘렀다.

"할멈은 역시 도사야, 도사. 어떻게 그걸 다 알지?"

"아, 그걸 꼭 도사라야 아나? 앞뒤 조금만 생각해보면 뻔히 다 보이는걸. 사람 머릿속이 오십보백보지."

할멈이 혀를 차며 말했다.

"정말 그랬나요? 히로가 양아치들에게 날 처치하라고 했어요?"

형사에게 묻는 내 목소리가 바르르 떨리고 있었다.

"그래, 그랬더구나. 이쪽 경찰들과 함께 양아치들을 모두 붙잡아 들였다. 그놈들 하는 말이, 히로가 걔들한테 널 처치해버리라고 했다더군. 그 말을 듣고서야 난 네가 순전히 이용만 당했다는 걸 알게 됐다. 하지만 상자는 찾지 못했다. 네가 도망가는 바람에 그놈들도 상자는 못 건졌다는 거야. 그래서 내가 널 찾으러……."

형사는 채 말을 끝맺지 못했다. 내 입에서 소름끼치도록 큰 소리가 터져 나왔기 때문이다. 뱃속 깊은 곳에서부터 욕지기처럼 소리가 울컥울컥 쏟아져 나왔다. 굶주린 맹수가 울부짖는 소리, 죽어가는 짐승이 쏟아내는 단말마 같은 소리였다. 모든 것을 막아서는 소리였다.

나는 두 손으로 귀를 틀어막고 계속 소리를 질러댔다. 더 이상은 아무 말도 듣고 싶지 않았다. 아무것도 알고 싶지 않았다. 모든 게 한낱 거짓말 같았다. 꾸며낸 이야기 같기만 했다. 무엇보다 내가, 내 삶이 거대한 거짓말 같았다. 나는 과연 히로를 믿어왔을까? 그 애를 진짜 내 친구로 여겼을까? 그저 스스로 청맹과니가 되기를 자처한 것은 아니었을까? 아무것도 모르는 척 눈감고만 싶었던 건 아닐까? 어째서 내 삶에는 아름다운 것이 하나도 보이지 않을까. 어째서 내 삶에는 폭력과 위선, 천박한 배신만이 가득할까. 나는 내가 왜 이 구깃구깃한 삶을 더 견뎌나가야 하는지 이유를 찾을 수가 없었다.

그때였다. 내 소리에 대답이라도 하듯, 바깥에서 쩡쩡 산이 울리는 소리가 들려왔다. 귀를 틀어막고 있는데도 그 소리는 들렸다. 귀로 듣는다기보다는 온몸으로 느껴지는 소리였다.

쿠르르르!

산이 비명을 질렀다. 그 소리가 나를 부르는 것만 같았다. 나는 벌떡 일어서서 천막 문을 열고 밖으로 뛰쳐나갔다.

27

 눈길을 마구 내달렸다. 문을 열고 밖으로 나서자마자 차가운 대기가 사납게 얼굴을 때렸다. 바람이 꽤 세찼다. 눈이 내리고 있지는 않았지만, 겹겹이 쌓여 있던 눈이 바람에 흩날리며 내 뺨을 후려쳤다. 알 수 없는 열기로 뜨거워진 얼굴에 차가운 바람과 눈발이 와 닿으니 오히려 시원하고 왠지 후련했다.
 눈 속에 발이 푹푹 빠졌다. 마음 같아서는 바람같이 달려가고 싶었지만, 실은 제대로 달릴 수조차 없었다. 눈 더미 속에 숨어 있던 돌부리에 발이 걸려 넘어지기를 벌써 몇 번째인지 헤아릴 수도 없었다. 그래도 나는 내달렸다. 어디로든 달려가지 않고는 견딜 수가 없을 것 같았다. 가슴속에 더러운 먼지가 꽉 차서 숨을 쉴 수가 없었다. 심장은 금방이라도 터져버릴 것만 같았다. 나는 이리저리 휘청거리며 아무 데로나 발을 내뻗었다. 어디로 가는지 알 수도 없었고, 딱히 향해야 할 곳이 있지도 않았다. 그냥 이대로 눈 속으로, 이 깊은 산속으로 빨려들어 흔적도 없이 소멸되었으면 좋겠다는 생각이 들었다. 산이 날 삼켰으면…….

어느 날부턴가 거리에서 화산이 좀처럼 눈에 띄지 않았다. 그 애가 종종 잠을 자곤 하던 현관 앞에 며칠을 가보아도 보이지 않았다. 마로니에 공원 어디에서도 통 볼 수가 없었다.

"이제 맨날 여헝 잠만 자는 건가?"

한참을 안 보이니까 조바심이 났다.

나는 집을 나온 이래 처음으로 대학로를 벗어나 종로까지 가보았다. 화산이 구걸을 하고 다닌다던 종로부터 동대문, 동묘까지 휘휘 돌아다녔다. 하지만 어느 길에서도 화산을 만날 수가 없었다.

이제 곧 추위가 닥칠 참이었다. 나는 슬슬 방을 얻어야겠다고 생각하고 있었다. 길거리에서 여름을 나고 가을도 얼추 절반을 보내고 나니, 온몸의 뼈가 뻣뻣이 굳어가는 것만 같았다. 따뜻한 방바닥이 그리웠다. 아무리 두터운 침낭이 있어도 방바닥과는 달랐다. 벤치도 건물 현관도 지긋지긋했다. 방을 얻어 들어가기 전에 다시 한 번, 화산에게 제발 방을 얻으라고 권유하고 싶었다. 또 한 번의 겨울을 한데서 이를 악물고 노숙하다 보면 그 애가 그만 망가져버릴 것만 같았다. 정말로 얼어 죽을지도 모르는 일이었다. 그런데 막상 마음먹고 만나려니까 도무지 그 애가 보이지 않았다. 벌써 무슨 일이 생긴 건 아닐까? 슬쩍 불안한 마음이 들었다. 찬바람이 날 더욱 조급하게 만들었다.

"또 무슨 신기한 우주 현상을 보러 여행이라도 갔나 보지."

나는 일부러 이런 말을 중얼거리며 불안한 마음을 감추려 했다. 하지만 불안은 좀체 가시지 않았다. 오히려 시간이 갈수록 더욱 커져만 갔다.

그러던 어느 날이었다. 마로니에 공원에 혼자 앉아 있는데, 뒤쪽에서 여자아이들이 떠들어대는 소리가 들려왔다.

"화산 걔 팔려갔다며?"

"진짜? 어디로?"

"어디긴 어디야? 몸 파는 데지. 남자애들이 하는 얘기 들었는데, 아주 험한 데로 갔다더라."

"근데 그 더러운 년이랑 같이 자고 싶어 할 남자가 있을까?"

"그러게 말이야. 본판은 좀 뻬쁘장한지 몰라도, 그 땟국물로 꼬질꼬질한 얼굴이며 옷이며, 게다가 그 고약한 냄새는 웬만해선 빠지지도 않겠던데."

"걔랑 하려면 눈 꼭 감고 코도 싸쥐고 해야겠다."

여자아이들이 깔깔거리며 웃음을 터뜨렸다.

잔인했다. 여자애들이 왜 저렇게 잔인한 이야기를 하는 것일까. 나는 숨을 삼키며 고개를 뒤로 휙 젖혔다. 잿빛 하늘이 눈에 들어왔다. 치렁치렁 나뭇잎들을 잔뜩 매달고 있는 커다란 나무가 잿빛 하늘 아래서 나를 내려다보고 있었다. 나는 나무를 노려보았다. 갑자기 하늘이 노랗게 변했다. 머릿속에서 피가 싹 빠져나가는 것처럼 어질어질했다. 뱃속 저 아래서부터 분노가 치밀어 올랐다. 당장 달려가서 떠드는 애들의 턱을 주먹으로 날리고 싶었다. 하지만 여자애들이었다. 나는 나무도, 하늘도, 여자애들도 보기 싫어 두 눈을 꼭 감았다.

"걔, 히로가 보냈다더라?"

"그래? 히로 눈 밖에 났구나? 뭘 잘못했을까?"

"뭘 잘못하긴. 몰라서 물어? 걘 존재 자체가 재수 덩어리잖아."

"하긴."

다시 또 잔인한 웃음소리가 공기를 가르며 날아와 내 귀에 꽂혔다. 그런데 이번에는 아이들이 무슨 말을 하고 있는 건지 도무지 이해할 수가 없었다. 히로가 보냈다고? 히로 눈 밖에 났다고? 그게 도대체 무슨 뜻일까? 아이들은 마치 히로라는 왕이 지배하는 나라에서 화산이 무언가 잘못을 해서 귀양살이를 갔다는 것처럼 이야기하고 있었다.

'무슨 말이야? 왜 화산 이야기를 하다가 히로 이름이 튀어나와?'

순간 차가운 얼음 덩어리를 삼킨 것같이 가슴이 서늘해졌다. 차가운 덩이가 몸을 주르륵 훑고 내려갔다. 이내 아랫배까지 얼음장처럼 차가워졌다. 머릿속은 까치 떼가 비집고 들어온 것처럼 어수선했다. 어디서부터 어떤 생각을 해야 할지 알 수가 없었다. 눈을 감고 지뢰밭을 걷고 있는 기분이었다. 일부러 눈을 부릅떠 보았지만 시야에 와 닿는 게 없었다. 빗방울이 맺힌 유리창을 통해 밖을 내다보는 것처럼 모든 게 어른어른해 보였다. 어지러웠다.

쿵쿵쿵쿵…….

내 심장이 뛰고 있는 소리가 귓속에서 들렸다. 리듬에 맞춰 똑같이 이어지는 것 같으면서도 한 박자 한 박자가 조금씩 달랐다. 소리의 높낮이도 높아졌다 낮아졌다 했다. 나는 눈을 감고 가만히 그 리듬을 헤아렸다. 한참을 그러고 있으려니 소리가 차츰 작아져갔다. 팔뚝을 불끈거리던 핏줄기의 흐름도 살금살금 잦아들었다.

조금 전에 들은 이야기가 먼 옛날의 전설처럼 아뜩하게 여겨졌다. 저기서 떠들어대는 여자애들에 대한 분노도 스르르 꼬리를 감췄다. 갑작스레 졸음이 쏟아졌다. 팥죽같이 진한 피로가 몰려왔다. 나는 벤치에 그대로 드러누웠다. 그러고는 내 자신이 영영 소멸되어버릴 것 같은 잠 속으로 빠져들었다.

그 뒤로 난 더 이상 화산을 찾아다니지 않았다. 대학로 근방에서 구걸을 하고 다니는 더러운 여자애는 이제 없었다. 아무 데도 없었다. 그런 애는 더 이상 존재하지 않았다. 화산은 내 가슴속 깊이 자리 잡은 휴화산이 되었다. 겨울은 금세 닥쳐왔다. 나는 다시 고시원에 방을 얻어 들어갔다. 1년이 지나도록 나는 화산을 그냥 묻어두었다. 히로는 언제나처럼 나를 가까운 친구로 대했고, 나는 히로의 영역 안에서 아무렇지도 않게 그 애의 도움을 받으며 지냈다.

쿠르르르!

산은 여전히 비명을 지르고 있었다. 나는 계속 달렸다. 발밑이 마구 흔들렸다. 바람에 눈발이 갈가리 흩어졌다.

외줄을 타듯 불안하게 유지되던 평화가 깨져버렸다. 바닥이 쩍 갈라졌다. 캄캄한 동굴 같기만 하던 집을 뒤쳐나와 길거리에서 살아내려 그 애를 써보았다. 아버지라는 이름의 폭력을 벗어나서 나 혼자서도 잘 살아갈 수 있다는 걸 보이고 싶었다. 살아남을 수 있다고, 강해질 수 있다고, 아버지에게 보란 듯이 증명해 보이고 싶었다. 반드시 강해지고 싶었다. 스트리트 파이터가 되고 싶었다. 그렇게 거리에서 2년이 넘는 세월을 살았다. 그런대로 잘 해나가고 있는 줄 알았는데, 조금은 강해져가는 줄 알았는데, 그 모든 게 허상이었다. 나는 그저 또 하나의 폭력 뒤에 몸을 숨기고 있을 뿐이었다. 거짓에 의존하고 있었다. 히로의 빤한 가면 뒤에 숨어서 모른 척 외면하고 있었던 것이다.

갑자기 몸이 휘청거렸다. 무슨 일인가 놀랄 새도 없이 순식간에 발 디딜 곳이 도두 사라져버렸다. 한 발짝만 더 내디뎠다가는 천 길 아래로 떨어지고 말 벼랑 끝에 도달한 것 같았다. 발이 허방을 짚었다. 몸이 붕 떠올랐다. 잠시 허공을 가르는가 싶더니, 내 몸이 그대로 눈 속에 처박혔다. 팔딱거리는 내 붉은 심장 위로 차가운 눈이 뒤덮였다. 하늘이 붉었다. 청보랏빛 하늘 위로 스멀스멀 핏빛이 번져가고 있었다.

까악까악.

어디선가 까마귀 소리가 들려왔다.

"고수야!"

"고수야!"

내 이름을 부르는 소리도 들리는 것 같았다. 하지만 난 대답을 할 수 없었다.

입이 벌어지지 않았다. 다리도 움직이지 않았다. 나는 잠자코 눈 속에 엎어져 있었다. 차가운 기운이 차츰차츰 몸에 배어들었다. 이제는 더 이상 어디로도 가고 싶지 않았다. 그냥 여기가 좋았다. 쿵쿵거리며 사정없이 뛰던 심장이 잦아들었다. 팔다리를, 온몸을 울뚝불뚝 움직이게 하던 근육들이 조용히 가라앉았다. 아드레날린이 치솟고 난 뒤의 나른한 피로가 몰려왔다. 눈은 따뜻한 이불처럼 포근하기만 했다. 그날 그 벤치에서처럼 잠이 마구 쏟아졌다.

어둠이 내려앉기 시작했다. 온 세상이 암청색으로 물들어갔다.

겨울새들이 날았다.

쩡쩡.

산이 울리는 소리가 또다시 들려왔다. 바닥이 우르르 울렸다. 눈발이 사방으로 날았다.

곧 무언가 커다란 움직임이 몰려올 것만 같은 예감이 들었다. 그러나 나는 움직이고 싶지 않았다. 산이 움직이려는 것일까. 산이 제 살을 깎아내리려는 것일까. 산사태가 나는 것일까. 나는 아무 것도 괘념치 않았다. 몸에서 힘이 빠지기 시작했다. 문득 추위가 느껴졌다. 뺨이 얼어 들어가는 것 같고 배가 서늘했다. 일단 춥다고 느껴버리자, 기다렸다는 듯이 온몸에 소름이 쫙 끼쳤다. 그래도 일어나고 싶지가 않았다.

28

 어디선가 이상한 소리가 들려왔다. 거대한 근육이 살금살금 움직이고 있는 리듬. 끓는 피가 쿵쾅쿵쾅 핏줄을 돌고 있는 리듬.
 정신이 번쩍 들었다. 틀림없었다. 이건 곧 큰 싸움이 벌어지리라는 것을 말해주는 리듬이었다. 바람 냄새가 났다. 획 하고 불어온 바람에는 다른 냄새도 실려왔다. 처음 맡아보는 냄새였다. 여느 때의 싸움 냄새하고는 달랐다. 서서히 내 근육이 빠지직빠지직 긴장하는 소리가 들려왔다. 그리고 익숙한 리듬. 심장에서 피가 벌컥벌컥 쏟아지는 리듬.
 나는 엉거주춤 몸을 일으키고 살짝 고개를 들어 보았다. 어둑해지고 있는 산속, 사방이 눈으로 뒤덮인 고요한 풍경이었다. 기대했던 그 무엇도 보이지 않았다. 하지만 아니었다. 분명히 무언가 있었다. 저만치에, 어둠 속에. 나는 숨을 죽인 채 잠자코 기다렸다.

모든 일이 한꺼번에 일어났다.

쾅!!

어마어마한 굉음이 울리면서 온 산이 흔들거렸다. 사방에서 새들이 푸드덕거리며 날아올랐다. 꽥! 하는 소리와 함께 거대한 짐승이 내 쪽으로 달려왔다. 검은 털이 바람에 휘날렸다. 커다란 주둥이가 씩씩거리며 달려왔다. 얼굴 양쪽으로 두 개의 커다란 엄니가 박혀 있었다. 멧돼지였다. 몸무게가 230킬로그램도 넘게 나갈 것 같은 거대한 놈이었다.

나는 용수철처럼 튕겨 일어났다. 그대로 뒤돌아서 필사적으로 뛰었다. 씩씩거리며 나를 향해 달려오는 멧돼지를 본 순간, 더 이상 아무런 생각도 할 수가 없었다. 단지 도망쳐야 한다는 생각뿐이었다. 등을 보여서는 안 될 것 같기도 했지만 별수 없었다. 도저히 침착하게 움직일 수가 없었다. 도망쳐야 했다. 달려야만 했다.

내가 갑자기 솟구쳐 뛰기 시작하자 멧돼지는 더욱 흥분해서 나를 뒤쫓아왔다. 그놈의 근육이 활발히 움직이는 리듬이 들려왔다. 그놈의 숨결이 뒷덜미에 와 닿는 것 같았다. 발밑은 지진이라도 난 것처럼 사정없이 흔들거렸다. 온 산이 뒤흔들렸다. 바위가 내 옆으로 굴렀다. 잔돌들은 시내처럼 나를 따라 달렸다. 고양이만 한 들쥐들이 사방으로 흩어져 달아나고 있었다. 어디선가 산사태가 난 게 틀림없었다.

"고수야!"

또다시 내 이름을 부르는 목소리가 들려왔다.

그 소리를 듣자 내 입에서 저절로 절박한 소리가 터져 나왔다.

"살려줘요! 여기요!"

씨근대는 멧돼지의 숨결이 바로 뒤에서 느껴졌다. 나는 차마 뒤를 돌아볼 수가 없었다. 그저 있는 힘을 다해 달렸다.

'이건 유난히 발달한 내 감각이 포착한 느낌일 뿐이야. 그놈이 내 바로 뒤까지 쫓아온 건 아니야.'

겁에 질린 나는 이렇게 스스로에게 되뇌었다.

하지만 이번에는 내가 틀렸다. 쿠룽쿠룽, 그놈이 거칠게 숨 쉬는 소리가 귓속으로 파고들었다. 그놈은 실제로 내 뒤에 바짝 다가와 있었다. 어쩔 수 없다. 이제는 뒤를 돌아보는 수밖에 없다. 마주 서는 수밖에 없다. 내 안에서 피가 용솟음쳤다.

달리던 발에 급하게 브레이크를 걸며 막 뒤를 돌아보려는 순간, 그놈의 엄니가 내 허벅지를 들이받았다. 나는 그대로 균형을 잃고 쓰러지고 말았다. 눈밭에 붉은 피가 점점이 퍼져나가는 것이 보였다. 암청색 세상에서 그 붉은색만이 선연했다. 쓰러진 채로 그 붉은색을 보고 있는데, 강렬한 함성이 내 안에서 폭죽처럼 터졌다.

'살고 싶어. 어떻게든 살아남고 싶어. 반드시 살아남겠어. 살아

남고 말 테야! 끝까지 살아남겠어! 잘 보라고! 난 살아가겠어!'

끔찍한 냄새가 풍겨왔다. 끔찍한 소리가 들려왔다. 거대한 멧돼지의 주둥이가 내 다리를 노리고 다가왔다. 나는 숨을 꾹 참은 채로 그놈을 노려보았다. 부들거리는 두 팔을 천천히 그놈의 주둥이를 향해 뻗었다.

"고스야! 가만히 있어라."

나직한 목소리가 들렸다. 할멈의 목소리였다. 반가움이 왈칵 밀려들었다. 나는 뻗으려던 팔을 내뻗지도 거두지도 못한 채 목소리가 들려온 쪽으로 고개를 돌렸다.

삭삭, 할멈이 눈밭을 가르며 다가왔다. 조용한 움직임이지만 기백이 느껴지는 발걸음이었다. 멧돼지도 그 기척을 느꼈는지 문득 놈의 주둥이가 멈췄다. 그러고는 주변을 둘러보기라도 하려는 듯 고개를 삐뚜름하니 쳐들었다.

그때였다. 할멈이 번개같이 날아들어 놈을 덮쳤다. 눈덩이가 사방으로 흩날렸다. 두 몸뚱이가 한 덩어리가 되어 시커먼 그림자로 뭉쳐졌다. 꾸엑. 멧돼지의 비명이 짧게 울렸다. 나는 숨을 헉 들이마셨다가 차마 내쉴 짬을 찾지 못했다. 그러고 몇 초가 흘렀을까. 모든 것이 잠잠했다.

"잡았네!"

약초꾼 노인의 목소리가 들려왔다. 그 소리를 듣고서야 나는 숨을 깊이깊이 내쉬었다. 머리가 핑 도는 느낌이 났다.

노인은 살금살금 걸어가더니 입고 있던 외투를 벗어 그걸로 멧돼지의 머리를 덮어씌웠다. 그러면서 중얼거렸다.

"어이쿠, 이놈 굉장히 크네? 고수 녀석 큰일날 뻔했구먼."

할멈이 멧돼지와 엉켜 붙어 있던 몸을 일으켰다.

멧돼지는 아무 움직임이 없었다. 어떻게 된 일인지 도무지 알 수가 없었다. 아니, 믿기지가 않았다. 할멈과 멧돼지가 시커먼 그림자로 뭉쳐진 건 겨우 한순간이었다. 그런데 억눌린 비명 한마디만을 남겼을 뿐, 그 순간부터 멧돼지는 죽은 듯이 조용했다. 사방이 어둑어둑해서 할멈이 무슨 짓을 했는지 잘 볼 수가 없었다. 머리를 내리쳤을까? 목에 칼을 찔러 넣었을까? 대체 어쨌기에 저 거대한 멧돼지가 꼼짝도 못하는 걸까? 조금 전에 내 허벅지를 들이받던 놈의 묵직한 몸체가 기억났다. 나보다 몇 배나 크고 무거운 놈에게 떠받치던 섬뜩한 느낌이 아직도 내 몸에 고스란히 남아 있었다. 그런데 그놈이 순식간에 시체처럼 변해 있었다. 믿을 수 없는 일이었다.

"고수야, 괜찮으냐? 일어나 봐라. 저쪽 골짝에 또 산사태가 나느라 온 산이 부릉부릉 한다. 얼른 집에 가야겠다."

할멈이 내게 다가오며 목쉰 소리로 말했다.

나는 몸을 일으키려 해보았다. 신음이 절로 흘러나왔다. 멧돼지에게 들이받힌 다리가 몹시 쓰리고 아렸다. 가만 보니 피도 멎지 않아 있었다.

"다리를 아주 제대로 들이받혔네? 뼈는 안 부러졌나? 가만있어라. 좀 보자."

할멈은 내 다리를 붙잡아 이리저리 움직여보고 허벅지를 꼼꼼히 살피더니, 주머니에서 가죽 끈을 하나 꺼내 다리 위쪽에 묶어 지혈을 했다.

"어, 어떻게 될 거예요?"

입이 바싹 말라 있어 간신히 말을 했다.

"응. 뼈는 괜찮은 것 같아. 집에 가서 치료하면 금방 낫겠어."

"그게 아니고, 멧돼지 말이에요. 어떻게 단숨에……?"

"아아, 어쩌긴 뭘 어째. 혈을 몇 군데 지그시 눌러줬지. 숨구멍을 탁 틀어막으면 제아무리 커다란 짐승도 꼼짝 못하는 법이다. 왜, 궁금하냐? 너도 좀 살짝 눌러줘 보랴?"

"아, 아니에요!"

할멈이 낄낄거렸다.

"다 됐다. 일어서 봐라."

할멈이 붙잡아 일으키는 대로 다리를 딛고 서는데, 찌르르, 통증이 온몸을 관통했다. 진짜 아팠다. 머릿속이 하얗게 탈색되도록 애를 쓰며 간신히 일어섰다.

"형사 양반! 아, 얼른 좀 오소! 이놈을 우리 둘이서 끌고 가야겠어. 힘 좀 씁시다. 오늘 저녁은 멧돼지 바비큐를 실컷 잡숫기 해드리리다."

약초꾼 노인이 어둠을 향해 손을 흔들어대며 신이 나서 외쳤다. 그러자 어둑한 숲 속에서 바스락바스락 소리가 들리더니 형사가 걸어 나왔다.

"이제, 괜찮은 겁니까?"

형사가 쭈뼛쭈뼛 물었다.

"걱정 마소. 멧돼지는 완전히 뻗어버렸으니까. 하하하!"

두 사람은 끈으로 멧돼지의 다리를 잡아맨다, 둘이 끌고 가기 좋게 장대에 묶는다 하며 부산을 떨었다.

그다음부터는 어쩐지 기억이 흐릿했다. 형사와 노인은 그 먼 길을 어떻게 멧돼지를 끌고 갔을까. 나는 아픈 다리로 어떻게 눈밭을 헤치고 걸어갔을까.

캄캄하고 어찔하고 고통스러웠다. 정신을 놓지 않으려고 안간힘을 써야 했다. 몽롱하니 꿈속을 걷듯 반쯤 넋이 나가 걷는데, 산이 부르르 떠는 소리를 들었다. 산사태다. 무시무시한 감각이었다. 발밑이 마구 흔들거렸다. 땅속에서 우르르 괴물들이 몰려나올 것만 같았다. 눈발이 사방으로 날았다. 도망쳐 숨고 싶지만 방법이 없었다. 산, 여긴 산이다.

"걱정 마라. 산사태가 난다고 산이 통째로 다 무너져 내리는 건 아니다. 한 귀퉁이가 허물어질 뿐이지. 그냥 걷던 길 걸어가면 된다."

할멈이 말했다.

하늘에서 눈송이가 사뿐사뿐 내렸다. 새로 또 눈이 내리는 모양이었다. 차가운 눈송이가 뺨에 와 닿았다. 신선했다.

언제 어떻게 천막집에 도착했는지 기억나지 않는데, 문득 사방에 훈훈한 기운이 느껴졌다. 나는 나무토막처럼 쓰러져 누워 있었다. 약초꾼 노인이 내 다리를 붙잡고 앉아 푸르뎅뎅한 약초 갠 것을 바르고 있었다.

바깥에서는 형사와 할멈이 바쁘게 움직이고 있었다.

"아이쿠, 이 양반아. 저쪽을 붙잡고 죽 벗기라고! 그것도 하나 딱딱 못해?"

할멈이 소리쳤다.

형사가 그 옆을 왔다 갔다 하는 모습이 열린 문틈으로 툭툭 끊겨 보였다.

잡은 멧돼지를 건사하느라 저리 야단법석인가 보다. 아! 멧돼지. 내 다리를 들이받은 놈. 날 위협한 놈. 그런데 이제는 거대한 고깃덩어리일 뿐이잖아? 약초 바른 상처 부위가 시원했다. 살 것 같았다.

조금 뒤에는 정말로 고기 굽는 냄새가 났던 것도 같다. 하지만 난 아마 그놈의 그기를 먹지 못했을 것이다. 어느새 나는 고기 굽는 연기처럼 부옇고 아득한 곳으로, 알지 못할 세계로, 까무룩 빨려 들어가고 있었다.

29

 나는 눈뜬장님이고 귀머거리였다. 눈은 있으나 보려 하지 않았고, 귀는 있으나 들으려고 하지 않았다. 히로는 명백히 나쁜 놈이었다. 온갖 술수를 써서 아이들을 지배하고 조종하는 놈이고, 마음에 들지 않는 아이들은 쫓아내거나 박살을 내버리거나 팔아치우는 놈이었다.
 이제 눈을 뜨고 돌이켜보니, 생각만 해도 온몸이 부들부들 떨릴 정도로 화가 났다.
 히로가 화산을 사창가에 팔아버렸다!
 그렇다. 히로는 그런 놈이었다. 그러면 난? 내가 착해서 아무것도 모르고 당하기만 했다고? 아니다. 난 그냥 모른 척했던 거다. 대학로에서 살아남기 위해, 조금 더 편하게 지내기 위해 눈감고 히로에게 기댔다. 철저히 의존했다. 이런 갈량한 내가 화산에게 구걸하지 말고 알바를 구하라는 둥, 노숙하지 말고 방을 구하라는 둥 충고를 했다니. 누구에게도 기대지 않고 살아가기 위해 차라리 더러움을 택했던 화산에게 고시원에서 살도록 도와주겠다고 했다니. 내가 히로보다 더 역겨운 놈이다. 나는 나 자신을 참을 수가 없었다.

그런데 왜 히토는 화산을 팔아버렸을까. 화산이 무슨 잘못을 했다고 그 애에게 몹쓸 짓을 한 걸까. 아마도 그건 나 때문일 것이다. 화산이 아니라 내가 히로의 눈 밖에 난 것일 게다.

'비열한 자식. 내가 마음에 안 들면 나만 괴롭힐 것이지, 화산에게까지 화풀이를 하다니.'

내 속에서 조용한 분노가 불타올랐다. 분노는 점차 활화산처럼 커져 붉은 화염을 뿜었다.

이제 보니 히로는 내 아버지와 같은 종류의 인간이었다. 아버지가 완벽한 엘리트요 훌륭한 사회인의 탈을 쓴 비열한 인간이라면, 히로는 멋진 스트리트 파이터에 춤꾼, 대학로의 영웅이라는 가면을 쓴 아주 비열한 녀석이었다. 둘이 똑같았다. 남들이 자신의 뜻대로 되지 않는 걸 참지 못하는 인간. 그 화풀이를 아무에게나 해대는 인간. 아버지가 엄마에게 쏟아낸 분노의 불똥을 맞은 게 나였다면, 히로가 나에게 쏟아내는 분노의 불똥을 그만 화산이 맞고 말았다. 그저 옆에 있었다는 이유로.

속에서 쓴물이 올라왔다. 위가 거꾸로 뒤집어지는 것 같았다.

아버지를 피해 집에서 뛰쳐나왔는데, 길거리에서 히로를 만났다. 집에서 난 피해자였기에 그냥 도망쳐 나올 수 있었지만, 이제는 아니다. 화산이 몹쓸 짓을 당하게 만든 건 바로 나였다. 내가 가해자였다. 이제는 도망치지 않겠다. 맞서 싸우리라. 히로든 나 자신이든, 가만 내버려두지 않겠다.

"고수야, 뭘 그리 넋 놓고 앉아 있어? 심심하면 나가서 멧돼지 가죽에 무두질이나 좀 하든가. 젊은 놈이 그렇게 일없이 정신 빼고 있는 거 아니다."

할멈이 화덕에 넣을 장작을 가지고 지나다가다 나를 툭 쳤다.

나는 그제야 정신을 차렸다. 요즘은 늘 이렇다. 깜박 정신을 놓고 생각에 빠져들기 일쑤였다. 몸은 산속에 갇혀 꼼짝도 못하면서, 머리로는 히로를 백 번도 더 죽였다 살렸다 했다. 마음속에서 솟아 자라나고 있는 불길을 어찌해야 할지 몰랐다.

"아니다. 그럴 게 아니라…… 형사 양반, 자네가 이 녀석한테 싸움하는 법 좀 가르쳐주게."

할멈이 형사에게 불쑥 말했다.

형사는 약초꾼 노인과 뭔가 이야기를 나누고 있다가 고개를 돌렸다.

"싸움하는 법이요? 그거야 노인장이 저보다 한 수 위 아니십니까?"

"난 이제 늙어빠져서 이빨 빠진 호랑이나 다를 바 없어. 게다가 난 원래 성질이 급해서 남을 가르치고 그러는 건 못해. 자네가 이 놈을 붙잡고 좀 차근차근 가르쳐봐. 고수 이 녀석, 눈 녹으면 산을 내려가서 히론지 뭔지 그놈을 붙잡아 실컷 패줘야 할 거 아니겠나? 그 못된 놈이 싸움을 아주 잘한다면서?"

할멈이 화덕의 불을 쑤석거리며 말했다.

"아, 할덤도 참. 이 양반이 형산데, 가서 실컷 패주라고 하겠소? 그런 건 불법이라고, 불법! 형사 양반이 어련히 알아서 그놈을 붙잡아다 감방에 처넣을까."

약초꾼이 옆에서 퉁을 놓았다.

"애들 싸움에 불법은 무슨! 몇 대 패주면 그만이지."

"아니, 애들 싸움이라고는 할 수 없죠. 히로 그놈이 저지른 짓을 보면 이미 애들이 아닙니다. 사실 히로는 길거리에서 애들처럼 지내서 그렇지, 나이가 스무 살입니다. 법적으로는 벌써 성인이지요. 감방 가기에 충분한 나이입니다. 그리고 고수 너도 열여덟은 됐을 것 같은데?"

형사가 나를 보며 물었다.

"네. 열여덟이에요."

"그래. 열여덟이던 애들이라고는 할 수 없지. 자기 행동에 책임을 져야 할 나이야."

나는 아무 대꾸도 하지 않았다. 저절로 고개가 숙여졌다.

"산을 내려가면 내가 곧바로 히로를 찾아갈 거다. 약상자는 결국 못 찾았지만, 이 동네 양아치들의 증언이 있으니 이제 그 녀석을 잡아넣을 수 있어. 그놈은 범죄를 저질렀으니 마땅히 법으로 다스려야지. 몇 달 동안 녀석을 쫓아다니던 일도 이제 그만 끝을 맺어야 할 때야."

형사는 말을 멈추고 잠깐 생각에 잠겼다. 그러더니 내 눈을 빤히 들여다보며 물었다.

"고수 너, 싸움에서도 고수가 되고 싶냐?"

이번엔 대답을 피할 수 없었다. 나는 고개를 숙인 채 짧게 대답했다.

"네."

"그래. 무술을 배워둬서 나쁠 건 없지. 너도 스스로를 지킬 줄 알아야 할 테니까."

형사는 다시 말을 멈추었다가 천천히 이야기를 풀어냈다.

"내가 합기도를 시작한 이유가 뭔지 아니? 중학교 때 나는 아이들로부터 따돌림을 받았다. 항상 고개를 푹 숙이고 다닌다고 무시당했던 거였어."

나는 슬며시 고개를 들었다.

"그래, 난 그랬다. 어렸을 때부터 자신감이 없었단다. 몸도 허약했고, 잘하는 것도 하나 없었거든. 나는 무의식적으로 고개를 숙이고 다녔어. 그게 다른 아이들에게 무시당할 이유인지는 몰랐다. 아이들은 내 옆을 지나갈 때마다 나를 툭툭 건드렸어. 그런데도 난 아무 반응을 보이지 않았어. 처음엔 어떻게 반응해야 할지 몰랐다. 그냥 내버려두었지. 그랬더니 아이들은 나를 더욱 만만히 봤어. 이놈도 툭, 저놈도 툭 치고 다니더니, 나중에는 대놓고 나를 무시하는 말들을 하며 괴롭혔다. 반 아이들 사이에 나를 치고 다니는 게 규칙처럼 되어버렸지."

"근데 그걸 가만히 놔뒀단 말이냐?"

할멈이 한마디 했다.

"그러게 말입니다. 제가 왜 그랬을까요? 왜 가만히 놔뒀을까요?"

형사는 쓴웃음을 지으며 이야기를 계속했다.

"마음속으로는 나를 무시하지 말라고 숱하게 소리치면서도 입 밖으로는 한마디도 못했다. 왜 그랬을까? 아마 겁이 났던 거겠지. 하지만 단순히 겁이 났다는 것만으로는 설명할 수가 없다. 그 이상의 뭔가가 있었어. 한 번 말을 못하니까 그게 그만 나라는 사람이 되어버렸어. 무시당하는 게, 반항하지 않는 게, 나라는 사람을 구성해버린 거야."

"쯧쯧쯧. 하긴 사람이 그렇더라. 살다 보면 훌쩍 큰 걸음을 내딛어야 할 때가 있지. 그걸 못 내딛으면 그냥 그렇게 굳어버려. 이러지도 저러지도 못하게끔 딱 굳어버리지."

할멈이 고개를 끄덕이며 말했다.

옆에서 약초꾼 노인이 한숨을 푹 내쉬었다. 그도 무언가 생각나는 게 있는 걸까.

나도 마음속으로 고개가 끄덕여졌다. 나도 그랬다. 한 번 히로가 어떤 사람인지를 모르는 척 눈감았더니 계속 그렇게 됐다. 히로가 만들어준 편안한 그늘 안에서 차마 밖으로 발을 내딛을 생각을 하지 못했다.

"하지만 살려면 그러고 있을 수만은 없겠더군요. 그러다가는 내가 죽겠더라고요. 아이들한테 맞아서 죽겠는 게 아니라, 나 자신이 창피해서 죽을 것 같았습니다. 그래서 한 걸음을 내딛었습니다. 절대로 안 될 줄 알았는데, 되더군요. 의외로 어렵지 않아서 저도 놀랐습니다. 제겐 합기도가 그 한 걸음이었습니다. 그때 같은 반이었던 아이들은 제가 지금 무술 유단자가 되고 형사가 돼 있으리라고는 아마 상상도 못할 겁니다. 하하하!"

형사는 호쾌하게 한번 웃어젖히더니, 다시 나를 보고 진지하게 이야기했다.

"고수야, 사람은 꼭 맞서 싸워야만 할 때가 있다. 길거리에서 못된 놈들을 만나거나 산에서 멧돼지를 만나면 싸워야지! 살아남기 위해선 싸워야만 해. 자기를 괴롭히는 것이 있으면 맞서 싸워야 하지. 그대로 당하고만 있어서는 안 된다. 사람은 누구나 살아남으려 애써야 하는 것이거든. 어쩌면 우리가 살아간다는 것 자체가 매 순간 싸움일지도 모르지. 하지만 싸움에는 언제나 지켜야 하는 선이 있다. 자기가 살아남기 위해 무슨 짓이든 다 해도 된다는 건 아니야. 혼자만 살겠다고 남을 밟아 뭉개거나 구렁텅

이로 몰아넣는 짓을 해서는 안 돼. 싸우되, 잘 싸워야 한다. 우리는 모두 인간이니 그래야만 한다. 너도 무술을 배우면 오히려 아무나 마음대로 팰 수 없다는 걸 알게 될 거다."

느닷없이 형사가 자리에서 벌떡 일어섰다.

"일어서라!"

나는 천천히 일어나 그를 마주 보고 섰다.

"한 번 쳐봐라."

"네?"

"날 공격해봐."

내가 차마 어쩌지를 못하고 머뭇거리고 있자, 형사가 다시 말했다.

"날 히로라고 생각하고 한 번 쳐봐! 너 지금 마음속이 히로에 대한 미움으로 가득 차 있지 않냐? 그 녀석을 마음껏 패주고 싶지 않아?"

도대체 뭘 하자는 것인가. 뭘 어쩌라는 것인가.

그런데 슬슬 화가 치밀었다. 히로라는 이름을 듣는 것만으로도 화가 나기 시작했다. 눈앞에 분명 형사를 보고 있는데도 히로 앞에 서 있는 것처럼 분노가 솟아올랐다. 여자애처럼 해사하고 부드러운 히로의 얼굴이 보였다. 저 아름다운 가면을 당장 벗겨버리고 싶다는 욕망이 차올랐다. 심장이 쿵쿵 뛰기 시작했다. 온몸의 근육이 빠지직빠지직 긴장했다. 더 이상은 참을 수가 없었다.

나는 주먹을 꽉 쥐고서 있는 힘을 모두 끌어 모아 내뻗었다. 형사를 향해 뻗었다. 내 주먹이 막 형사의 몸에 가닿으려는 찰나, 그가 기다렸다는 듯이 사뿐히 발을 내디뎌 나에게 한 발 다가들었다. 그러면서 손바닥으로 내 주먹을 아래서부터 슬쩍 받쳐 올렸다.

"아아악!"

내 입에서 비명이 터져 나왔다. 나는 어느새 바닥에 나동그라져 있었다. 순식간이었다. 그에게 붙들린 손목이 획 꺾이며 뒤집히더니, 다음 순간 내 몸 전체가 뒤집혀 나가떨어졌다.

"옳지, 잘하네! 아주 시원하다!"

약초꾼 노인이 들썩들썩하며 감탄을 퍼부었다.

"일어서라."

형사의 목소리가 들렸다.

나는 주춤주춤 몸을 일으켰다. 뜻밖에도 몸이 멀쩡했다. 그렇게 획 뒤집히며 나동그라졌는데도 다친 곳은 아무 데도 없었다.

"어떠냐? 분노로 내뻗은 주먹이 상대에게 가닿기나 하더냐? 감정이 넘치면 허점이 생긴다. 미워하고 분노하며, 저놈을 내가 반드시 꺾어버리고 말겠다는 욕망에 가득 차 있으면, 넌 벌써 지기 시작한 거나 다름없어. 그런 주먹은 허점투성이일 뿐이야. 싸움의 고수가 되려면, 먼저 적을 사랑해야 한다."

알 듯 모를 듯 아리송한 이야기였다.

"그런데 고수 넌 평소에 먼저 공격을 해본 적이 별로 없는 것 같구나?"

"처음이에요."

한숨을 내쉬며 대답했다. 나는 싸움을 거는 걸 좋아하지 않는다. 먼저 공격할 일도 없었다.

"잘 됐구나. 지금부터 내가 가르쳐주려는 기술은 너처럼 공격을 좋아하지 않는 사람에게 알맞은 것이거든. 그렇다고 방어만은 아니다. 적을 사랑하는 방법이지. 상대가 공격을 해오면 그 힘을 품어서 그걸로 상대를 넘어뜨리는 거다. 상대의 힘을 이용해서 상대를 제압하고는 고분고분 돌려보내는 방법이다. 적을 힘껏 패주는 게 아니라, 마치 적을 사랑하는 것처럼 품어 안는 것이다. 어때? 마음에 들겠냐?"

"네, 좋아요."

"그럼 다시 한 번 해보자."

형사가 내 눈을 똑바로 바라보며 마주 섰다.

나는 심호흡을 해서 마음을 가다듬었다. 몸속을 흐르는 피와 움직거리는 근육과 심장의 비트를 조금씩 늦추었다. 감정이 넘치면 허점이 생긴다고? 그럼 좋다. 초연해질 때까지 기다릴 테다. 내 심장의 소리를 들을 테다. 나는 잠자코 귀를 기울였다. 온몸의 감각을 활짝 열었다.

형사는 가만히 날 기다려주었다.

두 사람 사이에 소리 없는 시간이 묵묵히 흘러갔다.

30

 모처럼 바람이 잠잠한 날이었다.
 아까부터 바깥에서 뚝뚝 소리가 들렸다. 일정한 리듬이 반복되고 있었다. 무슨 소리인지 궁금하기는 한데, 귀찮아서 그냥 리듬만 헤아려보고 있었다.
 뚝뚝 뚝 뚝, 뚝 뚝 뚝뚝.
 천막집 안에서는 약초꾼 노인과 형사가 두런두런 이야기를 나누고 있었다. 약초에 대해 이야기하는 것 같았다. 두 사람은 날이 갈수록 죽이 척척 맞았다. 할멈은 아침을 먹고서 곧장 밖에 나가고 없었다. 며칠째 맑은 날이 계속되더니 눈이 조금 녹기는 녹은 모양이었다. 그렇다 해도 이 눈밭에 무얼 하러 나다니는지는 알 수가 없었다.

가만히 누워 있기만도 답답해서 나는 밖에 나가보기로 했다.

천막 문을 열어젖히니 신선한 공기가 왈칵 달려들었다. 가슴을 활짝 펴 공기를 한껏 들이마시며 사방을 둘러보았다. 뺨에 와 닿는 공기는 여전히 차가웠지만, 햇볕이 따스롭게 내리쬐고 있었다. 바깥으로 한 발 나섰다.

뚝뚝 뚝 뚝.

어디서 나는 소리일까?

가만 보니, 나뭇가지에 쌓였던 눈이 녹아내리며 물방울이 되어 다른 나뭇가지어 부딪혀 내는 소리였다.

"눈이 녹고 있잖아? 봄이 오려나 보네?"

나는 천천히 능선 쪽으로 발걸음을 옮겼다. 발밑에 쌓인 눈이 꽤 많이 줄어든 것도 같았다.

"자, 봄이다. 받아라!"

등 뒤에서 난데없이 사람 목소리가 들려왔다.

"아앗, 깜짝이야. 제발 기척 좀 하고 나타나라고요!"

"넌 어째 맨날 사람 다가오는 것도 모르냐? 딴 데 정신 팔고 다니니까 그렇지."

할멈이 손에 쥔 무언가를 불쑥 내밀었다. 노란 리본이었다. 리본에는 무슨 산악회 이름이 적혀 있었다.

"이게 뭐데요?"

"보면 몰라?"

"리본이잖아요?"

"아무튼 너같이 멍청한 녀석은 답도 없다니까. 내가 지금 등산로까지 갔다 왔다 이 말이야. 눈이 제법 녹아서 이제 등산로로 가는 길이 열렸다고!"

할멈이 가슴을 탕탕 치며 말했다.

"네? 그럼 이제 산을 내려갈 수 있다는 거예요?"

"그렇다니까! 이제 어디로든 가고 싶은 대로 마음대로 갈 수 있지."

이 산을 내려갈 수 있다고? 기분이 아주 이상했다. 도저히 있을 수 없는 일을 입 밖에 내는 기분이었다. 이 산 바깥에도 세상이 있다는 게 믿어지지가 않았다.

"봄이 오는구나, 봄이 와! 가만, 이럴 게 아니라, 오늘은 봄 신을 맞아들이는 춤을 춰야겠다. 고수야, 얼른 가자. 네가 북을 쳐야지. 오늘은 어디 실컷 북을 쳐봐라. 나는 실컷 춤을 출 테니. 봄 신들이 훨훨 날아들게 한번 놀아보자."

할멈은 날 붙잡아 끌며 천막집으로 걸음을 옮겼다.

"캄차카에서는 봄이 아주 짧다. 뭐, 봄이라고 할 새도 없지. 여름도 잠깐인걸. 그래도 봄이 다가올 때면 코랴크 사람들은 봄 신맞이를 빼먹는 법이 없어. 봄 신들을 모셔야지. 우리 순록들이 무탈하게 새끼 잘 낳게 해주십시오, 우리 풀들이 올해도 쑥쑥 자라게 해주십시오, 우리 사람들이 걱정 없이 잘 살아가게 해주십시오. 우리도 한번 봄 신 맞이를 해보자."

집에 도착하자 할멈은 천막 문을 들추고 큰 소리로 안에 있는 두 사람을 불러냈다.

"다들 나와 보게!"

"뭐요? 무슨 일 났소?"

약초꾼 노인이 부스럭거리며 기어 나왔다. 형사도 부스스한 얼굴로 뒤를 따랐다.

"오늘은 모두 다 같이 신나게 춤을 춰보세. 봄이네, 봄! 봄 신 맞이를 하자고!"

"봄? 어어, 정말 날이 어느새 이렇게 따뜻해졌나?"

약초꾼이 크게 기지개를 켰다.

"고수야, 얼른 들어가서 북 가지고 나오거라."

할멈이 시키는 대로 나는 집 안에서 북을 가지고 나왔다.

"이 북에는 캄차카 늑대의 영혼이 들어 있어. 툰드라를 내달리던 늑대의 가죽으로 만든 것이거든. 우리 외할머니 북이었지. 샤먼의 북이야."

할멈이 내게 말했다.

팽팽하게 당겨져 있는 가죽을 손으로 쓰다듬어 보았다. 바르르 미세한 진동이 전해져왔다. 가슴이 두근거렸다. 내 살 같았다. 북이 내 몸 같았다.

"고수야, 지금 네 심장이 팔딱팔딱 뛰지? 눈이 녹아내리는 소리랑 나무들 숨 쉬는 소리도 들리지? 그 소리들을 잘 들어야 한다. 이 세상 모든 생명들은 다 소리로 이루어져 있어. 만물의 영들도 소리의 세계에서 살아가지. 이 우주 자체가 하나의 거대한 리듬이야. 우주는 언제나 바르르 떨고, 퉁퉁 튕기고, 쿵쿵거리고, 탁탁거리고, 두근두근하지. 그 리듬만 잘 읽어내면 세상에 모를 일이 하나도 없어. 우주하고 내가 하나가 되는 거야. 무슨 말인지 알겠냐?"

"네."

알 듯 모를 듯했지만, 일단 알겠다고 대답했다. 다른 건 몰라도 난 남들이 듣지 못하는 리듬을 들을 수 있으니까.

"역시 넌 무슨 말인지 곧장 알아먹는구나. 아무래도 너한테는 샤먼의 피가 흐르고 있으니까. 네 어미가 샤먼이니 너도 샤먼이다. 샤먼은 아주 소중한 사람들이야. 우주의 소리를 들을 줄 알고, 그 리듬을 탈 줄 아는 사람들이니까. 고수 넌 바로 그런 귀를 가졌어. 살아가는 동안 그 귀를 잃어버려선 안 된다. 태평할 때든 기를 쓰고 싸울 때든, 그 소리와 리듬을 결코 잊어선 안 돼."

할멈은 말을 멈추고 잠시 나를 쳐다보았다.

"네 이름은 고수다. 넌 살아가는 동안 북을 손에서 놓지 않게 될 거야. 아주 잘된 일이지. 이 북이 널 지켜줄 거다. 북소리가 널 항상 보호해줄 거야. 넌 아무 걱정 말고 마음 탁 놓고 살아가면 돼. 자, 어서 북을 쳐라!"

가슴이 쿵쿵 뛰었다. 어서 북을 치고 싶은 마음이 들었다. 활개

치듯 힘찬 리듬을 두드리고 싶었다. 그래, 내 이름은 고수다.

늑대의 영혼이 나를 불렀다. 손가락으로 가볍게 가죽을 두드려 보았다. 동동동, 소리가 울리기 시작하자 내 심장이 반응을 했다. 온몸이 기분 좋지 긴장하며 활개 칠 준비를 했다. 나는 심호흡을 한 번 하고 나서 북을 쳤다.

둥둥둥!

캄차카 늑대의 영혼이 깨어났다.

늑대의 영혼과 내 영혼이 만나 함께 노래하며 산을 깨웠다.

봄 신 맞이가 시작되었다.

할멈이 훨훨 춤을 추기 시작했다. 코랴크 사람들의 춤이었다. 약초꾼과 형사도 이내 할멈을 따라 춤을 췄다. 봄 신을 맞는 춤이라 그런지 춤에 활기가 가득 넘쳤다. 펄쩍펄쩍 뛰어오르고, 성큼성큼 내달리고, 원을 그리며 흩어졌다 모이기를 거듭했다. 토고만 있어도 피가 펄펄 끓고 심장이 힘차게 뛰는 그런 춤이었다. 한데 어울리기 좋은 춤이었다.

그 춤에 걸맞게 나의 북소리도 기운차게 울려 퍼졌다. 언제나 그랬듯이 나는 내 마음이 동하는 대로, 내 몸이 말하는 대로 북을 치기 시작했다. 북소리는 할멈과 약초꾼과 형사가 추는 춤 속으로 자연스레 섞여 들어갔다. 그다음에는 북이 나를 이끌었다. 리듬이 저절로 흘러나왔다. 북이 나를 움직였다.

처음에는 앉아서 북을 치다가, 나중에는 일어서서 춤추는 이들을 따라 뛰며 북을 쳤다. 펄쩍 뛰어오르고, 발을 죽죽 내뻗으며 북을 쳤다. 북은 이미 나와 한 몸이라 들고 뛰어도 어긋남이 없었다.

할멈은 연신 어이! 어이어! 하는 소리를 내며 춤을 췄다. 춤을 춰갈수록 약초꾼과 형사도 그 소리를 따라 했다. 남자들의 목청이 가세하자 춤에 한결 힘이 붙었다. 추임새 소리가 북소리와 한데 어우러졌다.

어이, 어이어, 어이, 어이어!

어이, 어이어, 어이, 어이어!

산이 울렸다. 눈을 차고 땅을 딛는 사람들의 발소리, 목청을 울려 힘껏 내지르는 소리, 그리고 나의 북소리가 하늘을 울리며 뻗어가고, 온 산을 깨우며 퍼져나갔다. 봄이 금방이라도 달려들 것만 같았다.

그래, 좋다. 봄이여, 오라!

나는 세상 속으로 돌아가겠다. 길거리로 돌아가겠다.

31

 도무지 눈을 어디에 두어야 할지 알 수가 없었다. 쏟아지는 불빛들에 정신이 아득했다.

 막 서울에 도착했다. 버스에서 내리니 저녁이었다. 터미널 안에는 수많은 사람이 개미 떼처럼 움직이고 있었다. 나는 발을 어디로 내디뎌야 할지 종잡지 못한 채, 이리저리 사람들에게 떠밀려 다녔다. 사방에서 환한 불빛들이 쏟아졌다. 그 인공의 불빛 때문에 더 정신을 차릴 수가 없었다. 차라리 저녁답게 새까만 어둠이 내려앉아 있다면 마음이 편안할 것 같았다.

 '이 많은 사람들은 다 누구지? 내가 도대체 어떤 세상으로 돌아온 거야?'

 새벽녘에 산을 내려오기 시작해서 점심나절에는 마을에 도착했다. 그곳은 작은 면소재지에 불과했지만 오랜만에 보는 사람 사는 세상의 번화함에 감탄이 절로 흘러나왔었다. 그런데 그 길로 버스를 타고 내처 서울까지 왔더니, 이곳은 또 완전히 딴 세상이었다. 그저 가만히 보고 있기만 해도 넋이 빠져나갈 지경이었다. 서울 가면 눈 뜨고도 코 베이니 조심하라는 말이 이제야 이해가 됐다.

얼마 만에 산에서 내려온 것일까. 석 달은 족히 지났을 것이다. 겨울 한철을 산에서 보내고 나서 내려온 세상은 마치 전에 내가 살던 그 세상이 아닌 것 같았다. 모든 게 낯설고 어색하기만 했다. 보는 것마다 놀라워 저절로 눈이 휘둥그레졌다.

산에서 마을까지 내려오는 길은 형사와 동행했다. 할멈과 약초꾼은 원래 산사람들이니 봄이 와도 산을 떠날 일이 없었다. 우리는 아주 간략하게 이별의 순간을 치렀다. 갈 길이 머니 얼른 내려가라고 할멈이 자꾸 등을 떠밀어대는 통에 작별인사조차 제대로 하지 못했다. 형사와 나는 내일 다시 볼 사람들처럼 가볍게 두 노인을 뒤로하고 길을 걷기 시작했다. 산길을 걷는 동안에는 별다른 느낌이 들지 않았다. 늘 보던 산이고, 늘 보던 눈길이었다. 봄이 왔다고는 하지만 그늘진 곳에는 아직도 눈과 얼음이 그대로 남아 있어서, 발밑을 살피느라 다른 생각을 할 겨를도 없었다. 산이 다 녹으려면 한 달은 더 있어야 한다고 했다. 눈이 다 녹은 산은 어떤 모습일까, 잠깐 그런 생각이 스치기는 했다. 어쩌면 그리울 것도 같았다. 산도, 할멈도, 약초꾼도. 우리가 함께 보냈던 시간들도. 그러나 나는 마치 머리가 없는 사람처럼 아무런 생각도 하지 않은 채 묵묵히 걷기만 했다. 앞서 내려가는 형사도 한마디 말이 없었다.

서너 시간을 걸어 내려오니 드디어 마을이 나타났다.

마을에 들어서던서부터 형사와 나는 벌린 입을 다물 줄 몰랐다. 편편한 도로와 번듯한 집들, 길가에 서 있는 자동차와 경운기와 트랙터 같은 기계들, 마을길을 오가는 사람들. 모든 게 너무나 신기했다. 말 그대로 인간 세상으로 내려온 기분이었다.

"이야, 이거 여기가 그 마을 맞나? 이렇게 변화해 보일 수가! 지난가을에 왔을 때만 해도 여긴 정말 코딱지만 한 시골이구나 하고 생각했는데."

형사가 입을 열었다.

"그러게요. 그땐 여기가 진짜 사람 사는 곳이 맞나 싶었다니까요. 그런데 지금 보니, 어마어마한 도시 같은데요?"

나도 흥분해서 맞장구를 쳤다. 우리는 몹시 수선을 피웠다. 그곳은 기껏해야 한산한 면 소재지일 뿐이었다. 그러나 우리 눈에는 정말로 그렇게 보였다. 너무나 복잡하고 변화해서 고개가 저절로 이리저리 두리번거려졌다.

식당을 찾아 밥을 먹는 동안에도 형사와 나는 감탄을 그칠 줄을 몰랐다. 의자와 테이블, 수저와 컵, 밥그릇과 물수건, 모든 게 엄청나게 세련되고 신기한 물건들로 보였다. 이것들에 비하면 겨우내 우리가 사용하던 물건들은 오래된 집터에서 출토된 석기시대 유물이나 다를 바 없었다.

밥을 다 먹고 난 뒤, 형사가 물었다.

"이제 난 이곳 경찰서에 들러봐야 할 것 같다. 전에 잡아넣었던 녀석들이 어떻게 됐나 가봐야지. 그리고 이런저런 보고도 해야 하고. 넌 어떻게 할 거냐?"

어떻게 할 거냐고? 그럼 내가 같이 경찰서에 가지 않아도 된다는 건가?

나는 틈을 주지 않고 대답했다.

"전 곧바로 서울로 올라가고 싶어요."

"그래? 기다렸다 같이 올라가지 않고?"

형사가 눈을 치뜨며 날 보았다.

"저 혼자 갈게요. 그리고 형사님, 부탁이 있어요."

내친 김에 이야기를 꺼내기로 했다.

"뭔데?"

"히로를 제가 먼저 만나봤으면 좋겠어요."

형사는 물끄러미 나를 바라보았다.

"혹시 네가 먼저 가서 나한테 배운 무술로 그 녀석을 패버리려고 하는 건 아니겠지?"

"사람을 함부로 패서는 안 된다는 것도 가르치셨잖아요."

"그래, 알았다. 하지만 나도 곧 따라갈 거야. 어서 가서 그 녀석을 체포해야지. 너한테 시간을 많이 줄 수는 없어. 알았냐?"

"네."

"그리고 너도 서울에 가면 경찰서에 한 번 나와야 한다. 진술서를 써야 하니까. 물론 별일 없을 거다. 참고인으로 조사를 받는 것뿐이야. 알겠지?"

"네."

"좋아. 그럼 서울에서 보자."

형사는 내가 버스에 올라타는 걸 보고 나서 발길을 돌렸다. 버스가 그의 곁을 지날 때 보니, 그의 등짝이 큼지막했다. 그 등짝을 바라보고 있는데 코끝이 찡했다. 나는 천천히 고개를 돌려 차창에서 시선을 거두었다. 버스가 속도를 내기 시작했다. 등받이에 등을 기대고 두 눈을 감았다.

수많은 생각이 어지러이 머릿속을 드나들었다. 히로와 화선의 얼굴이 차례로 떠올랐다가 지나가고, 할멈과 약초꾼과 형사의 얼굴들이 불쑥불쑥 튀어나왔다. 석 달 동안 지긋지긋하게 보아왔던 하얗게 눈 쌓인 산이 머릿속을 꽉 채웠다가 사라져갔다. 나를 진정한 파이터로 키우겠노라며 날마다 무술을 가르쳐주던 형사의 몸과 근육이 생각났고, 내가 두드리는 북 장단에 맞추어 기운찬 춤을 추던 할멈의 춤사위가 그려졌다.

그런데 그 모든 게 다 꿈처럼 여겨졌다. 겨우내 산에서 보낸 시간들은 정말로 존재하는 시간들이었다. 웅웅거리는 버스의 기계음을 들으며 서울로 가고 있자니, 적막한 겨울 산에서의 일들이 모두 거짓말 같기만 했다. 그런가 하면 대학로 길거리에서의 생활도 잘 기억나지 않았다. 사실 히로의 얼굴조차 선명하게 떠오르지 않았다.

이쪽도 저쪽도 꿈같기는 마찬가지였다. 나는 아무 데도 속하지 않는 세계에 존재하는 것 같았다. 산은 떠나왔다. 도시에는 아직 다 다르지 못했다. 그저 아무것도 없는 허공을 날고 있는 것만 같았다.

그러다 잠이 들었나 보다. 버스가 서울 동서울터미널에 도착해서야 간신히 눈을 떴다. 휘청거리며 버스에서 내리는 순간, 잠이 확 깼다. 소리도 냄새도 공기도 빛도, 모든 게 달랐다. 이곳은 산이 아니었다. 시골 마을도 아니었다. 진짜로 어마어마한 대도시 서울이었다. 수많은 사람의 발소리, 심장 소리, 근육이 움직이는 소리. 하수구 냄새와 사람들 냄새, 먼지와 탁한 매연. 사방에서 소리와 냄새가 날아들었다. 쏟아지는 불빛들은 폭격이나 다를 바 없었다.

간신히 터미널을 벗어나 지하철역을 향해 걸어갔다. 내가 걷는다기보다는 사람 파도에 떠밀려 너울너울 흘러가는 거였다. 하필 퇴근 시간이었다. 지하철 통로건 플랫폼이건 할 것 없이 순대 속처럼 사람들로 꽉꽉 차 있었다. 열차 안은 그야말로 사람들로 미어터졌다. 생각할 틈도 무언가를 느낄 틈도 없었다. 나는 그저 내릴 곳을 놓치지 않기 위해 대학로라는 정거장 이름만 기억하며 서 있었다. 사람들 틈에 꽉 끼어 있자니 숨이 막혀왔다. 곁에 선 사람들을 모두 밀쳐버리고 싶어졌다. 그냥 사람이 너무 많아서 저절로 혐오가 일었다.

그때 문득 오래전에 화산이 했던 이야기가 떠올랐다.

"사람들은 모두 별에서 온 존재들이야. 우리 몸을 이루고 있는 원소들은 다 별에서 온 거래. 죽어간 별들에서 쏟아져 나온 원소들이 우주를 떠돌다 엉키고 모여서 지구가 태어났대. 그리고 우리 인간도 그 원소들이 엉키고 모여서 태어난 거고. 난 가끔 사람들이 지긋지긋하고 끔찍할 때 그 사실을 떠올려. 이 꼴같잖고 냄새나는 사람들도 모두 한때는 아름답게 반짝이는 별이었다는 거. 그리고 우린 또 죽으면 별이 되겠지."

흔들리는 지하철 안에서 넘어지지 않으려고 손잡이에 매달리다시피 서서, 나는 지금 이 안에 꽉꽉 들어찬 사람들이 모두 다 별이라고 상상해보았다. 눈을 감고 우주를 떠올려보았다. 반짝이는 별들로 가득 찬 우주. 맑고 차가운 겨울밤에 지리산에서 보았던, 별들도 가득 찬 밤하늘을 떠올렸다. 난생처음 보았던 은하수에는 깨알같이 많은 별이 박혀 있었다.

어쨌거나 나는 다시 대학로 길거리로 돌아가고 있었다.

안내 방송이 다음 정거장이 대학로라고 알려주었다. 나는 크게 심호흡을 하고는 사람들을 헤치며 출입문 쪽으로 다가가려 애를 썼다.

32

 오랜만에 온 대학로는 익숙하면서도 낯설었다.
 지하철역에서 나오니 별처럼 많은 불빛이 사방에서 빛났다. 수많은 상점 간판에서 쏟아내는 네온들, 그 간판을 찾아 들어가는 사람들, 공기 속을 떠도는 음악 소리와 말소리들. 거리에는 활기가 가득 넘쳤다. 사람들이 저마다 친구와 연인과 함께 저녁 시간을 즐기러 대학로로 몰려들고 있었다. 오늘이 대체 무슨 요일일까. 정신이 얼얼해서 걸음이 절로 멈칫거려졌다. 하지만 그렇게 어정거리다가는 그대로 사람들 발길에 채일 것만 같았다. 나는 발걸음을 서둘러 마로니에 공원으로 갔다.
 공원 어귀에 접어들자마자 힙합 음악이 들려왔다. 야외무대 쪽에 사람들이 둥글게 모여 서 있는 게 보였다. 가슴을 둥둥 울리는 비트 사이로 군데군데 함성이 터져 나왔다. 비보이 크루가 공연을 하고 있나 보다. 고향에 돌아온 것처럼 익숙한 느낌이 나를 감쌌다. 잠시 멈춰 서서 주변을 둘러보았다. 아직은 낯익은 얼굴과 마주치지 않았다. 이렇게 많은 사람이 있는데도 나를 아는 사람이 없다는 것이 신기하게 느껴졌다. 단 네 사람만으로 이루어진 세계였던 겨울 산의 생활이 머릿속을 스쳐 지나갔다. 다시 거리가 낯설어졌다.

사람들이 모여선 곳 한쪽에 앙상한 가지를 드리우고 서 있는 커다란 나무가 눈에 들어왔다. 반가웠다. 사람보다 나무가 더 내게 친숙한 얼굴을 하고 있는 것 같았다. 천천히 다가가 나무를 어루만졌다. 봄을 준비하는 나무의 따뜻한 숨결이 느껴졌다.

빠른 비트의 음악 소리가 가슴을 때렸다. 나는 다시 귀를 기울였다. 구경하는 사람들 사이를 비집고 고개를 디밀어 보았다. 사람들 어깨너머로 무대 위에서 바닥을 구르고 있는 비보이들이 보였다.

와일드보이즈였다!

심장이 빠른 리듬으로 뛰기 시작했다. 심장에서부터 온몸으로 폭포수처럼 피가 흘렀다. 온몸에 짜릿한 흥분이 번져나갔다. 팔다리에 전류가 흐르는 것만 같았다. 나는 잠자코 기다렸다.

머지않아 무대에 히로가 나타났다. 그 애는 가볍게 뛰며 등장해서는 그의 자랑거리인 뛰어 날아 구르는 동작을 보여주었다.

새가 날아가는 것 같은 멋진 춤사위에 사람들의 환호성이 쏟아졌다. 내 심장도 함께 환호라도 하듯이 펄떡펄떡 뛰었다.

나는 사람들 뒤를 돌아 나와 커다란 나무를 향해 걸음을 옮겼다. 걸으면서 어깨에 멘 자루를 열었다. 자루에는 산을 떠나올 때 할멈이 내게 준 북이 들어 있었다. 할멈의 고향 캄차카의 혼이 담겨 있는 북, 수십 년 동안 머나먼 길을 할멈과 함께 해온 북, 이 세상 어느 누구도 쉽게 가져볼 수 없다는 툰드라의 늑대 가죽으로 만든 샤먼의 북이었다.

북을 꺼냈다. 손바닥을 갖다 대기도 전에 북이 절로 바르르 떨며 섬세한 진동을 만들어냈다.

'네가 날 도와줘야 해. 오늘 난 너의 도움이 필요해. 이제 제대로 한번 북을 쳐볼 생각이야. 부탁한다, 늑대 북아.'

나는 진심으로 북에게 이야기했다. 북에 오롯이 담겨 있다는 늑대의 영혼에게 부탁했다.

사람들의 눈길은 모두 와일드보이즈에 쏠려 있었다. 히로와 비보이들은 음악에 맞춰 춤을 추느라 여념이 없었다. 나는 홀로 조용한 진공 위를 미끄러져 가듯이 조심스럽게 나무를 올랐다. 벌거벗은 채 매끄러운 뼈를 드러내고 있는 나무가 내게 기꺼이 길을 내주었다. 이윽고 커다란 가지 사이에 걸터앉은 나는 북을 두 무릎 사이에 놓았다.

북에다 두 손을 올려놓고 잠시 눈을 감았다. 하얗게 눈 쌓인 지리산의 겨울 풍경이 감은 눈 속으로 밀려들었다. 얼얼하리만치 차갑고 눈이 부시게 아름다웠다. 둥둥 뛰는 내 심장 소리 사이로, 산사태가 날 때 울리던 산의 신음 소리와 나를 향해 달려들던 멧돼지 근육의 움직임 소리가 들려왔다. 푸드덕 날아가는 새소리가 들려왔다. 이 모든 산의 영상과 소리를 내 핏줄 속에 새겼다. 눈밭에 쓰러져 있는 내 눈앞에서 멧돼지를 제압하던 할멈의 손동작이 떠올랐다. 그렇게 가볍게, 잽싸게, 강하게, 나는 북을 쳐야겠다.

눈을 떴다. 와일드보이즈의 공연은 이제 막 하이라이트로 접어들고 있었다. 음악 소리가 더욱 높아졌고, 박수와 함성이 그 사이를 갈마들었다. 무대 위에서 힘찬 선을 그려내는 비보이들의 몸동작이 더욱 화려해졌다. 나는 손바닥으로 가볍게 북을 두드렸다. 음악 소리에 묻혀 아직까지는 아무도 나의 북소리를 듣지 못했다. 음악의 리듬에 맞춰 슬슬 북을 두드리다가 리듬이 얼추 맞아 들어가자 북을 점점 세게 두드렸다.

둥둥둥둥!

차가운 밤공기를 가르며 북소리가 울려 퍼졌다. 겨울 하늘에 대고 울부짖는 늑대의 울음소리처럼 북소리는 아주 멀리까지 퍼져 나갔다.

둥둥둥둥!

북소리를 따라 사람들의 시선이 하나둘 나무 위로 향하기 시작했다. 허로와 비보이들은 아직 내 북소리를 듣지 못했는지 여전히 자신들의 춤에 몰두해 있었다.

더 세게 두드렸다. 더 빠르게 두드렸다. 늑대의 혼이 울부짖었다. 북소리는 차츰 음악 소리를 압도해갔다.

"저기, 나무 위야!"

"와아, 이것도 공연의 한 부분인가 봐? 멋진데!"

사람들이 웅성거렸다. 누군가 휘파람도 불었다. 모여 서 있던 사람들은 이제 모두 고개를 들고 나를 바라보았다. 무대 위 비보이들의 움직임이 주춤거렸다. 그들도 고개를 두리번거리며 북소리의 진원지를 찾았다.

"고수다!"

누군가 외쳤다.

히로가 멈칫했다. 그의 얼굴 가득 놀라움이 퍼져나가는 게 보였다. 고개를 들어 나를 보았다. 그런데도 그는 춤을 멈추지 않았다. 가던 길을 계속 갔다. 준비한 동작들을 계속해나갔다. 그러나 쉽지는 않았다. 음악과 조금씩 엇나가기 시작한 내 북소리의 리듬 때문에 그의 발이 자꾸만 꼬였다. 히로의 몸이 혼란스러워하는 게 눈에 훤히 보였다.

'어때? 헷갈리지? 다른 아이들도 너 때문에 그렇게 헷갈렸어. 엉뚱한 데를 디디기도 하고, 도무지 어떤 리듬에 맞춰야 할지 몰라 허둥댔지. 너의 그 거짓 가면 때문에 아이들의 발이 마구 꼬였다고. 이제 네가 나에게 맞출 차례야.'

나는 북채를 꺼내 들었다. 북채로 두드리자 북소리는 더욱 커졌다. 이제 나는 확성기에서 나오는 음악 소리를 완전히 무시하고 나의 리듬을 발전시켜 나갔다. 가슴 뛰는 북소리가 사방으로 울려 퍼졌다. 늑대의 영혼이 노래를 했다.

 춤을 추는 히로의 몸이 자꾸만 움찔거렸다. 아직도 포기하지 않고 계속 춤을 추려 애쓰고는 있지만, 그의 춤사위는 서서히 내 북소리에 먹혀들고 있었다. 히로가 나를 노려보았다.

 '히토, 널 패즐 수도 있어. 이젠 나도 싸움에 자신 있거든. 하지만 그건 아무것도 아니지. 그래 봤자 멍이 좀 들고 뼈가 부러지거나 코피가 터질 뿐이지. 그 대신에 난 네가 잃고 싶지 않아 하는 것으로 겨뤄주겠어. 너의 춤, 너의 리듬, 네가 받고 싶어 하는 시선. 하지만 넌 이제 끝났어! 이 리듬은 나의 것이야!'

 나는 북을 두드리며 나무에서 훌쩍 뛰어내렸다. 내가 덤벼들기라도 할까 봐 두려웠을까? 내 발이 땅에 닿는 순간, 히로의 발이 무대에서 엉켰다. 스텝을 놓친 그는 그대로 쓰러져버렸다. 그러나 아무도 히로에게 눈길을 주지 않았다. 사람들의 시선은 모두 나와 내 북에 묶여 있었다. 북채를 손에 쥐고 난타를 시작했다. 손에 닿는 아무거나 두드렸다. 북과 나무둥치와 가로등 기둥과 벤치 등받이를 두드렸다. 구경꾼 손에 들려 있는 음료수 깡통과 플라스틱 물병을 슬금살금 두드렸다. 길가의 쓰레기통과 하수구 뚜껑과 보도블록을 두드렸다. 그리고 다시 나의 북을 힘차게 두드렸다. 사람들에게서 함성이 터져 나왔다. 박수 소리가 쏟아졌다.

내 귀에는 머나먼 캄차카 샤먼의 북소리가 들려왔다. 늑대 가죽 북과 사슴 가죽 북이 서로 화답하는 소리가 들려왔다. 곰 가죽 북이 묵직한 소리로 허공을 제압하는 소리가 들려왔다. 눈앞에는 펄쩍펄쩍 뛰어오르는 유목민들의 춤사위가 펼쳐졌다. 하얗게 눈이 쌓인 툰드라 땅 위로 힘찬 발소리가 쿵쿵 울렸다. 기쁘게 봄을 맞이하는 그들의 활기찬 함성이 들려왔다.

어이, 어이어, 어이, 어이어!

어이, 어이어, 어이, 어이어!

샤먼의 북소리는 하늘까지 가닿았다. 만물이 잠에서 깨어났다. 얼음이 녹아 갈라지고 강물이 속살을 드러냈다. 나무들 몸속을 타고 흐르는 물줄기가 오르내리는 리듬을 되찾았다. 사방에서 새들이 날아들고, 곰이 언 숲에서 걸어 나왔다. 늑대와 순록이 질퍽한 땅 위를 달음박질했다. 그리고 사람들과 개들이 웃으며 이리저리 뛰어다녔다. 북소리가 하늘을 둥둥 울렸다.

"히로! 이제부터가 진짜 시작이야. 고수가 진짜 싸움을 시작한다고!"

나의 목소리는 북소리와 사람들의 함성 소리에 묻혀버렸다. 그렇지만 히로는 들었을 것이다. 나의 선전포고를 똑똑히 들었을 것이다. 어느새 히로는 무대에서 내려와 사람들 틈에 섞여 있었다. 조금쯤 겁을 먹었을까, 당장 도망치고 싶을까, 아니면 단지 짜증을 내고 있을까? 아무려나 상관없었다. 이제 나는 나의 북을 치고 있다. 나의 리듬을 치고 있다. 나의 싸움은 더 이상 히로를 향해 있지 않았다. 나는 나 자신과 싸울 것이다. 그리고 끝내 이겨낼 것이다. 세상이 내게 던지는 모든 도전과 시험을 받아들일 것이다. 그게 아버지의 얼굴을 하고 있든, 히로의 얼굴을 하고 있든, 혹은 화산의 얼굴을 하고 있든, 나는 도망치지 않겠다. 모른 체하지 않겠다. 고개 빳빳이 들고 당당히 맞서리라. 그리고 반드시 살아남으리라. 별처럼 빛날 것이다. 나는 머나먼 시원부터 이어져 내려온 나의 우주 그 자체이니까.

 북소리가 세상 모든 것들을 집어삼키기라도 할 것처럼 빨라졌을 때, 나는 보았다.

 검은 밤하늘 저편에 까마귀가 유유히 날고 있었다. 그 까마귀일까? 이 세상을 만들었다는 까마귀? 세상을 다시 빚어 새로 만들기 위해 나타난 것일까? 커다란 검은 날개가 그림자를 드리웠다. 나의 북소리가 그 날개 아래로 모여들었다. 기류가 바뀌자 까마귀는 바람에 맞서며 힘찬 날갯짓을 했다. 찬란한 그 검은 몸짓 아래서 세계가 새로이 태어나고 있었다.

■ 작가의 말

 한낮에는 아직 볕이 따갑지만 한여름 볕과는 다르다. 이불을 빨아 널면 바싹 잘 마를 만큼은 따가우면서도 머리꼭지를 태워버릴 기세로 활활 타오르진 않는다. 살금살금 가을이 다가오면서 풀들도 한풀 꺾였다. 낫으로 한참 베다 돌아서면 첫 자리에 풀들이 다시 고개를 내밀던 여름과는 다르다. 이제 저 풀들을 싹 베고 나면 겨울에 들어앉을 일만 남았구나, 한 해를 살아냈구나, 싶다.
 지리산에 가을이 오고 있다. 머지않아 단풍이 또다시 산을 타고 내려와 내 가슴까지 붉게 물들이겠지.
 지난봄을 기억한다.
 봄이 막 시작될 무렵 나는 한없이 막막하고 우울했다. 나를 둘러싼 야생이 무력한 나를 집어삼킬 것만 같았다. 지리산 자락에 자리 잡은 지 두 해째 봄이 다가오고 있었다.
 나는 2년 전부터 지리산 자락에 살고 있다. 서울에서 태어나 수십 년을 대도시에서 살아온 내가 불쑥 산골에 집을 짓고 내려왔다. 그것도 반달가슴곰이 산다는 지리산 자락에 가족도 없이 여자 혼자 들어왔다. 마을 한가운데에 있는 집도 아니고 외따로 떨어진 땅에 새로 집을 지어 들어선 것이었다. 거의 야생이나 다를 바 없는 땅이었다.

첫 해는 멋도 모르고 겪었다. 도시의 골방에서 책만 읽고 글만 쓰던 내가 산골생활에 대해 무엇을 알았겠는가. 물론 들은 풍월은 있어서 풀이며 벌레며 예상 못한 것은 아니었지만, 그런 것들은 예상만으로 알 수 있는 게 아니었다. 당장 첫 해부터 시련이 시작되었다. 겨울에는 보름 정도 계속된 한파에 물이 얼어버렸다. 난민생활을 했다. 여름에는 노래기라는 처음 보는 벌레가 하루에도 수백 마리씩 출몰해 바닥과 벽을 마구 기어다니고 천장에서 뚝뚝 떨어졌다. 한 뼘 크기의 끔찍하게 생성한 지네가 나타났다. 가장 무서운 것은 풀이었다. 장마가 지나자 마당과 집 둘레로 풀이 마구마구 자라났다. 내가 여름에 감히 여행을 다녀왔더니 풀들이 허리 높이까지 자라 있어 낫으로 베며 길을 내어야만 집에 들어갈 수 있었다.

그래도 첫 해는 아무것도 몰랐기에 차라리 겁이 없었다. 그저 닥치는 대로, 문제가 생기는 대로, 그때그때 해결하며 살았다. 산골생활은 원래 이런가 보다, 하면서 꾹 참고 견뎠다. 그런데 두 해째 봄이 다가오자 겁이 덜컥 났다. 이제 한 해가 대강 어떠할지 그려지니까 더 겁이 나는 거였다. 봄부터 풀은 쑥쑥 자랄 것이고,

여름에는 또 벌레가 판을 칠 것이고, 겨울에는 눈 속에 갇히거나 물이 얼어버릴 것이다. 그 모든 걸 나 혼자서 감당해야만 했다. 앞이 캄캄했다. 도저히 감당할 수 없는 커다란 벽이 내 앞을 막아선 것처럼 막막하기만 했다. 내 앞에 무시무시한 야생세계가 펼쳐져 있는데 나는 아무것도 할 수 없는 무능력자인 것만 같았다.

꽁꽁 얼어 있던 겨울이 지나고 온 세상이 환하게 피어나는 봄이 시작되었건만, 나는 우울의 늪에 빠져 문밖을 나서려고도 하지 않았다. 손가락 하나 까딱하기 어려운 무기력에 빠졌다.

그때 나는 이 소설을 썼다.

처음 이 소설을 쓰기 시작한 것은 지리산에 집을 짓겠다고 서울을 떠나면서부터였다. 그래놓고 몇 년째 질질 끌며 끝내지를 못하고 있던 참이었다. 처음에는 그저 재미난 소설을 쓰고 싶었던 것 같다. 다시 붙잡고 보니, 소설 속에 나처럼 어려움에 처해서 막막해하고 있는 고수가 있었다. 혼자 지내고 싶어 하면서도 외로워하고, 사람의 도움을 필요로 하는 아이가 있었다.

갑자기 의욕이 솟구쳤다. 나는 고수에게 힘을 주고 싶었다. 야생에서 살아가는 들짐승같이 펄펄 뛰는 활기를 불어넣어주고 싶었다. 어떠한 어려움이 있어도 이겨내는, 끝내 살아내고 마는 삶의 의지를 잔뜩 불어넣어주고 싶었다.

그런데 대체 나에게도 없는 그 활기를 책 속의 아이에게 어떻게 불어넣을까?

실상은 그 반대였다. 나는 오히려 고수에게서 활기를 얻었다. 시원의 아름다움을 간직하고 있는 캄차카에서 야생의 활기를 얻었다. 집을 나와 길거리에서 분투하고 있는 고수와 머나먼 캄차카에서부터 험난한 여정을 거쳐 지리산에 이른 할멈의 만남에서 끈질긴 생의 의지를 배웠다. 도무지 현실에 존재하지 않을 것같이 괴상하고 믿어지지 않게 강한 할멈은 은밀한 나의 로망이었다.

'좀 별나고 이상하면 어때? 꼭 착하지 않으면 어때? 잘나지 못했으면 또 어떠냐고? 살다 보면 비겁할 때도 있고, 나약할 때도 있는 거지. 아무튼 우리는 다 이 세상에 왔으니 살아가야 하잖아? 살아 있는 존재면 활기 있게 살아야지. 제대로 살아봐야지. 거침없이 살아봐야지.'

나는 내가 맞닥뜨린 싸움에서 이겨내고 싶었다. 지리산 자락에서 잘 살아남고 싶었다.

그 봄을 그렇게 고수와 함께하면서 나는 마침내 대문을 열 수 있었다. 바깥은 온통 따스하고 환한 봄볕으로 넘쳐났다. 만물을 태어나고 자라게 하는 그 햇볕이었다. 살랑살랑 살을 휘감고 도는 바람이 나를 맞았다. 두려움을 벗고 보니 아름다운 것들이 가득 눈에 들어왔다. 이곳은 낮이면 웅대한 지리산이 검게 빛나고, 밤이면 수많은 별이 빛나는 아름다운 곳이었다. 온갖 새들이 노래하고 갖가지 야생화가 피어나며, 꿩이며 고라니가 성큼성큼 마당을 지나다니는 산골이었다. 눈부시게 아름다웠다. 물론 풀들은 올해도 무럭무럭 자랐고, 작년만큼은 아니지만 노래기며 지네도 나왔다. 문제없었다. 나는 낫을 들고 풀을 벴고, 벌레는 집 밖으로 내보냈다. 혼자 지내는 외로움도 잘 견뎌냈다.

그렇게 한 해를 잘 살아냈다.

집을 나와 길거리에 살면서 고달픔을 겪는 아이들이나, 점수에 시달리며 하루 열 몇 시간씩 책상 앞에 앉아 있는 아이들이나 매한가지다. 역사의 소용돌이에 휘말려 고독한 삶을 살아온 할멈이나 가족들 먹일 돈을 벌기 위해 스트레스 받으며 일하는 아버지, 어머니나 매한가지다. 모두 나와 다를 게 없다. 모두가 때로는 두려움에 떨고, 막막함에 길을 잃고, 외로움에 눈물도 흘린다.

그 모든 나와 같은 사람들에게 생의 활기가 넘쳤으면 좋겠다. 우리 유전자 속에 아직 남아 있는 원시의 활기, 야생의 활기를 잊지 않았으면 좋겠다. 살아 있는 존재로서 거침없이 생의 에너지를 뿜어냈으면 좋겠다.

나는 이 소설에서 그런 활기를 그려내고 싶었다.

9월, 지리산 자락에서
김수경

■ 추천사

 숨이 날고 드는 것이 피의 리듬이다. 그 피의 리듬이 가장 강렬하고 빠른 때가 인생의 봄 청소년기다. 그래서 '피돌이 비트'가 빨라지는 청소년의 피는 뜨겁다. 피가 뜨거우니 당연히 손과 발 또한 뜨겁다. 그래서 그들의 손발은 한시도 가만있으려 하지 않는다. 그런데 그 뜨거운 손발은 항상 학교와 학원 책상에 묶여 있다. 보기에도 딱하고 안쓰러운데 그들 마음이야 오죽할까.

 김수경 문학은 책상에 묶인 청소년의 뜨거운 손과 발을 풀어놓는 지점에서 출발한다. 그래서 그녀 소설의 공간적 배경은 집과 학교를 벗어난 곳에서부터 펼쳐진다. 풀린 뜨거운 발과 피는, 첫 번째 소설 『망고 공주와 기사 올리버』에서는 한여름 크리스마스의 남아프리카공화국 교회 지하실까지 튀어 중세 기사 로망스 같은 흥미진진한 모험을 펼치고, 『고수』에서는 한겨울 지리산으로 튀어 캄차카 불곰 할멈을 만나 제 속 늑대의 영혼을 깨운다.

아버지의 폭력에서 벗어나 노숙을 하는 고수는 야생의 길거리 세계에서 살아남으려 발버둥을 친다. 그곳에서 살아남기 위해선 영역싸움을 피할 수 없다. 모든 싸움은 경계에서 일어난다. 불같은 싸움에 쫓긴 고수는 얼음 같은 지리산에 갇힌다. 그 불과 얼음의 경계에서 만난 사람이 얼음과 불의 나라 툰드라에서 온 샤먼 할멈이다. 산전수전 공중전 다 겪은 싸움꾼 할멈을 통해 그는 눈 덮인 겨울 지리산에서 살아남는 법을 배운다. 겨울 끝자락, 샤먼 할멈과 지리산에서 봄 신맞이 춤을 추며 입사의식을 치른 고수는 다시 야생의 길거리 세계로 내려온다. 경계, 그 피할 수 없는 싸움에서 그는 주먹 한 번 안 뻗고 상대를 무너뜨린다. 늑대와 사슴 곰 가죽을 두드려 그 소리로 허공을 제압하고 마침내 제 속의 미움과 분노까지 풀어버리는 고수. 그는 북 치는 아이다.

박경장(문학평론가)

고수

ⓒ 김수경, 2012

초판 1쇄 인쇄일 | 2012년 10월 11일
초판 1쇄 발행일 | 2012년 10월 26일

지은이 | 김수경
펴낸이 | 강병철
주　간 | 정은영
편　집 | 사태희 윤민혜 한승희
마케팅 | 장성준 최금순 박제연 이승현 김우진 최은석 전연교
E-콘텐츠사업 | 정의범 이새롬 이혜미

펴낸곳 | (주)자음과모음
출판등록 | 2001년 11월 28일 제313-2001-259호
주　소 | 121-840 서울시 마포구 서교동 396-33
전　화 | 편집부 (02)324-2347, 경영지원부 (02)325-6047
팩　스 | 편집부 (02)324-2348, 경영지원부 (02)2654-7696
E-mail | jamoteen@jamobook.com
Home page | www.jamo21.net

ISBN 978-89-544-2829-3 (43810)

잘못된 책은 교환해드립니다.
저자와의 협의하에 인지는 붙이지 않습니다.